次から次へと不運に襲われる
女探偵・葉村晶をどうぞよろしく。

恶意的兔子

［日］**若竹七海** 著

张佳东 译

TAKOLEGS 绘

北京燕山出版社

BEIJING YANSHAN PRESS

◇千本櫻文庫◇

文库，原本是指收纳书物的仓库和书库，也指收纳书与记事簿，以及不常用物品的小箱子。以前者为例，京浜急行线的"金泽文库站"就是以前镰仓时代北条氏用来收藏汉书用的，"金泽文库"名字的由来便是如此。东京都的世田谷区也存在着收集着珍贵汉书的"静嘉堂文库"。后者则更多地被称为"手文库"。

江户时代以来，可以放入袖袂的小开本书籍逐渐流行起来，被称为"袖珍本"。明治三十六年（1903年），富山房发行了小开本的丛书，起名"袖珍名著文库"。随后，明治四十四年（1911年），讲述战国时代的猿飞佐助和雾隐才藏系列故事的讲谈社"立川文库"发行出版。讲谈是日本民间艺术，以口语化的方式讲述历史故事的形式。而"立川文库"则是将讲谈收录成册集中出版的丛书，据统计，当时刊行量为200册左右。从那时起，文库就脱离了原本的释意，逐渐演变成了现在的类书集丛。

文库说法借鉴了日本出版业界的传统说法。而千本樱源自日本奈良县吉野山樱花盛开的奇景，世人皆称"一目千本樱"来形容樱花美景。千本樱文库的纳入作品皆为日系作品，题材包括推理、悬疑、幻想、青春、文化等类型，正如千本樱满山盛开的绝景。

现代日本，以"文库"命名刊行的丛书系列有200种以上，所谓"文库本"只不过是统称而已。日本传统的"文库本"常用的是 A6 尺寸的 148mm×105mm，也叫"A6 判"。千本樱文库的所有书籍将在"文库本"的基础上提升，达到 148mm×210mm 的开本标准。追求还原的前提下，力图带给读者更清晰的阅读体验。

从20世纪70年代以来，日系推理小说逐步进入中国读者的视野。随着时代更替，涌现出了各种不同风格的作家。1991年，凭借《我的日常推理》出道的若竹七海，无论是本格推理、冷硬派推理还是历史系推理都不在话下。她擅长营造轻松幽默氛围的同时，冷静地审视隐藏在人们日常生活中的恶意，而这一特点也奠定了她在日常系推理作家中的特殊地位。

1996年，若竹七海创作出以不幸女侦探为核心的"叶村晶系列"，冷酷笔触下讲述了叶村晶经历的种种事件。《恶意的兔子》作为该系列的第一部长篇作品，在颓废与幽默中将女高中生连续失踪事件娓娓道来，越接近真相越能感受到人到底能有多坏。侦探不再只是依据线索、置身事外地查案，而是成为危难的劫后余生者。花季少女们消失去了哪里？兔子又是何意？欢迎各位读者参与到这场"罪恶狂欢"的游戏中！

千本樱文库编辑部

千本樱文库

本格

《巫女馆的密室》
《圣女的毒杯》
《哲学家的密室》
《衣更月一族》

《美浓牛》
《少年检阅官》
《宛如碧风吹过》

日常

《推理要在早餐时》
《会错意的冬日》
《喜鹊的计谋》

《午夜零点的灰姑娘》
《谷中复古相机店的日常之谜》

科幻

《电子脑叶》
《复写》
《蒸汽歌剧》

《巴比伦》
《里世界郊游》

悬疑

《千年图书馆》
《鲁邦的女儿》
《狂乱连锁》
《神的标价》

《恶意的兔子》
《癌症消失的陷阱》
《沉默的声音》
《死之泉》

轻文芸

《戏言系列》
《忘却侦探系列》
《弹丸论破雾切》
《这个不可以报销》

《天久鹰央的事件病历表》
《吹响吧!上低音号》
《宝石商人理查德的谜鉴定》

目录

CONTENTS

恶意的兔子

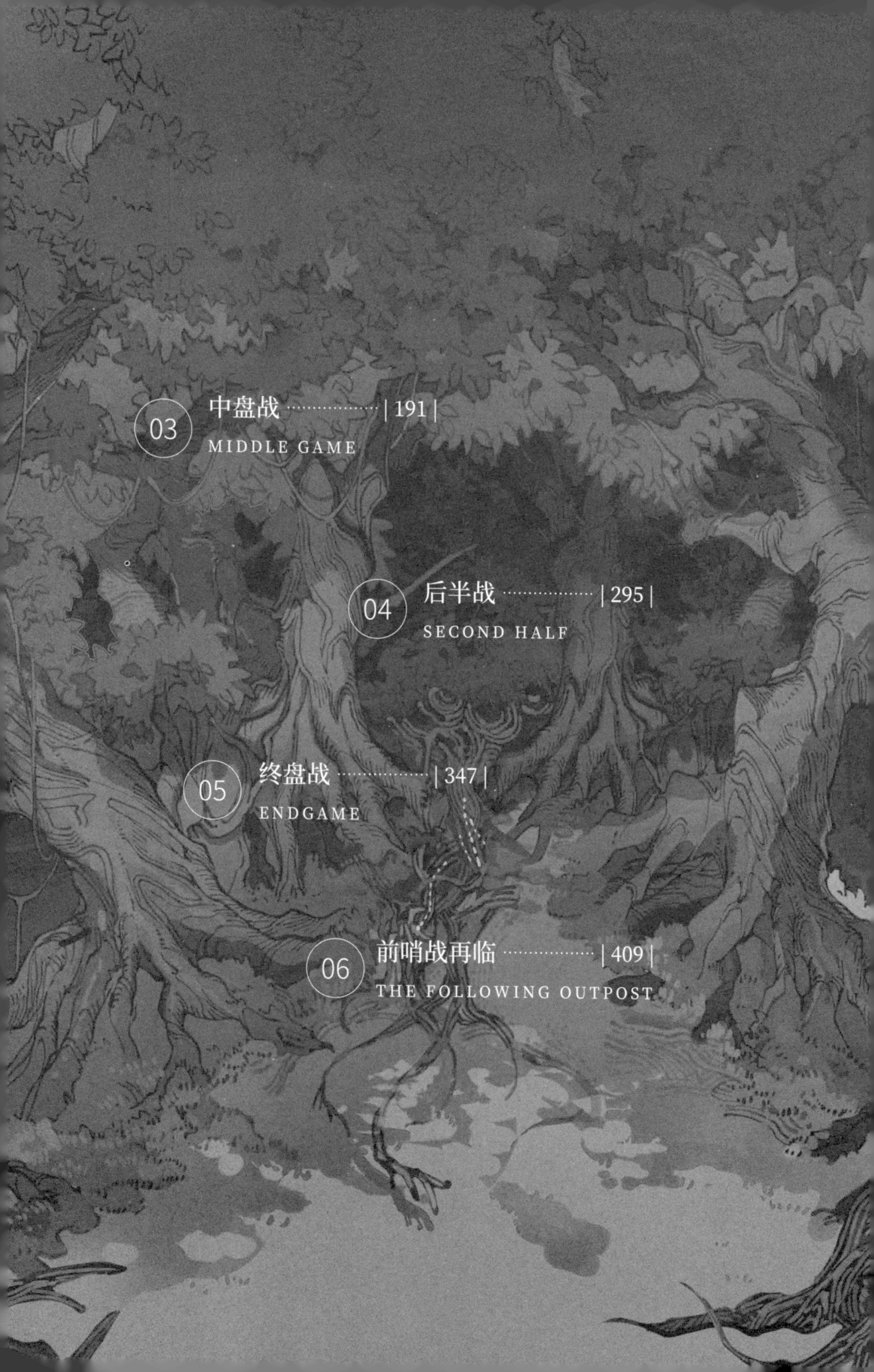

主要登场人物

叶村晶
自由调查员

泷泽美和
行踪不明的少女

泷泽喜代志
美和的父亲、二八会成员

辻亚寿美
美和的母亲

平满
美和的朋友

平义光
满的父亲、二八会成员

平贵美子
满的母亲

柳濑绫子
美和的朋友

水地佳奈
美和的朋友

明石香代
美和的乳母

野中则夫
二八会成员

大黑重喜
二八会成员

相场实乃梨
叶村晶的朋友

牛岛润太
实乃梨的男性朋友

光浦功
叶村晶的房东

樱井肇
东都综合研究所员工

世良松夫
东都综合研究所员工

柴田要
武藏东警局刑警

速见治松
武藏东警局刑警

村木义弘
长谷川侦探调查所员工

长谷川
长谷川侦探调查所所长

前哨战

00

恶意的兔子

恶意的兔子

1

在如今这个时代，诸如"某人被刀子捅了"的事件屡见不鲜。只需随便翻翻报纸，就能看到某人因为一点小事就把别人给捅了的新闻。看了这样的报道，人们的心里常常会浮现出"太残忍了""世道真不太平"或"也许是环境激素[1]对人的影响吧"之类的想法，但紧接着注意力又会被其他报道所吸引。这个世界上充斥着暴力与破坏，人们不能对每件事都真心动气，否则就未免太容易焦虑了。而且"被捅死"与"被捅成重伤"在残忍的程度上也有所差异……

但如果被捅的是自己，就另当别论了。

我叫叶村晶。国籍，日本。性别，女。年龄，三十一岁。几年前与一家名为长谷川侦探调查所的小型侦探事务所签署合同，成为其下属自由调查员，以员工身份在那里工作了三年。最后在长谷川所长的鼓励下签订了一份自由协约，之后一旦遇到急需人手，或是由女人出

1　环境激素（Environmental Hormones）是1996年由美国《波士顿环境》报记者安·达玛诺斯基所著的《被夺去的未来》一书中首先提出的概念，又可以称为内分泌干扰物质、环境荷尔蒙或环境雌激素等，是指由于人类的生产、生活而释放到环境中的，影响人体和动物体内正常激素水平的外源性化学物质。

马较为方便的情况，所长便会打电话联络我。届时我便应承下来，赶赴现场进行工作。自由调查员这个职业听起来不错，说白了也只不过是万事屋、临时工。别看有的时候月入六十多万[1]，可有时也只能月入六千。有时候忙起来连睡觉的工夫都没有，可一旦没事干，立刻又会变得穷困潦倒。

不知算是幸运还是不幸，至少我的亲姐妹们对我几乎不闻不问，也没有人唠唠叨叨地教训我要去找份体面工作、找份真正想干的活儿、又或是催我的婚。尽管偶尔疑惑自己为什么会过着这种野猫一般的生活，但我也不去多想。我只是像现在这样过着与收入恰如其分的生活，能攒下几个钱，也在正常纳税。我会在坐电车时关掉手机、做细致的垃圾分类、在生气时猛捶身边的电线杆、压力大时以阅读热血打斗系的小说，或是与女性朋友煲电话粥的方式发泄。一个社会人能做到这些，还要对他有什么过多的要求呢？这样已经很了不起了不是吗？

但说到底，也没几个人会觉得侦探是什么了不起的工作。

接到长谷川所长的电话，是在四月一个晴朗温暖之日的傍晚。

"东都那边指名要委托你，看来还蛮信任你的。"

所长在电话里这样对我说道。

东都综合研究所是一家知名侦探公司，其社长久保田与长谷川所长是亲密无间的好友，因此在长谷川侦探调查所因委托过多而缺乏人手时会向东都寻求帮助。

1　本书中出现的金钱单位均为日元。

　　反之，东都也看中了所长的人脉关系网，有些工作也会交给这边，因此我和那边的人也相当脸熟。

　　"那可真荣幸啊。"

　　"因为是些无关紧要的工作吧。"

　　所长打趣般地说道。这次我的工作是带一名离家出走的十七岁女高中生回家，更具体的情况所长也不了解。他把女生位于代代木的住址告诉给我，让我复述了一遍，接着便指示我与把车停在附近马路上的东都员工会合。末了还问了一句：

　　"三十分钟内能赶过去吗？"

　　"没问题。"

　　我一边在地图上确认地址一边答道，随即挂了电话。用三十秒时间换上一身灰色麻料西服，用三分钟时间化了个妆，五分钟后就赶到了位于大江户线上的中井站自动扶梯处。别看我这个人有一大堆缺点，但在整装打扮方面却绝不会让人嫌慢。

　　但这只是我的想法而已，社会依旧是残酷的。挂断电话二十二分钟后，我赶到了目的地——东都综合研究所停在目标公寓附近的车上，然而等着我的却是一番"热烈欢迎"。

　　"天哪，可算来了。早说过女人碍事，真是让人好等。"

　　发着牢骚的是坐在副驾驶席上的男人。与其说他是坐着，倒不如说是后仰着靠在那里。座椅的位置被他调到最后，我能看到他肥大的肚囊、粗鲁地叠在一起的双腿与身上那件颜色已经像抹布一样的衬衫。尽管所有的车窗都开着小缝，但我依旧能闻到他的体味，那是一股酸中带臭的味道。尽管是初次见面，但我真是对他丝毫没有好感。

"初次见面，你好。"

他坐直身体，不客气地盯着我看，继而用舌头舔了舔那张仿佛凸出面庞的厚嘴唇，说了句：

"哼，看着还算像个女人。"

"叶村，抱歉急着叫你过来。他叫世良松夫，是上个月刚来我们这儿的新人。"

驾驶座上的樱井肇打断了那个男人的话。我曾多次与他共事，他是个擅长开车追踪的老手，也是个性情温和的慢性子。听他介绍世良的声音，我总觉得有些话中带刺。

"能具体说说工作内容吗？"

"带一名离家出走的十七岁女高中生回家。她就在前面那间公寓里。"

我顺着樱井的视线望去，发现那是一栋外墙铺着瓷砖的砖混结构建筑，看上去就相当寒酸。公寓共有两层，大约建在二十五年前，如今恐怕只有相当乐观的房地产商才会将它称作是"公寓"了。不过东京本来也有许多这样的街区，除了地名以外根本看不出有什么城市的样子。

"女生叫平满，在二〇三号室，房主名叫宫冈重光，但住在这里的是他二十一岁的儿子公平。平满和公平大约在两周前相识，从几天前起共同居住在这间公寓里。昨晚，附近有人听见这里传出他们的吵闹声。平满之前从未有过离家出走的经历，看来是已经厌倦了这场初

次的冒险。看到我们来接她回家，她一定会欢欢喜喜地跟我们走。"

很好，这令我不禁想要鼓掌庆贺。

"小满为什么会离家出走？"

"父母说他们也不清楚，或许是因为年轻叛逆吧。"

"有吸毒的可能吗？"

"没有。"

"两个人吵得很凶？"

"应该没那么凶。听到吵架的人是他们的邻居，要是吵得太凶，一定就报警了。"

这可真是神明赏赐给侦探的绝佳赠礼。只要过去敲敲门，把离家出走的女高中生带回家去，父母就会千恩万谢地给我一万元辛苦费。我实在不觉得这种小事有什么特地叫我过来的必要，但我如今就在这里，这是千真万确的事实。

正当我打算问得更加清楚些时，从方才起就始终用力抖着腿的世良一边抠着后槽牙一边说：

"到底要等到什么时候？只要把那个贱丫头从浑小子的身子底下拽出来，狠狠打一顿屁股就好了，快点上去吧。"

……原来如此。

我在后视镜里与樱井视线相交。他用眼神微微向我示意，接着推开车门走了出去，我也跟了出去，最后是世良，只见他先是往人行道上唾了口唾沫，随后才拧着身子挤了出去，继而大力关上车门。脑子稍微好使的人应该都能想到——抖着腿在车里监视，或是以夸张的动作开关车门，这种行为早该引起周围的注意了。樱井泄气般地抬头望了眼世良那接近两米高的庞大身躯，接着对我们说：

"我们这就去二〇三号室，叶村负责说明情况，劝她老老实实回家。"

"那我呢？"

世良张大了鼻孔，似乎有些不满。樱井严肃地说：

"你这种动不动就发火的笨蛋要怎么和对方交流？这种情况由女士出面更加容易说服对方。我见过女孩的父亲，熟悉这件事的内情，要是她不同意，我也会帮忙劝说。世良，你千万别干什么多余的事。"

世良用鼻子哼了一声，似乎觉得受到了侮辱，但没多说什么。于是我们三人一同进了公寓。在按响二〇三号室的门铃后，立即有个年轻男子的声音应道：

"是谁？"

"我们是平满父母的熟人。"

"小满的？"

这时我们听到对讲器那边有个女孩在说些什么。

"她的父母托我们过来查看她是否平安，方便让我们见她一面吗？"

房间里传来了小满和公平慌张的对话声。背后的世良嘀咕了一句："蠢不蠢，说是送快递的不就得了。"樱井戳了戳他的侧肋让他闭嘴。接着来应话的人是小满，只听她气势汹汹地问：

"我父母的熟人是什么意思？你们怎么知道我在这儿的？"

"是你父亲委托调查公司的人找到这儿的。他本来打算亲自接你回去，但这样会给你的朋友带来不便，所以才请了我这样的第三方人士居中斡旋。"

"这算什么，你们走吧。"

小满嘴上这么说，语气却并不坚决。于是我冷静地重申道：

"总之我们只是想见你一面，确认你平安无事就好。不会强行带你回去的，我保证。"

"你一个人来的？叫什么？"

"我叫叶村晶，不是一个人来的，还有两个调查公司的人。"

世良在我右边骂了句脏话，樱井对他"嘘"了一声。

"男的？"

"除了我以外。"

对讲器那边安静下来，稍过片刻，小满的声音再次响起：

"好吧，但是只有你能进来。"

"知道了。"

对讲器"咔嚓"一声挂断了。我稍稍放下心来，与樱井对视一眼。这时伴随着开锁的声音，房门开了一条小缝，一个女生从里面张望出来。只见她体格纤细、身姿优美，头顶中分波浪鬈发，白色短袖T恤的衣襟盖在下身的方格短裤外面。此刻她正睁着大而伶俐的眼睛，用戒备的眼神打量着我。我微笑着说：

"你好……"

话音未落，我整个人突然向后飞去。背后传来的激烈碰撞感，一瞬间几乎令我失去意识，无法理解究竟发生了什么。当我意识到是自己的头发被人一把揪住向后猛扯，而我也跟着摔倒，撞在走廊的墙壁上，倒在地上后右脚还被人狠狠踩了一下，而这件事的罪魁祸首毫无疑问就是世良时，眼前二○三号室的铁门已经开始慢慢合上。

我站起身来迈开脚步，右脚脚背上猛地传来一阵莫名的疼痛，我前倾身体抓住门把手，随即拉开房门走进屋内，眼前的景象顿时令我震惊。

里面是个空旷的一室间，屋内的家具只能最低限度满足日常生活，然而在这片狭小的空间里却乱糟糟地挤着四名男女，显得极为逼仄。只见世良正用粗壮的手臂环住一个年轻男子的喉咙，一脸兴奋地慢慢勒紧。樱井与小满则一边大声斥责，一边拉扯世良，并对他拳打脚踢，但他们拿这个脸皮既厚，体格又壮的人没有丝毫办法。此时年轻男子的脸上已经渐渐失去血色。

我环顾四周后抄起一块白色的塑料砧板，拖着脚步靠近过去，将小满推到一旁后，用尽全力向世良毫无遮掩的脑门挥了下去。伴随着一声巨响，砧板彻底断成两截。我惊愕地低头望着手中的砧板，回想起长谷川侦探调查所的同事村木曾劝我买一根便携警棍[1]带在身上，不禁衷心感到后悔——当初要是听他的就好了。

尽管砧板是便宜货，却依然起到了效果。只见世良的手腕松脱了，失去意识的年轻男子——宫冈公平的身体也滑落到地板上。小满

---

1 一种可伸缩式的警棍，材质通常为强化塑料或硬质橡胶。

尖叫一声后跑到公平身边。世良揉着脑袋，用呆滞的目光死死地盯着我。

"臭女人，少来坏事！"

"坏事的人不是你吗？"

樱井鬓角处青筋暴起，他一把抓住了世良的胳膊。

"你到底在想什么？就不能老老实实地待在后面吗？"

"骗子。"

小满把公平的脑袋放在自己的膝盖上，用含着泪的大眼睛狠狠瞪着我。

"说好了只有你进来说话的！公平他犯了什么错？"

"谁让你们这么好骗？"

世良用手指指着樱井。

"跟这种离家出走、在外面找了男人的贱丫头有什么好说的？把男的痛揍一顿，丫头塞进汽车后备厢里交给她父母不就得了？要是你做不到就让我来。最近的年轻小鬼，不给他们点儿教训是不会老实的。"

"我不会回去的！"

小满喊道。

"你们太可恶了，我才不要回去！"

世良用惊人的速度伸出大手，揪住小满的头发使劲一拽。公平的脑袋从小满的膝盖处摔到地板上，小满也疼得发出刺耳的尖叫声。樱井怒吼着：

"松开委托人的女儿！你又想吃官司了吗？"

原来如此，这种事儿已经不止发生过一次了。

世良挥了挥那只空着的胳膊，在樱井的脸上猛击一肘，樱井顿时喷着鼻血倒在地上。世良嘲笑道：

"嘿呀，真是抱歉。这个贱丫头闹得太凶，害我不小心手滑了一下。"

小满的面庞已经因惊惧而僵硬，她只是一个劲儿地挣扎着。世良用手抓向小满的胸脯，同时还耀武扬威地看着我，仿佛在对我叫嚣：

"怎么，你有意见？"

"只要向公司汇报说这个贱丫头发了疯似的反抗就行了，这样谁也无话可说。这种贱兮兮的卖淫女，不管说什么别人都不会信的。你也按这样汇报就行，听懂了就滚出去吧，臭女人。我先稍微享受一下，再把这个贱丫头送回家里去。"

我飞起一脚踢在世良的要害处。

进屋时我是穿着鞋的。由于在工作中长时间行走的状况非常频繁，因此我穿的是一双十分中意的结实的平底鞋。只可惜鞋头不是尖的，但这也足够了，世良顿时翻着白眼倒在地上。唯一不妙的是我用来支撑身体的那只脚疼痛难忍，导致这次踢击力道不足，或许会激发世良内心中某些奇怪的性癖，但我也不后悔这么做就是了。随后我跑到小满身边。

世良的手依旧揪着小满的头发。我一脸厌恶地掰开世良那温嘟嘟、黏糊糊的手指，然后扶着小满站起身来，而她还在不停颤抖。

"非常抱歉，我不知道他居然是这种变态。"

小满张开嘴巴，似乎想说些什么，却发不出任何声音。我环顾四周，发现墙上挂着一件薄薄的蓝色夹克，房间的角落里还有一个翻倒的粉色手提袋。

我把屋内看着像是女生用的物品装进包里，看了一眼另外三人。公平似乎恢复了意识，一边呻吟一边不住咳嗽；樱井捂着鼻子坐在地上；小满用后背紧紧靠着墙壁，依旧在瑟瑟发抖。我拎着手提袋来到小满身边说：

"听好，我现在立刻开车带你回父母身边，等你上了车，我会与调查公司进行联络。至于这件事要怎么处理，会由公司和你父母商量。你父母应该不会让你受人欺负的，清楚了吗？"

小满似乎没听明白我说的话，只是回望着我。

"要是你不想回家，我可以把你送到朋友或亲戚那里，你可以告诉我一个放心的去处，总之现在还是离开这里为妙。还是说你想继续待在这儿？"

小满像个孩子一样激烈地摇着头。

"我，我不回家。"

"知道了。"

"朋友那里也不想去……"

原本还在抽泣的她突然失去控制，放声大哭起来。不知为何，世人通常认为女人怀有较深的同情心，也更适合安慰他人，然而我却不擅长这种事。本想吼她两句，告诉她现在不是哭鼻子的时候，要想怎么做就明说，最后却还是忍住了。我搂着她的肩膀把她推到门口，然后对樱井说：

"车钥匙呢？"

樱井单手捂着鼻子，用另一只手把钥匙抛给我，用含混不清的声音说：

"抱歉，拜托你照看她了。"

"后面的交给我吧。"

我催促着小满，她一边用双手使劲了揉脸，一边盯着我说：

"我们去哪？"

"由你决定。"

"那就去你家。"

"哎？"

"我要去你家。"

我惊讶地望着小满，但她丝毫不像在开玩笑。我瞟了世良一眼，稍微顿了顿后回道：

"好吧。"

小满点点头，仿佛我理所应当这样做似的，接着利索地穿起了鞋子。我拖着脚步跟在她身后，心不在焉地想着医疗保险证的事。

正当我跟着小满走出房间时，背后突然传来樱井的叫喊声。我回过头，发现宫冈公平就站在我身后，手里拿着一把水果刀，正用一种镇定到古怪的眼神望着我。

而这把刀已经刺进了我的侧腹。

2

　　我被救护车送到医院，接受手术后住了院。听说那把水果刀只要再偏上一厘米，就不是刺中肋骨，而会刺伤重要的内脏了，而我或许也会因此毙命。一位圆脸的外科医师反复对我强调——"你运气真是太好了"，然而我的内心没有丝毫波动，令他感到讶异。可如果替那个恶棍受了一刀的人是他，恐怕他也不会觉得自己运气有多好吧。

　　刺伤倒还罢了，严重的是脚伤。经检查，我右脚的跖骨上有两处裂纹，当时居然还能用这只脚支撑身体猛踢对方要害，不仅那位瘦长脸的骨科医师颇感惊讶，就连前来取证的警察都觉得可疑。

　　本打算在警方来取证时随便应付一下，不过看现在的情况，我或许会在描述世良的恶行时添油加醋一番。

　　做完手术并恢复意识后，我看到长谷川所长与东都综合研究所的久保田社长正坐在我病床边。所长向我简单说明了当时的状况：平满惊慌失措，对赶来的警察（是邻居们在事发后立刻报警叫来的）说一切都是世良干的，包括我被刺的事。不过追根溯源的话，要是世良没把宫冈公平揍个半死，我也就不会被公平刺伤了，因此小满的话也并非毫无道理。要是条件允许，我说不定还会很乐意帮她圆这个谎呢，但再怎么说事情也不会这般令人如意，毕竟当时公平的手里还攥着那把血淋淋的水果刀呢。

　　最终，宫冈公平因伤害罪，世良松夫因暴力犯罪的嫌疑一同被警方逮捕。久保田社长望着我说：

　　"这次的事真是万分抱歉，住院费由我们承担，该负的责任我们也都会负。如你所见，我们特地替你订了单人病房。"

　　我望向长谷川所长，只见他挑了挑一侧的眉毛。社长接着说道：

　　"世良这个人确实有许多毛病，但只要稍加看管，倒也不会干出太出格的事儿来，这次的事我也衷心感到遗憾。"

　　听完这句话，所长把两侧的眉毛都挑了起来。

　　"其实他是个单纯的家伙，只要掌握诀窍，是很好安抚的。不过也没法对他有更高的要求，毕竟他过于单纯，尤其是在面对女性时。"

　　所长拍了拍久保田社长的肩膀说：

　　"差不多该走了，叶村也需要休息，是吧？"

　　虽说因为麻醉的余劲，我的脑袋是有点晕，但长谷川所长那副慌张的模样应该不是我的错觉。久保田社长想表达的似乎是——要是我能再多点儿女人味，照顾一下世良的颜面，就不会发生这样的事了，所以我应该对他帮我承担住院费一事感到满意，不要再弄出什么多余的乱子来。看来一旦成为社长，就会喜欢用这种高级的方式来表达观点。

　　几天过后，樱井来探望我，偷偷地讲述这件事的内情：

　　"世良其实是社长的侄孙。"

　　他的鼻子上依旧蒙着纱布，露出来的皮肤青一块紫一块的，煞是好看。

"也是社长大姐的孙子。那位大姐也是位了不起的女强人，但世良自幼父母双亡，被她收养后受到了极度的宠溺，导致世良直到二十八岁，连穿个衣服都要祖母伺候。"

我在各方面都感到颇为诧异，尤其是他的年龄。我原以为他已经年近四十了。

"想知道娇生惯养究竟会培养出什么样的烂人，他就是最好的范例。最令人吃惊的是，他居然还发自内心地认为自己是正义的伙伴，要为社会惩罚那些被惯坏了的贱货……不，是女生。我老婆也对家里的独生子娇惯得很，看来得让她别再这么做了。"

"世良被炒了吗？"

"社长很难应付那个老太婆。"

樱井说着掏出烟来，又突然想起这里是病房，显得有些窘迫，"我和其他员工一致对社长表示，这样下去公司会完蛋的。世良根本不像是受了教训的样子，不仅没有丝毫认错的打算，还满口胡言乱语，说和那种本来就不干不净的贱货……不对，是女生上床……不对，是睡觉，有什么不可以的。"

在这行干了这么久，樱井的脸皮依旧很薄。

"听他的说话方式，应该不是第一次干出这种事儿了吧。"

"千万要保密啊，我跟你说，这已经是第三次了。他上个月进的公司，第一件工作是寻找一位女高中生离家出走后的住处。这件事的负责人是堀越婆婆和新庄，他们在六本木的一家俱乐部里发现了女孩，于是跟踪她，想找到她的秘密住处。最后发现她住在下北泽的一间公寓里，于是婆婆命令世良在附近监视一晚后，便和新庄先撤退了。"

堀越圣子是一位五十多岁的调查员，过去曾是家庭主妇。她的丈夫品行不端，于是她单枪匹马做了一番细致的调查后，成功与对方离婚，随后便从事起了侦探的工作。新庄则是一位二十多岁的小伙子，他是在高中辍学后进的公司，平时总是一副很臭屁的样子。他最熟悉那些人多热闹的场所，头发和眼睛几乎是见一次面换一次颜色。这对组合乍一看极不搭配，但两人却相互之间取长补短，在工作方面取得了赫赫战果。

"世良对谁都是那副目中无人的态度，婆婆或许也是对他看不过眼。然而第二天等两人回来时，发现本应该停在附近用来监视的车子已经不见，世良也失去了联络。他们本以为世良只是消极怠工，结果去监视对象的住处一看，发现那个女孩正和朋友蹲在房间角落瑟瑟发抖。她们说那天晚上来了个男人在门外大吵大闹，一整晚都在喊她的名字。由于世良声音太大，还说了许多下流话，邻居终于忍无可忍地报了警，对方就不知逃到哪里去了。将女孩送回家后，两人与社长一起逼问来公司上班的世良，他这才满不在乎地承认是自己所为。说这种小小年纪就离家出走、到处闲逛的丫头，就该好好教训一顿。"

樱井用鼻子哼了一声。

"社长不想招惹那个老太婆，只是讲了些'世良的说法也有一定道理'之类的话，把这件事给应付了过去。毕竟委托人也不知道这件事是我们这边的人干的。婆婆和新庄向社长提出抗议，拒绝再和世良

组队，于是世良便转去了高木跟石丸那组。他们负责的是企业人事，所以原本没人觉得会出什么岔子。没想到在调查过程中，碰巧发现有位公司董事打算带一个十二岁的女孩开房。他们觉得不能袖手旁观，便决定把女孩送回家去，本以为世良总不至于对孩子下手，就让他们两人一起坐在后排座上，结果……"

"够了。"

我听得有些反胃，打断了樱井的话。他长长地叹了口气，把手伸进头发里面使劲抓挠起来。

"平满的父亲听女儿讲过这件事后火冒三丈，冲到公司来跟我们算账。我们为了找她的女儿花了整整一周时间，结果委托费自然是一分没有，还倒贴了不少抚慰金。长谷川先生也……"

樱井慌忙闭上了嘴。不过我也清楚，自家员工——当然指的是我——被他们害得好一阵子没法工作，所长当然不会善罢甘休。不过我就当没听见这句话了。樱井继续发着牢骚：

"这件事害得东都在客户中的信用大打折扣。平满的父亲平义光可是大型建筑承包商——独角兽建设公司的专务董事。社长原本还想着要是一切顺利，就能接到这家公司在企业人事方面的委托，但这下也全泡汤了。之前向平推荐我们公司的是他的猎友——身为企业顾问公司社长的野中，如今他也表示要终止与我们公司的合作。久保田社长大发脾气，把世良和没能管住他的我都痛骂了一顿。唉，本以为世良不会好意思在女士面前对委托人的女儿下手，所以才请叶村你过来的……啊，别误会，我当然没有责怪你。"

不过他也的确没能下得了手——想是这样想，但我没把这句话说出口。正当气氛有些尴尬时，伴随着一阵敲门声，相场实乃梨走进了病房。

"你要的东西我帮你带来喽……啊，不好意思，有客人？"

樱井慌忙站起身来，嘟哝着打了声招呼后就出去了。实乃梨毫不介意地关上房门，然后将带来的纸袋放在床头柜上。

"内衣、书、收音机、纸巾盒，还有运动服。这些东西最近不是都可以在医院里租赁吗？"

"嗯，但是得花钱啊。"

"还是老样子，小气家家的。这是给你的慰问礼。"

实乃梨送给我一盒剥好皮的西柚果肉，接着坐在樱井刚刚坐过的椅子上。

相场实乃梨是我从初中相处至今的好友。几年前她的未婚夫自杀，本应成为新婚之家的公寓只剩她一个人住着，因此便邀我当了她的室友。

居住在一起时，我们相处得非常和谐，甚至比夫妻生活还要融洽。两个女生既不会把袜子脱得到处都是，用过的餐具也都自己收拾，再加上擅长使用电器，不仅为彼此省下不少钱，这样做还比独居更加安全，更不用担心受别人唠叨。

不过从大约半年前起，我们分开住了。尽管直接原因是一起事件，但即使没有这件事，我们迟早也会分开来住。毕竟住在一起让人心情太过舒畅，要是这种生活持续下去，她一定会再也没有办法结

婚。而当我离开时，未婚夫自杀在她心里留下的伤痕已经痊愈，她也开始追求下一个男人了。要是我一直赖在她身边，好好的姻缘也会搞砸的。但也不至于我刚一离开，她的身边立刻就有男人出现，因此我们还是互相保留着对方家里的钥匙，每隔两周，一个人就会去另一个人家里聚餐，每隔五天也会煲一次电话粥……

我躺在病床上看着实乃梨。她在图书馆工作，平时总是穿着冷色调的工装，今天却穿着淡红的连衣裙。

“身子怎么样？”

“还好吧，死不了。”

“一看就知道啦。”

实乃梨皱着眉头说：

“晶，你还是早点辞了这份工作吧。既不是因为爱好，又没什么额外好处，而且还这么危险。”

我惊讶地眨了眨眼，因为实乃梨从来没在工作的事儿上教训过我。说到这里，她的眉头皱得越发紧了。

“之前从没听说你受过这么重的伤。”

“你做图书馆管理员时，不也被倒下的书架砸出过锁骨骨折嘛。”

实乃梨无意识地把手伸向胸口，噘着嘴说：

“两码子事，你这可是被人刺伤的。要是产生了什么心理阴影，导致要去看心理医生可怎么办？”

“抱歉，我这个人神经比较大条。这年头在哪儿干什么工作能没个风险呢？"

"真是的，都三十多岁了，说话还这么冲。晶，这样下去你得什么时候才能嫁人？"

我深吸一口气。由于牵动肌肉，导致伤口有些疼痛，不过难受的不只是伤口。

"然后呢？"

我问完这句话，实乃梨微微一愣。

"什么然后？"

"你的男人。"

"啊？你在说什么呀，刚刚又没在谈这个。"

实乃梨试图蒙混过关，然而没能成功。她一向不擅长撒谎。

"真讨厌，就不该找个侦探做朋友。"

实乃梨放弃了掩饰，小声嘟哝着。

"而且还不是我的男人呢。只不过是他来图书馆，我帮忙查了个资料，他就请我喝茶，又说要和我交换邮箱地址，想找个机会和我去吃顿饭而已。"

"进展倒是够快的。"

"有什么不好吗？就是因为这样我才讨厌侦探。"

"没什么不好的，就别一直埋汰我啦。"

"都怪你问得太多。"

我们都一声不吭了。尽管有的闺蜜能做到无所不谈，哪怕是男人的话题也可以毫无保留，但我们却并非如此。也正因为彼此知根知

底，自尊心才会成为我们两人间关系的阻碍。

我干咳两声之后说：

"也是，我确实没必要知道。"

实乃梨也无所顾虑地点点头：

"是的。我们的关系还没到能和你谈的程度。"

"要到什么程度才可以和我谈？"

"晶，你好讨厌。"

"哦……咦……是这样啊。"

"什么叫'是这样啊'？笨蛋，我不是那个意思，真、真的不是啦！"

我捂着侧腹大笑起来，刚刚还在低头说我坏话的实乃梨终于也忍不住笑出声来。

笑声终于平息，伤口的疼痛刚缓和下来我就问她：

"然后呢？对方是什么人？"

"三十三岁，是个牙医，多的就先别问了，我和他也还不太熟。"

"需要我调查一下吗？可以给你优惠价。"

"别啦，真是的，我们还只是朋友而已。他很擅长倾听，也很会安慰人，和他在一起时心情非常放松，我不想和这样的人闹什么不愉快。"

实乃梨略显慌张地站起身来，看了一眼时钟说：

"不好意思，我还有点事，下次再来。"

"抱歉，害你这么忙还过来看我。"

"对了，出院后就来我这儿吧。单脚走路很不方便，我可以帮你买东西，你过来住上一阵子也没什么麻烦。"

当实乃梨做出这个善意的提议时，我可以确定她没有看着我的眼睛。这位朋友只是盯着病房的门，侧脸显得十分阴森。如果是不了解她的人，一定会觉得那是句极不情愿的客套话。我不禁笑着说：

"谢谢，要是一个人生活不方便，我就去打扰你几天。"

"嗯，别客气。你是个遇到什么困难都能坚强应对的人，我对你非常放心。"

她挥了挥手向我告别，随后便离开了。我叹了口气——她与我活在截然不同的世界里，当她迈步走进下一个阶段时，我依旧在原地踏步。至少实乃梨心里是这样认为的。

不过这样也行，只要她能如愿以偿就好。

西柚吃起来温乎乎的，微微有些苦涩。

3

事实上一切从这时起就已经开始了，被牵扯进那起事件的我，在不久后即将迎来人生中最为糟糕的九天，只不过当时的我对这一切都还浑然不知。

序盘战

01

恶意的兔子

1

两周后，我出院了。又过十天，我摘了绷带，医生也表示治疗已经结束。整个世界在我眼里顿时充满了玫瑰色的光辉，我欢天喜地地回到了家里。

决定不再与实乃梨住在一起后，我立刻开始寻找住处，预算自然有限，我没抱期望地与长谷川所长商量一番后，他给我介绍了一个叫光浦功的人。这个光浦在新宿区的中井拥有一栋不打算出租的建筑。

"现在还不想翻盖啦，毕竟只能改成一栋小楼。"

光浦一边把耳朵上的羽饰形耳环拨动得不断反光，一边告诉我把那栋建筑荒废着的原因。

"最近大江户线开通到了那边，应该会有不少人想租吧？"

"算是吧。不过反正我在别处还有两栋公寓，不缺自用的房子，也不急着用钱。"

光浦搪塞着，但恐怕他只是没钱翻盖罢了。

在一条破破烂烂、极其敷衍地开着七八家小店的商店街上走到尽头，就能看见一条胡同，提到的那栋建筑就位于胡同口。那是一栋钢筋混凝土制、外表极为寒酸的二层小楼，但看上去足够结实。一楼是家早已停业的日式套餐店，而我租下的是二楼。尽管房间还算宽敞，地上的榻榻米却散发着一阵莫名其妙的异味。厕所是日式的，浴室里的瓷砖已经泛黄，灶台橱柜之类的厨房用具像是经济高速增长期[1]的计划住宅区一样混乱不堪。光浦表示自己舍不得花钱雇人收拾，这里可以随我布置，只要交好火灾保险，押金谢金全免，而且每个月只要五万块钱房租。从开口那一刻起，我就认定了这个房东。

我找了几天空闲时间把房间彻底收拾了一遍。榻榻米全部丢掉，先铺上一层地板，再盖上小块的地毯；天花板和柱子也重涂了一遍，随后在三合板的墙壁上贴了一层廉价的手抄纸[2]；满是除虫剂味的壁橱被我打开通风，用酒精消毒后铺上壁纸，然后在拉门上铺上蓝色布料，换上新的拉手；至于置物架，我在上面涂了一层油漆，外面挂了一层格子布帘。

房间里的家具几乎都是别人送的或捡来的。光浦说他的房客有一套不要的餐厅家具组，既有餐桌又有四张椅子。尽管那张餐桌上满是蜡笔的涂鸦画，椅子里也有两把断了腿没法再用的，但我依旧乐呵呵地捡回了家。看着我欢天喜地的样子，光浦都愣住了。

家具组里甚至还有一个书柜。我用剩下的油漆把餐桌和书柜也涂

1　日本在战后经济恢复阶段后的经济快速发展的一个时期，通常被认为是1956-1973年。在此期间，日本的国民生产总值增加了12.5倍，人均国民收入增长10倍多，年均增长9.8%。1966年赶超英国，1967年赶超法国，1968年赶超西德，在资本主义国家中仅次于美国，成为亚洲新巨人，引起全球经济界的注目，被称为"世界经济奇迹"。

2　一种手工抄制的纸张，通常由构树树皮制成，优点是有较好的柔韧性，耐保存，不易变色。

了一遍，在餐桌上盖了桌布，又压上一块玻璃板。椅子上原来的布罩撕掉，将窗帘剩下的布料罩在上面，用订书机订牢。

若是被人讽刺寒酸，确实无言以对，但至少我自己是满意的。别人常说我没有女人味，我也这么觉得，但唯一可以确定的是，我的染色体中也刻有"装饰巢穴"的本能。尽管如此，身为一个外行，修理能力有限，室外那段略带倾斜、锈迹斑斑的楼梯我就收拾不了了，依旧只能用单脚一级一级辛辛苦苦地跳上来。

许久没有运动过的肌肉得花上一段时间才能恢复，如今别说跳跃，我连花一匁[1]的儿歌都不想做。不过庆幸着双脚还在的同时，我依旧没有放弃工作。光浦为我介绍了一个制作首饰的兼职，我需要先把黏合剂滴进一个开了小孔的底座上，随后舔一下竹签的顶端，粘起一个指甲垢大小的水钻，最后将它嵌进小孔里。一个耳环需要粘三十颗水钻，而粘好一对耳环可以赚九十块钱。

在厨房的餐桌上默默工作时，我的内心是踏实而欣喜的。出院后的这十天里，我已经舔了两万两百二十次竹签，粘好了三百三十七对耳环，赚了三万零三百三十块钱。然而其中的一成要用来缴税。有时我会用竹签尖锐的一端把报纸上那些政客的鼻孔戳大，但这样做并没有让我的心情好转起来。

当粘好第三百三十八对耳环并将它们摆放在盒子里后，我的手机响了起来，打来电话的是长谷川所长。

"本打算去医院抓你做壮丁，没想到去晚了。绷带已经摘了？"

1　一种唱着《花一匁》的儿歌边走边进行对答的儿童游戏。

"是啊。"

"那应该没什么大碍了吧，我有重要的事情找你。"

我不由得苦笑起来。尽管所长给过我不少方便完成的工作，算是我的衣食父母，但用起我来也毫不客气，没有生命危险的刺伤与只是让人行走不便的脚伤，还不足以让他对我"手下留情"。

"什么重要的事？"

"工作。"

听他的语气，仿佛在对我说"这还用问"一样。

"有个十七岁的女高中生失踪了，他的家人委托我们找到她并带她回家。现在就去见委托人，你这会儿在家吗？我开车过去接你。"

"等等。"

"怎么，有什么问题吗？"

所长突然装起傻来。

"还是放过我吧，我最近不想接近十七岁的女生了。"

"和上次不一样，这次是直接委托我们，没有那个变态小子掺和。而且委托人还是指名道姓要你去的。"

我不禁有些好奇。

"为什么单单找我？"

"谁知道呢，总之委托人坚持要你过去。我提过你受伤的事，可人家就是不依不饶。你有什么打算？"

住院时我几乎没做过什么正经的康复运动，身上的伤虽然好了，但还不算彻底痊愈，行走速度要比平时慢上不少，体力也约等于零。

在这种状态下，我实在没法觉得自己能像平时那样工作。

但当我走回餐桌前，坐在椅子上，低头看着满满地装着耳环成品的箱子、装着水钻的袋子以及那些半成品时，我还是深深吸了口气，随即说道：

"我去。"

眼皮外侧的光线暗了下来，我感受到一阵植物和流水的气息。睁开眼后，只见成片嫩绿的树木伸展着茂密的枝叶，耳边传来初夏时节风儿的喧嚣声。眼前的一片新绿，正在阳光的沐浴下熠熠生辉。

"这是哪儿？井之头公园？"

驾驶席上的长谷川所长望着我微微一笑。

"醒得正是时候，刚才你睡得够香的。"

"不好意思。"

"没事，话说回来，这儿就是委托人的家。"

车子速度很慢，但依旧在不断向前。我惊诧地张大嘴巴，同时脑袋也彻底清醒了。尽管长谷川所长有时会开些无聊的玩笑，但一向不胡说八道。

"他家到底有多大啊？"

"挨着井之头公园，显得大到夸张而已，但也差不多有三千坪[1]了。听说他们家祖上家宅的面积是现在的五倍还多，虽然因为缴纳遗产税和分售等原因减少了许多，但依旧很不得了了。"

1　土地面积单位，一坪约3.3平方米。

所长的语气里似乎夹杂着讽刺与挖苦。

我关上差不多三厘米的车窗缝，从手提包里拿出化妆袋，麻利地抹掉脸上的油腻，继而补了补妆。映在粉盒小化妆镜里面的脸显得有些惨不忍睹，这张脸已经陪伴我生活了三十多年，如今也不想对它抱怨什么，只是希望它能更容易上妆些。我正盯着镜子，突然发现长谷川所长笑吟吟地望着这边，赶忙扣上连镜粉盒，装作专心地看起膝盖上那本老旧的经济杂志来。委托人——泷泽喜代志那张堆满了笑容的面孔正朝上望着，一看就觉得不像什么好人。不过穷人对这种金融大亨一向怀有偏见。

泷泽喜代志是国内及海外五十七家皇家好莱坞连锁酒店的会长，年龄四十七岁。十年前，他从过世的父亲手里接过股权和地产，属于典型的"富三代"。此人毫无经营手段，在泡沫经济破灭后生意惨遭失败，如今只是个名义上的会长。或许正因如此，他有着骑马、狩猎、游艇、钓鱼、高尔夫等诸多爱好。

汽车慢慢向左转弯，直到开过去后，我才发现车子已经进了大门。门后是一条由水泥铺成的平缓坡道，路上带有防止车胎打滑的刻痕，所长那辆丰田Corsa的轮胎碾在上面发出"咯吱咯吱"的声响。我在心里自然而然地期待起一种加利福尼亚石油大亨不惜重金雇佣私家侦探的场景。然而当看到出现在眼前的宅邸时，我着实感到泄气。

宅邸确实很大，横向纵向都很宽敞，然而样式过于难看。就好比泰姬陵、美洲南部殖民地风格的公馆、凡尔赛宫殿以及帕特农神庙都是精妙的建筑，但要是将它们混在一起，就会变得像乡下的情人旅馆

一样。

　　汽车停在门前，我们按了门铃。见到开门迎接的人后，所长下意识地往后退了两步，原来对方正是委托人泷泽本人。所长一定是觉得会由管家，至少是由用人开门。

　　"敝人长谷川，这位是叶村晶。"

　　"进来吧，时间正好。"

　　入口大厅的天花板很高，门一关上，这里就暗了下来。锃光瓦亮的地板应该是由高级木材制成，粉色的大理石估计是在意大利订购的，至于头顶上的枝形吊灯，看上去也是订制品。然而这些加在一起却令人觉得冷飕飕的。这里要是能摆点花，或是铺上些地毯就好了。想着这些，我一边小心翼翼地避免拖着脚走路，一边跟在所长身后进了侧面的一个房间。然而里面的布置令我更觉惊悚。

　　简直像是猎人小屋一样。

　　只见墙面安着一个巨大的壁炉，侧面设有吧台，壁橱上摆满了洋酒——几乎都是苏格兰威士忌。地板和沙发上堆积着许多动物毛皮，墙上固定着鹿、野牛及熊的兽首，野鸡、猿猴、狗的剥制标本也在地板和其他家具上摆得到处都是，总觉得它们都在用玻璃制成的眼珠死死地盯着我。我估计光是用来装饰这个房间的费用，就已经足够买下一间七十多平方米的公寓房了。

　　"平时家里都是有保姆的。"

　　泷泽喜代志站在壁炉、野牛首和鹿首前淡淡地说。

　　"但今天给她放假了。既然要和你们谈话，没有外人会更轻松。"

　　我很想说"但是没人上茶"。这会儿喉咙渴得慌，或许是从新宿出发起就一直在车上张嘴睡觉的缘故。

　　我和所长坐在一张十分柔软的沙发上，沙发上铺着像是从北极熊身上剥下来的白色毛皮。泷泽坐在我们对面，盯着我从头到脚地打量。

　　"是朋友把你介绍给我的。"

　　泷泽没有搭理所长，光顾着和我说话。我耸了耸肩膀说：

　　"是平义光先生吗？"

　　"哦？为什么这么想？"

　　"你们似乎都很喜欢狩猎。"

　　"喜欢狩猎的人可多得很。"

　　这话倒是不假，但身在金融界，知道叶村晶这个名字，同时又喜欢狩猎的人可没几个。

　　"听说你为了保护平的女儿而被人刺伤了。"

　　简单来说就是这样。我模棱两可地点点头，但泷泽似乎没有等我回话，而是自顾自地说了下去。

　　"我女儿和平的女儿就读于同一所高中，叫西莫尔学园，你听说过它吧？"

　　我知道泷泽口中的西莫尔学园是一所从幼儿园起读的一贯制学校，它对学生的家世与门第极为重视。想要进这所学校得花上一大笔钱，但光是有钱还远远不够，可以说这所学校遵循的思想与民主主义完全是背道而驰的。

　　"平的女儿与我家美和从幼儿园起就是朋友，但也在老早之前就有许多问题。美和是个善良的孩子，总是护着那个爱惹麻烦的丫头。最近……"

　　泷泽抬起下巴指了指我的脚。

　　"发生那起混乱后，平的女儿回到了学校，我就不用提了，美和也一直对她多有照顾。"

　　长谷川所长假惺惺地恭维道：

　　"平先生和平家小姐想必都非常感谢您。"

　　"平算是这样吧，他女儿就不知道了。"

　　"然后呢，你是听小满提到我的？"

　　"那个丫头，竟然说她对美和的事情丝毫不知！"

　　泷泽冷不防地从沙发上站起身来，开始在房间里踱来踱去。

　　"美和都失踪十天了！如今的女孩子，哪怕是出门玩玩，有几个男生朋友，甚至夜不归宿都很正常，但十天还是太久了。过去即使她外宿在别人家，也会和我保持联络，正常上学，可在这十天里，她既音讯全无，也没有去上学，肯定是遇到什么事了。"

　　"您报警了吗？"

　　"那还用问吗？警察和医院都联系过，能想到的美和的朋友也都问过。你们侦探能想到的，我已经一件不漏地做过了。"

　　泷泽死死地瞪着我——这正是外行人的天真之处。即使向同一个人打听同一件事，一个不分青红皂白只会怒吼的可怕大叔，与擅长询问之人所问出的消息也会截然不同。在许多案件中受害者的亲属都过于激动，为了尽早得出结论而没能把握案情中最重要的事实。

"能具体说说最后有人见到美和，是在什么时候的哪里吗？"

让我这么一问，泷泽果然有点发蒙。

"……都说是十天前了。"

我看了眼手表，今天是五月十五日。

"也就是说，是五月五号，星期六那天对吧。"

"不……最后见到她是在三号，当天美和在家吃的午饭。我不在家，美和那天放假，跟保姆说要去附近的朋友家玩，暂时先不回家。"

"哪个朋友？"

"好像是个叫柳濑绫子的女生，父亲只是个保险公司的小推销员，她居然能跟美和混得不错。"

泷泽脸上一副不满的神色，赌气般地加上一句。

"美和就是人太好了。"

这句话我不反对，至少听上去比她父亲的性格要好得多。

"四号上午我回到家里，但美和不在，我吃了顿午饭后立刻又出去了，六号晚上才回，那时美和依旧不在，但我因为太累，所以很快就睡下了。"

"也就是说，当你意识到美和失去联络时，已经是七号早上了吗？"

"也不是。我记得……那天一早我有个会要开，所以六点就出了家门，回来时已经过了晚上十点。保姆告诉我学校联络家里，说美和

无故旷了一天的课。我非常惊讶，因为她从来不会无故旷课。于是我给柳濑家打电话询问美和的事，没想到他们一家从五月三号起就去夏威夷旅游了，还是黄金周的四天两夜，简直难以置信，这种最空闲的时候，干吗不待在家里放松？"

他的语气里充满了轻蔑，但他似乎从未想过正因为有底层劳动者的辛勤劳作，自己才能住得上这样的豪宅。

"然后，这几天里我联系了熟悉的警方人士，他们也做了不少调查，可始终没能找到美和的行踪。但也至少没在临时停尸处发现身份不明的……也就是说，至少她没有生命危险，也没因失忆而住院。"

在担心女儿的状态下还能保持冷静——我刚在心里这样想，泷泽就突然膝盖一软，瘫坐在沙发上。

"那个熟人说警方似乎至今也没什么行动，所以我发动公司员工去找，可依旧毫无收获，真是一帮废物。"

"对学校那边是怎么说的？"

"说她得了急病。"

"就是说，没告诉他们美和失踪的事。"

"那还用说！要是让人误以为美和是离家出走就麻烦了，我也对公司的人嘱咐过少提这方面的事儿。"

如此辛苦还要被他骂成废物，真受不了。只有这种时候我会打心眼儿里庆幸自己没进公司任职。

"出于无奈，我只好跟平商量这件事。平说尽管调查公司的人害自己女儿吃了不少苦头，但至少在几天之内就查到了住处。他让我也找调查公司试试，只要避开东都综合研究所就行了。我对平说想先问问他女儿，因为美和平日一向对她很好，我觉得她或许会知道些什么。"

"小满说什么了？"

"那个混账丫头！"

泷泽突然激动起来。

"对长辈不像样，嘴里也没个正经话，硬说美和的事情她一概不知。我不想说朋友坏话，但这丫头真是毫无教养！我一激动就吼了她，让她赶快想起些什么来，没想到这丫头居然哭了，我还想哭呢！"

我咬着嘴唇憋住笑。泷泽喜代志在愤怒之余，用颤抖的手敲起了桌子。

"那个丫头肯定知道些什么，我的直觉一向没错。可她的嘴巴太紧，平说他会问的，然后就把我赶走了。可第二天他打来电话，也只是冷冷地说女儿什么也不知道。要知道他家的丫头离家出走，还和外面的臭小子同居，是我从中斡旋，才让她不至于被开除的！可她却……该死！"

泷泽喜代志又从沙发上站起来，骂着他的家教容许范围内的脏话。我和长谷川所长一言不发地等他说完，心里想着要是能有人端杯水过来就好了。

片刻过后，泷泽稍稍冷静下来，清了清嗓子继续说道：

"所以我想，你或许能从那个丫头嘴里问出美和的行踪，这个活

能接吗？"

我稍微想了想，泷泽焦躁地揪着沙发上的软毛。

"有什么可犹豫的？要是能问出什么消息，我给你三十万！你能保护平的女儿，却不肯救我家的美和吗？"

"在答应您之前，有件事我需要确认。"

我开口说道。

"您的委托，只有从平满口中问出令爱的消息这一件事，而不是要查清令爱的行踪吗？"

泷泽目瞪口呆地望着我，仿佛看到泰迪熊张口说话一样。

"这个……总之只要让平家的丫头开口，应该就能知道美和在哪里了。"

"那可不一定。的确小满有可能知道些什么，但在这种情况下，很难认为美和是主动藏身起来的。"

"什么意思？"

泷泽不断强调自己的女儿不会离家出走，也不会无故夜不归宿，一定会和他联络，却对我所暗示的事实不予理会，我只得把话敞开来说：

"也就是说，美和很有可能被牵扯进了某起案件当中。"

"不可能！警察没有联系过我……"

"大多数监禁案件都是在受害者逃脱后才得到警方的注意。"

或者是在受害者的尸体被发现后——尽管这样想着，却实在不忍心说出口。

即使这样，泷泽的脸上也失去了血色。

"不，不可能。我女儿不会傻到被别人监禁的。"

"她在离开时带了多少钱？"

泷泽一时语塞，继而摇了摇头。

"在令爱失踪的这段时间里，信用卡或借记卡有使用过的记录吗？"

"信用卡不清楚，但借记卡没用过。"

"那她的衣物或随身物品有什么不见的吗？"

"她不会蠢到被牵扯进什么案件里去！对了，在前一阵子的模拟考试里，她还考出了全国第三十名的好成绩呢！"

我叹了口气，指出问题所在：

"您不是一直强调美和为人善良吗？但这种女孩也很容易被骗。她可能不会被长相好看的男生所骗，但万一看到有人生病，却有可能送对方回家。"

"病人怎么可能监禁得了美和？她每天都在举哑铃锻炼身体的！"

对泷泽的同情与喉咙干渴的程度成同比例提升着。

"任何人都有可能装成病人。"

"你到底是什么意思？警方那边可什么也没说，监禁这种事就更离谱了！"

"叶村想说的是……"长谷川所长平静地插了句嘴，"请您不要再自欺欺人了，事到如今，确保美和小姐的人身安全才是第一要务。

至于面子和学校的事，还是等人找到后再考虑为妙。虽然不清楚美和小姐是由于什么事件，或是事故而行踪不明的，但失踪整整十天，已经不是什么无关紧要的小事了。"

"你是想让美和回来后，也像平家的丫头那样，被人当成是离家出走，和男人在外面鬼混的女孩吗？"

"我相信以您的能力足以保证美和小姐不受外人非议，难道不是吗？"

泷泽的眼珠焦躁地乱转，流露出一种象征着包含经营公司在内、在各个方面都优柔寡断的眼神。我不禁对产生这种想法的自己感到一阵厌恶。

"知道了，那就这样吧……"

我开口替他解围道。

"我先尽快和小满见面谈谈，说不定能问出什么线索。但不能保证成功，毕竟小满也有可能真的对此一无所知。总之如果能问出美和的下落，我的工作就算完成，要是问不出来，就请你将委托改为寻找她的下落。"

尽管只是拖延了最关键的问题，但泷泽依旧毫不犹豫地答应了。

"好吧，那就这样……不过你们该不会为了多挣佣金，故意隐瞒平家丫头吐露的消息吧？"

"放心吧。这种涉及信用的问题，对调查公司而言是关乎性命的头等大事。"

长谷川所长平静地给泷泽吃着定心丸，而我已经快没有足够的精力继续哄着这位会长大爷了。

2

西莫尔学园位于东京郊外的武州市，是一所基督教女校，由明治时代的传教士约翰·西莫尔所创办，以博爱、清纯与侍奉上帝等美德为宗旨。不过如果光是教育这些，也就用不着挑剔学生的家境了。而且在这所学校所宣扬的诸多美德中，似乎并没有"谦逊"或"礼让"的影子。

在校外根本无法看清校园内部，我只能沿着由红砖砌成的外墙踱步。武州与世田谷相同，沿公路干线往内稍微走走，就是无数狭窄而错综复杂的道路。学园前面的马路算不上宽敞，来往的车辆相互之间慢吞吞地擦肩而过。尽管校园里种植着茂盛的树木，校门前也盛开着鲜艳的粉色杜鹃花，但依旧没法让人觉得是什么舒适的环境。

我坐在离校门稍远的马路护栏上用手帕捂着嘴巴，同时回忆着几乎是从泷泽口中逼问出来的泷泽美和的个人信息。美和的母亲叫辻亚寿美，十年前与泷泽离婚，如今是一家珠宝店的经营者兼设计师，独自居住在赤坂的一间高级公寓里。我问泷泽他是否向辻亚寿美打听过美和的下落，结果泷泽大发雷霆地吼道"那个女人与我无关"！随后隐约表示并没有打听过。就这还要吹嘘侦探能想到的他都做过，真是服了他了。

此外我还提出了查看美和房间的要求，也被他当即拒绝了。如果

继续调查下去，或许他会答应我的，但一想到获取同意前究竟要抚平他的多少愤懑，我就感到头疼。

平满出现在校门口时已经是三点过五分。当她笔直向这边走来时，我险些漏看掉她。只见她的头发短得就像男孩儿一样，身穿当时挂在宫冈公平家墙上的那件薄薄的蓝色校服。在附近众多女生的欢声笑语中，她简直像是种截然不同的生物。

注意到我后，小满停下了脚步。她先是眼神游移了一阵，继而抬起下巴，似乎要向我打招呼。

"上次的事谢谢你了。"

小满走到我身边，用眼睛瞪着我。

"然后干吗？有事找我？"

"嗯，有点事想问你。"

"我没钱给你，是老爸说不给钱的。情况我已经说清了，要埋怨的话找我老爸去。"

"如果这笔钱指的是我的慰问金或是报酬，你爸爸当然没有义务去出。"

小满正揉着头发，听了我的话后疑惑地放下了手。

"可你不是救了我吗？"

"毕竟那是我的工作，而且跟我签合同的也不是你爸爸，而是其他调查公司。我应得的报酬一分不少，不用担心。"

"伤口，还疼吗？"

小满还是遵循最基本的礼节慰问了我一句，但不得不说，她比泷泽喜代志描述得要礼貌多了。

"托你的福,只要不大笑就还好。"

女学生们从身边经过后纷纷回头望着坐在护栏上说话的我的背后,小满则一个个地瞪回去。于是我问道:

"能抽点时间吗?我请你喝茶。"

但她突然眼神呆滞,一言不发地往前走去,我拖着脚步跟在她身后。

从学校走了大约八分钟,我们来到武州乡土公园,小满走了进去。这里曾是某位文豪的宅邸,约二十年前他与世长辞,将土地留给市内,这里便成了一所市民公园,宅邸则改建为乡土博物馆。公园门口立着一块牌子,上面写着"门票一百元"等字样。我付了二百元,心里抱怨着市民公园还要收费。不过公园的环境确实带着一丝武藏野的风貌,既有葱郁的杂木林,又有涓涓的自流泉,若是免费开放,这里恐怕会被玩战争游戏的小鬼头们给搞得一团糟。

树林里有圆木铺成的小道,气喘吁吁地登上一座小丘后,眼前出现一座凉亭。整个小丘只有这里没有种树,地面是一片草坪,缓坡处通风很好。

我从自动贩卖机上买了罐乌龙茶,然后坐在草坪上。对面的一块空地上竖着围栏,里面养着兔子和小鸡。只见兔窝旁蹲着一只大到惊人的白兔,看样子像是因为被关进窄小的栅栏里而赌气。

"真是个怪里怪气的公园,你常来吗?"

小满习惯性地伸手去拢头发,随即像是注意到什么一样放下了

手，然后用下巴示意着那些动物说：

"偶尔来吧。它们都是被抛弃的。"

"你是指兔子和小鸡？"

"人们把自己不养的动物扔在这里，有时还有猫狗。小猫一般会被人领走，小狗却常常被带到卫生站人道处理。"

一下子走这么多路，脚上开始隐隐作痛。我缓缓按摩着小腿肚子和阿基里斯腱的部位，开始言归正传。

"你认识泷泽美和吗？"

小满抬起头来，隔着乌龙茶的饮料罐直勾勾地盯着我。

"是泷泽家的臭老爹差使你来问我的吧？"

"是啊。"

小满用手揪起了自己的下唇。

"他说的是不是'我们家善良的美和平日里那么照顾她，她居然好意思觍着脸说什么也不知道？赶紧从那个蠢丫头嘴里把话给我问出来！'？"

我"噗嗤"一声笑了出来。

"差不多吧。"

"真是烦死了。跟他说了多少遍我不知道，还是觉得我在撒谎。你也相信那个臭老爹说的话？"

"像他那样咄咄逼人的，谁会说老实话呢？"

"可我真的什么也不知道。"

小满低声说着，我耸了耸肩膀。

"你跟美和关系怎样？"

"这种事没必要问吧……"

"先不管那个'臭老爹'，真实的情况是怎样的？"

小满思索了一会儿，又想伸手去拢头发。

"我平时会跟美和说话，放学后也一起回过家，我们的父母是朋友，所以不只学校，我在家里也与她见过面。但是怎么说呢，彼此之间都不太好亲近的样子。"

"因为你们的父母关系太好？"

小满用力点了点头。

"嗯，就是这样。她特别黏自己老爸，要是我不小心说了什么，马上就会经她老爸之口传到我爸妈耳朵里，所以后来就只和她说些无关紧要的事。再加上她成绩优异，我父母动不动就拿她来埋汰我。"

"她也只和你谈些无关紧要的事？"

"嗯，我平时根本不知道美和在想什么，她也只会跟我随便聊聊而已。"

"随便聊聊啊……会聊男生的话题吗？"

"倒是没有过呢。不过毕竟已经十七岁了，就算找到男朋友也没什么可兴奋的，特别让人激动的那种另说。"

我有点想笑，连忙喝了口乌龙茶掩饰一下。刚才那句话真想让实乃梨听听。

"是吗。话说回来，你最后一次见到美和是在什么时候？"

小满陷入了沉思。她把手抬起又放下，继而焦躁地挥来挥去。

"记不太清了，但五一那会儿放了四天假，所以最后一次见面应该是放假前在学校。"

"你们在同一个班级啊。"

"不，我们学校是选课制，基础科目是必修课，但其他科目可以自由选择。我和美和都选了美术设计和计算机基础之类的课……对了，就是四连休的前一天，那天是周三对吧。记得那天下午我们一起上了古典文学课。虽然没怎么和她说话，但如果她没去，我一定会注意到的。"

谈着谈着，小满的口风突然变紧了，我不禁打从心眼儿里咒骂着泷泽喜代志。要是从一开始就找正经的调查员询问，就不会是这样的结果了。尽管我不觉得她在隐瞒什么重要的事实，但想要从这个坚信我会把消息透露给"臭老爹"的小满口中问出实话，也可谓相当费力了。

"你认识美和的其他朋友吗？比如说柳濑绫子之类的。"

"哦，绫子啊，我认识。可是她与美和关系不好，我还见过她们吵架，吵得很厉害呢。"

"什么时候的事儿？"

"我想想，是春天。"

我笑了。小满瞅着我，活像个发现房客把熟透的榴莲带进房间里的酒店经理。

"有什么不对劲儿的吗？"

"光说春天，谁知道具体是什么时候呀？"

"嗯，也是。我想想……差不多是三月份快结束时，今年的。"

"依据是？"

"嗯？哦，问我为什么记得是三月吗？因为美和当时穿着一件皮革外套，那是她生日时母亲送给她的。黑色的，样式朴素。不过美和身材微胖，穿起来不太适合。"

"美和与绫子为什么会吵架？"

回答我的问题前，小满装作喝了口罐子里所剩不多的乌龙茶。

"记不清了。我只是恰好有事去了趟吉祥寺，然后就发现她们俩在井之头公园吵架。其实我没怎么关心，因为美和有时会用那种充满'长辈感'的语气教训人，就很招人烦嘛，可能绫子也不喜欢她这样吧。"

"之后她们就再也没说过话？"

"应该不至于。不过我本来也不常黏着美和或绫子，和她们走在一起。"

用"让人摸不着头脑"来形容这种情况恐怕最为适合了。于是我换了个方向问道：

"话说回来，你们三个到底算是什么关系？"

"绫子跟美和……"

话还没说完小满就不吱声了，过了一小会儿，她又开口说道：

"算是有着共同的朋友吧。是美和把我介绍给绫子的。"

"那个共同的朋友是？"

小满把乌龙茶的空罐扔进饮料罐专用的垃圾箱里，随即沿着种满

草坪的坡道向下跑去。我追在后面，但实在没法像她那样奔跑。

她趴在小动物饲养区的栅栏上，看着里面养的兔子。负责管理的是一位退休公务员，他的年纪看上去已经很大了。只见他将蔬菜撕碎后放进食槽，一只被单独装在笼子里的兔子正伸出鼻尖，懒洋洋地闻着味道，似乎不太高兴地啃着卷心菜芯。

"大叔，为什么这只兔子被关在笼子里？"

小满大声问道，对方一脸严肃地说：

"啊，这家伙吗？因为它是只坏兔子。"

我和小满顿时对这只仿佛在赌气的兔子产生了兴趣，于是都望着它。这么一说，它看上去的确有一张坏蛋的面孔，想必是它把栅栏里的母兔子都给骑了，害得它们下了不少兔崽。

"它干了什么坏事呀？"

"是它的腿坏了。"

我和小满大跌眼镜，顿时无语。这个笑话大叔一天估计要说上几十遍，但恐怕只有他自己会觉得好笑。不过只要他高兴就好。

"我说。"

不一会儿，小满冷冷地问道：

"你怎么不问？"

"问你什么？"

"我的头发啊，不可能没看见吧？"

"看倒是看见了，但我觉得你不太喜欢，所以还是不问的好。"

"就这么难看吗？"

"不难看。你脸小，配超短发也很合适。"

小满摸着自己的脑袋加上一句，"这可不是我自己要剪的。"

其实这种发型配上她大大的眼睛，反而显得更加漂亮，像个可爱的男孩子，但我还是没有多嘴。小满有些难过地挠了挠头，随后叹了口气，谈起了其他方面的事。

"你觉得美和遇到什么事了？"

"现在还不太清楚。"

我老实回答。

"我暂时只问过两个人。一个是美和的爸爸，尽管脑子里充满偏见，但对女儿的担心是货真价实的。可他又像鸵鸟那样，遇上自己不愿意见到的事，就把脑袋往沙子里一埋。"

"另一个人是？"

"虽然不是撒谎精，但总能巧妙地岔开问题，最擅长谈些无关紧要的事。"

小满一瞬间露出满意的表情，但很快反应过来，有些生气地说：

"你不相信我的话？"

"我没这么说。不过你知道些内情，却不肯告诉我。只要触及那些话题，你就像是条发现了鱼钩的小鱼一样逃之夭夭，对吗？"

"你想太多啦，阿姨。"

小满脸上带着冷笑，眼神却不安地游移着，我继续说：

"如果美和只是与父亲吵架离家出走，跑去某个朋友家里住上几天，让父母担心，给自己出口气也就罢了。但泷泽的话即使打了折扣

去听，那个正义感爆棚、不缺零花钱、和离婚的父母能和睦相处的美和，居然会长达十几天失去音讯，我依旧觉得担心。"

"谁知道呢，生活在那种家庭里，任谁都会想离家出走吧。难道你看不出来吗？"

听了她的话我不禁一笑，接着又严肃地说：

"美和三号午后离家时，对保姆说是去附近的柳濑家。尽管还没来得及确认，但听说她的打扮的确不像要出远门。这样的话，根本无法相信她为离家出走做过准备。"

"这种事我又不知道。不过也可以把行李提前存放在投币式储物柜里，或是寄放在朋友那里吧？"

这种猜测有一定说服力，但我抬了抬眉毛继续说道：

"没必要。泷泽当时不在家里，对女儿外宿的管束也很宽松。如果她表示要在朋友家住上两三天，那么就算携带大件行李出门也不会有人怀疑。"

"那会不会是突然之间产生了离家出走的念头呢？"

"有可能，而且或许是再也不想回家了。因为如果还打算回去，至少会和家里联络。不过反过来说，我觉得即便如此她也会和家里联络。美和她人不傻，应该知道如果与家里保持联络，父亲至少不会把事情闹大，但如果彻底断了联系，父亲一定会把事情闹得沸沸扬扬。"

"这倒没错，美和很聪明的。"

"而且哪怕住进别人家中，这十天里总是要花钱的。然而她的借记卡上却没有提款记录，如果这次离家出走是在仓促间决定的，也不可能提前为此准备一大笔现金。"

"你的话听着有点吓人。"

小满蹦出这么一句。我等着后面的话，但她却没有再说什么。我知道"强迫不如诱导"向来是套话领域的金科玉律。

"我把手机号码给你，要是想起什么就给我打电话，好吗？无论多么无关紧要的事都好。"

"嗯，好的。"

于是我离开了趴在栅栏上以手托腮、望着那只坏兔子的小满。

3

我给泷泽喜代志打了通电话，将这次"采访"的结果告诉给他。尽管我已经尽量为对方着想，没有把情况说得那么糟糕，但泷泽还是在电话那头怒吼起来。

"这不还是一无所获吗？一个个全都是没用的废物！"

"小满应该真的不知道美和在哪儿，但有一个疑点——我觉得这件事跟美和与柳濑绫子那位共同的朋友有关。而且我有几个问题想问柳濑，能把她的联系方式告诉我吗？"

"什么？果真是柳濑把我女儿怎么了吗？我就知道不太对劲，去夏威夷之类的说辞肯定都是谎言！"

"不，我是想问问她们那位共同的朋友。"

"啊？那又是什么人？"

"就是为了问清这个我才打算和柳濑谈谈的，请告诉我联系方式。"

"不用了，我直接问她。"

我思索着怎样才能委婉地将"你问不出来，少添麻烦了"的意思传达给他。

"我和对方年龄更加接近，询问的时候或许能够更冷静些。要是泷泽先生您急吼吼地过去，柳濑可能会惊慌失措，像小满那样不肯开口。所以能交给我去做吗？"

"简直荒唐，明明是连外行都能做到的事，非要给我故弄玄虚。听好了，后面的事我亲自去做，你的工作已经结束了。"

"请等一下。"

伴随着刺耳的声音，电话被挂断了。我骂骂咧咧地联络了长谷川所长，他也不耐烦地表示：

"别管了，他已经如约打了三十万过来。还是老样子，公司有百分之二十的抽成，其余费用会在明天汇到你账户里。挺好的，连续三周没收入，这笔活一下子就赚到了一个月的钱。"

"可是，所长……"

"我不觉得泷泽能从柳濑绫子口中问出那个共同的朋友到底是谁，就算能问出来，而且那个朋友也真的与泷泽美和的失踪有所联系，想要找到她也绝非易事。估计泷泽很快就会服输，你就等那个时候再说吧。"

"美和的时间叮能已经不多了……"

"这用不着你说！"

所长突然动了气。

"我还不知道都是因为那个糊涂虫老爹，才把事态搅和得越来越糟吗？这件事要能在上周周日委托给调查公司，即便不找我们，也不会让事态变成这副模样。但现在说这些有什么用？只能冷静些看待问题了。"

我苦苦思索后，想出了一个办法。

"去找泷泽美和的母亲如何？"

"啊，这个办法我考虑过，她要是知道也就罢了，但如果她不知道这件事，我们总不能主动去告密吧？"

所长的话似乎另有深意。我深吸一口气，慢慢说道：

"你说得对，这倒也是。"

"很好，既然明白了，就回家先干你的副业吧。"

我回到家里，坐在床上，突然感到一阵头晕目眩。复工第一天就过度工作——话虽如此，成果却约等于零。或许我真的应该把制作首饰当作自己的主业，这样至少成果是一目了然的。

我过世的祖母有句座右铭叫"心情不好就吃饭"，于是我煮上米饭，熬了一锅底料丰富的味噌汤，正当我炸可乐饼时，相场实乃梨过来了。

"唉，累死了，有我的份吗？"

她把带来的安第斯蜜瓜"咚"的一声放在桌子上，脱了外套随手

一扔。

"图书馆综合评议会在市政府开了个会，开会这种事最能拖慢工作进度了。好香啊，我要吃三个。"

我把三个可乐饼放进油锅里。

"什么时候摘的绷带？"

"今天。"

"看来要回归工作了，前提是你还打算去做。"

"已经回归了。"

"这么快？"

实乃梨站起身来。

"惊了！你被刺伤后做完手术还不到一个月哎！"

"是吗，我还以为已经过去五年了呢。"

我把剁碎的卷心菜、黄瓜与芹菜丝搅拌在一起。每当干起这种活儿来，我就会想起自己平时经常以在便利店里买的饭团与维生素可吸果冻当作主食，继而认为至少在家里应该吃得丰盛一点。

"晶，我觉得你有些不对劲，明白我的意思吗？"

"住在东京的哪有正常人？"

"不是那个意思，我总觉得这段时间里你好像被什么不好的东西迷了心窍，之前你都是抱着自由调查员的心态来面对侦探这份工作的。"

"说不定我真的被迷了心窍呢。"

我摸着脖颈说。实乃梨似乎有些难以开口，但还是继续说道：

"我知道这么说会让你不高兴，也不是因为自己如此才这么说的，但你有没有找个男朋友的打算呢？"

"完全没有。"

"一点都不想？我记得上大学时你和男生交往过吧？后来似乎也不是完全没有机会，下次我帮你介绍一个……"

"免了吧。"

"唉，一年前如果有人对我这么说，我估计也会痛揍他一顿的，不过在某种程度上做出改变倒也不坏。这个年纪的人，差不多快要到达激素分泌的拐点了，一直单身也不利于健康。"

我把视线从炸着食物的锅子上移开，盯着实乃梨说：

"哦……咦……是这样啊。"

"什么叫'是这样啊'……啊，不是那个意思，我和牛岛先生还只是朋友而已。"

"原来他叫牛岛。"

"嗯，牛岛润太。为了防止误会我要提前声明，虽然一起吃过七八次饭，但也纯粹只是聊得来，向他抱怨些事情罢了。不过倒也有些进展……"

实乃梨在我家待了三个多小时，到十一点半才离开。我累得浑身发沉，眼睛都快睁不开了，于是泡了个澡，用力搓了一番脚底，随后躺到床上。正当我把脑袋搁在枕头上即将进入梦乡时，突然一通电话

打来。我接起电话，对面始终没有反应，正当我以为是恶作剧打算挂掉时，对面说话了。

"那个，是叶村姐吗？"

说话的人是平满。我憋住一个哈欠，给了她肯定的答复。只听她用低沉但快速的声音说：

"可以来一趟吗？之前的话题，或许可以继续谈谈……"

我拿起闹钟看了一眼，这个点儿连动物也该回窝睡觉了。

"你在哪儿？"

"警察局。"

"……什么？"

"都说是警察局……的厕所里了。我骗他们说肚子疼，在这偷偷打给你的。"

我听到对面传来"这就出去"的不耐烦的高喊声，又听到一阵吵闹的冲水声。

"怎么会有警察？"

"我是被他们带来的，快点啊，不然要来不及了。"

小满恢复了之前说话的腔调。我顿时觉得自己像是艘撞上冰山的破旧轮船。受伤的右脚自不用提，左边的大腿也疲惫不堪，如果继续航行下去，或许马上就会沉没。

"哪儿的警察局？"

"井之头公园附近的那个。"

我挂了电话，心里抱怨着小满，随即站起身来。

4

我乘坐出租车赶到了武藏东警局，在路上与好几辆警笛呼啸的警车擦肩而过。至于打车钱，都够顶得上五十个耳环了。这个世界上充满了蛮不讲理之事，我走进警察局，刚想让别人也体会一下这种不讲理的感觉，一个非常适合的对象就恰好从正门楼梯上跑下来。

"柴田老弟！"

柴田要刚一见我，立马一个一百八十度大转身向后走去，我高喊道：

"喂——柴田老弟！你老婆还好吗？"

"烦死了！"

柴田大踏步走到我身边，抓着我的小臂，把我拽到了一个没什么人的角落里。我们是在之前的一次调查中认识的，他曾委托我调查过他妻子的品行。他已经结婚八年了，非常爱自己的妻子，因此无论如何也不想让人知道自己曾经雇佣侦探跟踪过她的事。

"叶村，你来这儿干吗？"

面对柴田气势汹汹的质问，我耸了耸肩膀：

"干了侦探这行，偶尔也会想看看恩爱夫妻嘛。"

"少扯淡了，被人捅了一刀，差点丢了小命，还不打算转行？"

"毕竟也没啥其他长处。我说……"

"我跟你没什么好说的。"

柴田挺着胸膛打断了我的话，我叹了口气：

"是吗，那就算了……啊，对了，多谢你前一阵子来医院探望我，我想向尊夫人亲口道谢，也同样祝她心情愉快。"

"你……你到底要威胁警察多少次才算满意？！"

"这么说不太好吧？我什么时候做过这种事？包括调查尊夫人是否出轨那次，连调查费都没收你的不是吗？"

柴田深深叹了口气，向四周打量了一眼。

"不好意思，我实在没工夫陪侦探在这里胡闹。"

"发生什么事了？"

我想起坐出租车时司机师傅嘀咕过一句"今晚的警车真多"。

"有人遇害了，是住在附近的女高中生。详情看明天的报纸吧，我忙得要死，恕不奉陪了。"

我揉着下唇，向已经转过身的柴田说：

"柳濑绫子。"

柴田身子一耸，立刻又走回来。

"叶村，你怎么知道的？"

"咦，怎么了？"

"你刚才不是说'柳濑绫子'吗？"

"我说过吗？"

"少装糊涂了！你怎么会和这件事有牵扯？"

"无可奉告。对了，明天报纸上要刊登的内容，就不能先告诉我吗？"

"有什么好处吗？"

"堂堂公务员，像个小混混似的问人家要好处是怎么回事。不过嘛，我或许可以帮你省点工夫。"

柴田抬头叹了口气，再三牢骚着"侦探真是恶魔"，随后快速对我说：

"记得要保密啊——尸体是十一点半左右在井之头公园的弁天池附近，由夜间巡逻的保安发现的。被发现时受害者已经死亡一个小时以上，死因是扼死。"

我既有些放心，又感到一丝担忧。无论个性有多要强，平满应该也不可能做到扼死柳濑绫子，但美和那个冲动的父亲却有可能做到。

"据保安说，他三十分钟前巡逻时那里还空无一物。看来凶手是在其他地方行凶，然后将尸体抛在那里的。柳濑绫子没有带包，但脖子上挂着类似东南亚民族手工艺品的护身符袋，里面装着零钱和学生证，我们凭借这个得知了她的身份。柳濑绫子，就读于新国立高中，高三学生，家住距离井之头公园步行约十五分钟的位置，是家里三兄妹中的小女儿。我们联络了她的父母，他们那时正在睡觉，甚至不知道女儿出门的事。"

"你觉得会是熟人作案吗？"

"尽管没有性侵痕迹，但毕竟是被扼死的。"

柴田紧锁着眉头。扼杀本身就是一种极有可能伴随着性侵的杀害方式。有些男人喜欢扼住女性的脖子，通过这种杀害来获得性欲上的满足。

"然而如果她是在父母不知情的情况下在夜晚外出，就无法断定是陌生人行凶了。报纸上要刊登的就是这些，然后呢？你能为我提供什么？"

"这儿是不是有个非常可爱的女孩子？短发、性格固执、气势汹汹的那种。"

柴田深深地叹了口气，把我带到二楼。宽敞的搜查科室里待着将近十个看上去睡眠不足的警探，以及在房间角落的平满。小满也看见了我，顿时像见了主人的幼犬般奔跑到我身旁，大声嚷嚷起来。

"叶村姐，这帮家伙太可恶了！"

刚刚围在小满身边的两名刑警和一名女警用厌恶的眼光望着这边。

"我只是看到附近的警车都在闪灯，觉得好奇过去偷看一下而已，结果就被带到这里了。我什么坏事都没做，他们却不肯放我回去。"

"你是她熟人？"

一位自称速见的刑警捋着花白的头发向我问道。

"我们没拘留她，只不过她连姓名和住址都不肯报，想问几句话，她却拔腿就跑，实在让人难办。"

"我也问过你们为什么要带我到这儿来啊！只要你们先回答我，我就告诉你们名字！"

"能让我和她单独谈谈吗？"

我礼貌地提出请求。刑警板着脸问：

"你是她什么人？"

"我是她父母的代理人。"

"父母的代理人？我们正打算联络她父母问话呢。"

"她没说要自己打电话吗？"

"我说了！可他们不让我打！"

小满再次嚷嚷起来，我尽量笑脸迎人地说：

"没必要大吵大闹的，我知道你是在不知情也不同意的前提下被带到这儿来的，会发脾气也很正常。"

小满突然不吵了，而是受伤般地抬起头望着我。为了从板着面孔，正要开口的刑警那里占得先机，我抢先说道：

"不用担心，我会让她实话实说的，这样对彼此都省事，也不用节外生枝了。"

"但不能出这个房间。"

他用下巴示了示意，于是我把小满带到四周无人的房间中央。刑警刚一离开，小满就凑到我耳边小声说：

"我还以为叶村姐你能让我什么都不用说，直接被他们释放呢！要是学校知道我被带到警察局里，一定会开除我的！万一这样你要怎么负责啊？"

我双手抱胸，坐在桌上瞪着她。

"真不凑巧，我又不是你的守护天使。你打电话找我，我二话不说就过来了，总不能让我再帮你踢一回警察的要害吧？就算你装聋作哑、一言不发，最晚到今天中午，警察也能查明你的身份。这种情况

下去联络学校，只会让事情更加糟糕。"

"他们做不到这种事吧？"

"那你就尽管把头埋在沙子里吧，像泷泽美和的父亲那样。"

小满像是受到了打击。

"别把我和那种人相提并论！"

我不作声。小满焦躁地挥着胳膊，稍过一会儿又小声对我说：

"绫子死了，听巡警说她是在井之头公园被杀的。"

"似乎是的。"

"为什么会这样？每个人都是，什么都不肯告诉我！"

小满咬着下唇，没过一会便"哇"地哭了出来。但她哽咽的声音既不像是在为被牵扯进案件的自己感到可怜，也不像是在为他人的死感到悲伤。这有些出乎我的意料，看来小满与柳濑绫子的关系也并非十分亲密。

过了一会儿，小满使劲吸了吸鼻子，又用我递过去的面巾纸擦了擦眼泪。

"我简直像个笨蛋。算了，我说。"

我向速见刑警招了招手。对方明显想撵我走，但又怕我不在时小满依旧不肯开口，因此便默许我待在一旁。

一旦开口，小满便如竹筒倒豆子般讲了起来。先是姓名、住址、生日、学校、父母的姓名和工作等，不一会儿说到了自己为什么会在晚上出现在那里——

"因为我和柳濑绫子有约。"

刑警们顿时一惊。

"你和她是什么关系？"

"朋友。"

"学校的朋友？"

"不，原本只是学校朋友的朋友，但后来也成了朋友。"

"为什么你们约在那个时间、那个地点见面？"

"我们约好的是十点半在吉祥寺的丸井百货前见面啦。"

"十点半也够晚了吧？"

"才刚入夜好吗？绫子经常晚上在外面玩。她爸妈特能唠叨，所以得等到九点多他们睡着了才能出来。"

"那不是应该约九点半吗？"

"我也是这么说的，但她说那时和别人有约。"

"和别人有约？是谁？"

"绫子没说，但她好像不太想见对方。"

"你为什么会知道这个？"

"因为她说会尽快赶来我这边。"

"嗯……"

速见刑警陷入了沉思，我在内心也是如此。

"关于她要见的那个人，还有没有其他记得的事？只有一丁点也可以。"

"没了，我对那个人不感兴趣，也就没多问什么。"

"这样啊，然后呢？"

"然后什么？"

"你是什么时候到丸井百货的？"

"十点半后。本来我想提前一会儿过去，可是明大前站发生了一起事故，电车就稍微停了会儿。"

"然后呢？"

"我以为绫子肯定先到了，可她并不在那儿，电话也打不通。我等了一个小时，等得不耐烦了打算回家，突然听到警车的鸣笛声，觉得非常担心，就赶过去看了。"

"为什么觉得担心？"

"我也不清楚啦。"

"柳濑平时是那种特别遵守时间的人吗？"

"不是。"

"以前她爽过约吗？"

"常事。"

"那不是没什么可担心的？"

"可她的手机是不常关机的。她说过自己用手机上瘾，可当时她整整一个小时既不发邮件也不回电话，所以我很担心。"

"原来是这样……对了，为什么你们约今晚见面？"

我有点紧张，但小满若无其事地答道：

"我们偶尔会约出来玩。这段时间压力太大，打算发泄一下而已。"

"压力啊……"

看刑警脸上的表情仿佛在说"一个小丫头能有什么压力"。小满
敏感地察觉到了，但看了看我的脸，又忍着没说话。

"能想到柳濑可能因为什么而遇害吗？"

"我就知道绫子是遇害了。"

"为什么知道？你了解什么情况吗？"

"如果不是遇害，你们也不会把只是路过的我带到这里来了。
喂，我回答了你们的问题，你们也该告诉我绫子怎么了。"

"柳濑是不是有个关系亲密的男朋友？"

刑警丝毫不为她的言辞所动。小满有些慌张，紧紧抿着嘴唇一言
不发。我别过脸去，自言自语般地说着：

"柳濑绫子似乎是被男人掐死的，随后又被搬到井之头公园，像
丢大件垃圾那样被抛在那里。"

"喂，少多嘴！"

"回答一下刑警先生的问题吧，她是不是有个关系亲密的男
朋友？"

小满摇了摇头。

"原来有过，但冬天那会儿分手了，好像是对方劈腿的缘故。后
来绫子就有些不对劲，破罐子破摔似的到处乱搞。"

"听说过她和外面的朋友闹过什么矛盾吗？"

速见刑警再次夺回了对话的主导权。

"没听说过。"

"那你知不知道她在和什么样的人接触？"

"和她一起玩的人，除了特别有趣的那种，她平时都不太讲起。如果有跟踪狂之类的事情也会提起，但其他的就完全不和我说了。"

"她平时都去哪儿玩？"

"五日市街上一家叫'橙色猫'的店。"

"哦，就是有乒乓球案和台球桌的那家吗？"

"嗯。那里半夜也很亮堂，我们会去那玩桌上运动，很开心也很减压。"

刑警依旧沉着张脸，他露出一副想要教训赌博和未成年饮酒行为的样子，但还是艰难地抑制了冲动。只听他继续问道：

"柳濑的玩伴就在那里？"

"绫子分手不久后，我们就在'橙色猫'见了一面，当时有男生向她搭讪，她立刻就和人家黏糊到了一块，我看不下去，就中途离开了。接下来的三个月里，我既没去过'橙色猫'，也没见过绫子，所以具体情况也不清楚。"

"那今天的见面是谁主动提出的？"

"都说过是我了。"

"为什么突然找她？"

"刚才也说过了，因为压力太大嘛。"

"约好见面的地点是？"

刑警的问讯有如轮回转世般无限循环起来，他不断重复着已经问过的问题。我有好几次都差点困到失去意识，直到凌晨五点才终于获得了解放。

我打了一辆等在警察局门口的出租车，将小满送回了位于成城的家里。

"我一个人就能回家，当然到叶村姐你那儿去住也行。"

"我得见你父亲一面，把具体情况告诉他。警察迟早会和你家人联络，要是你父母突然得知女儿和杀人案有所牵连，一定会非常震惊的，那样未免太可怜了。"

"没什么牵连啦！"

"会有的，必须告诉你父母才行。话说回来……"

我尽量强迫自己因疲惫而昏昏沉沉的大脑集中精神。

"今天你约柳濑出来，是想和她谈美和的事吧？"

小满突然装起睡来。

"刚才为什么没和警察提起美和的事？"

"让他们知道了，你不就麻烦了吗？"

小满说着，把眼睛睁开一条缝。尽管不合时宜，但我突然笑了，而且笑到停不下来。

后来在到达小满家前，我们谁也没再开口说话。

5

清晨的成城静悄悄的，一位像是附近老住户的婆婆正细致地清扫着街道，"唰""唰"，一下又一下的扫帚声即使在出租车里也能听到。

恶意的兔子

平义光家没有泷泽喜代志的豪宅那么大，也没有那么低级趣味，但富贵人家的气息依旧扑面而来。地中海风格的洁白外墙映着淡淡的晨曦，上面写着"TAIRA[1]"的金属制名牌也反射着耀眼的光芒。

再次向司机支付了价值好几十个首饰的打车费后，我跟着小满穿过院门，登上了门厅外的台阶。一株苏铁[2]在门侧划出一道绝妙的弧线，脚下的台阶一尘不染。

小满打开门锁，门口正对面摆放着一个巨大的水槽，里面有几只舌骨鱼在游弋。

"我去叫我爸爸。"

小满没有请我进屋，不知为何我也不太想进，可能是过于疲惫的缘故。

强忍困倦等了十分钟后，一位看上去五十多岁、身穿睡衣、外面披着袍子的男人出现在我面前。或许是在睡梦中被人叫醒的缘故，他看上去心情不是很好。

"小满把事情告诉我了，辛苦你照顾她，这些请收下吧。"

平义光从钱夹里抽出几张万元大钞，粗鲁地塞到我面前。

就让这一天有个最好的收尾吧。我伸出手指，从一沓万元大钞中只抽出一张。

---

1 即姓氏"平"的罗马音。

2 别称凤尾蕉、避火蕉、凤尾松、铁蕉等，为苏铁科苏铁属常绿棕榈状木本植物，因树干如铁打般的坚硬且喜欢含铁肥料，又被称作"铁树"。树形优美，苍劲质朴，具有极高观赏价值。

"半夜时令爱叫我去武藏东警局，从我家到警局以及从警局到这里的打车费有这些就足够了。票据给您，那我先告辞了。"

我从口袋里掏出打车的两张小票扔到平义光脚边，然后转过身去。

"等等，警局？怎么回事？你不是那个在小满差点被变态强暴时救了她的女侦探吗？"

"我正是那个女侦探。"

"那为什么……又会跟警察扯上关系？"

我回过身来，只见平义光满脸疑惑。于是我简明扼要地说：

"泷泽喜代志雇我向小满询问她女儿的消息，于是昨天我见了小满一面。小满似乎也很担心美和，于是约了她们共同的朋友柳濑绫子在吉祥寺见面，然而柳濑却遇害了。"

"怎么？遇害？到底是怎么回事？"

这我也不清楚。就在这时，喝着瓶装矿泉水的小满出现在房内。当我看到她时，才突然发觉自己也很口渴。看来那些钱多地位高的人都有一个共同点，那就是不知道给侦探水喝。

"为了帮忙解决朋友的案子，小满向警方提供了信息，而我以父母代理的身份做了陪同。虽然警方不至于怀疑小满是凶手……"

"凶手？这次怎么又成了杀人凶手？"

平义光茫然地轮流望向我和小满。晨曦从门厅上方的采光窗外照射进来，笔直地打在他身上。我望着身着宽松睡袍、仿佛褪去了一层颜色的平义光，只见他的样子像是刚做过胃切除手术一般。

"不，小满不是凶手。杀害柳濑的估计是名男性，所以警方也没怎么怀疑她。尽管有些女性在腕力上也能媲美男性，但小满肯定没有这个嫌疑。"

"你是怎么知道的？"

"因为柳濑是被扼杀的。"

"扼杀……"

平义光的脸上倏然间失去了血色，身体也顿时僵在原地。连光束中那些起起伏伏的灰尘，一瞬间也像是玻璃中的气泡般静止了。

平义光身后的小满似乎没发现他脸上惊愕的表情，只是放下水瓶问道：

"什么是扼杀？"

"就是不用绳子或其他物品，直接用手掐住脖子勒死……"

话未说完，房内突然传来一阵怪异的声响，那仿佛是金属相互碰撞的声音。平义光猛地回头一看，然后穿着拖鞋走到门厅的水泥地上，一手抓住我的手腕，另一只手打开房门。

"谢谢你帮了小满的忙，但今天请先回去吧，过后我会联系你的。"

我被他强行推出了房门。只见小满在平义光身后苦笑，但视线马上被房门隔断了。

院门口停着一辆出租车，是我们刚才坐过的那辆。

"听说话的样子，你把那个小姑娘送过来后很快就会回家，所以我就在这里等着了。"

司机向我挥了挥带着皮手套的手，仿佛在炫耀自己的机智，但我
早已没有足够的精力向他道谢了。我只告诉他目的地是新宿的中井，
随即便闭上了眼睛。本以为自己会沉沉睡去，结果却没能睡着。

当出租车驶入六号环状线时我才反应过来——当时我在小满家里
听到的不是金属碰撞声，而是人发出的声音。

前半战

02

半

战

恶意的兔子

1

十一点多，我被刺耳的电话铃吵醒。接起电话后，我发出一阵既不算呻吟也不算应答的声音，只听长谷川所长在电话那头惊讶地问：

"叶村你这么缺钱吗？再怎么说也不用在复工的第一天，就大半夜的跑到警察局里去吧？"

我坐起身来，感觉终于清醒了些，于是用含糊不清的声音回道：

"您知道啦？"

"见过武藏东警局的速见治松刑警了？"

"……失聪？"

"是治松。可别在他面前这么说啊，会惹人生气的。就是那个昨晚，不，应该是今早向平满问讯的刑警。他听说叶村你和我们公司签过合同，所以打了电话过来。"

"给您添麻烦了。"

"警方似乎也私下里联络过泷泽喜代志那边。"

"我没让小满隐瞒消息，但由于她没提美和的事，结果也没什么不同。不过我觉得她也瞒不过警方，泷泽美和的寻人申请早已提交到武藏东警局，如果泷泽在我汇报消息后跑去柳濑家去大吵大闹，这些事迟早都会被失聪警官知道的。"

"叶村你觉得是泷泽喜代志杀害了柳濑绫子吗？"

"万一事实如此我倒不会惊讶，但柳濑可是在背着父母的情况下与犯罪嫌疑人见了面。像泷泽那种动不动就大吼大叫的人，我不认为柳濑敢单独见他。"

"这种推测也太主观了吧。"

所长用懒洋洋的语气指出了问题所在。这个自然不用强调，而且如果真的是泷泽杀害了柳濑绫子，那营造出动机的人就是我了。

"先不提这个，泷泽打来电话，说让你一点过后去他家里一趟。"

"他想正式提出搜寻美和的委托？"

"这个还不清楚，不过既然道理讲明白了，应该会有好事发生。"

所长说像昨天那样过来接我后便挂了电话。我如字面意义所言地从床上爬了下来，感觉小腿肚子涨乎乎的，脚背上也火辣辣的。我走进浴室用热水与冷水交替冲洗了一遍身体后，在脚上细致地涂了一遍按摩油，随后选了一条宽松舒适的裤子和一双最为轻便的运动鞋穿上。由于不知道要在哪里见谁，所以本不打算穿着运动鞋的，但这样总比走不了路要强。

我把缓解肌肉疼痛用的喷雾和矿泉水放进包里，简单地化了层遮阳妆，刚要戴手表时——昨天我就注意到手表的电池好像快没电了，时间似乎走得也有些慢——所长到了。最后我从冰箱里抓起一盒CalorieMate[1]，随即坐上了车。

这次在泷泽宅里等待着我们的不只泷泽一人。一位昨天不在这里

1　由日本大冢制药出品的一种营养食品，通常用于快速补充能量。

的中年偏胖的保姆将我们带进客厅，只见除了泷泽之外，还有一位身材颇为高挑、体态丰盈迷人的女士在里面焦躁地踱步。我听说过眼影最初的作用是驱魔辟邪，但看到她那涂得漆黑的眼眶，顿时感觉别说是妖魔了，一切魑魅魍魉恐怕都会敬而远之。

"我叫辻亚寿美，是美和的母亲。"

这位女士似乎丝毫不打算等泷泽介绍自己，向我们直直地伸出手来。我一边提防着被她那细长的指甲刺到，一边小心翼翼地握了握她那只冰冷的手。她身穿一套朴素的米色女士西装，手指上却戴着好几个戒指，其中一个上面还镶嵌着手表表盘那么大的绿宝石——不愧是首饰设计师。

"大体情况泷泽已经告诉我了，美和失踪了十多天，他居然还不肯请你们进行搜查，简直不可思议！这种人就不要管了，请你们尽快找到美和的下落，至于费用由我来出。"

"那可不行，他们是我雇的，钱也由我来出。"

坐在沙发上的泷泽看上去比昨天更加神经兮兮，似乎依然没有改掉那副死要面子的毛病，然而亚寿美却丝毫不给变了脸色的泷泽留什么面子。

"你就少掺和吧！要不是你，也不会浪费这么多时间。"

"凭我自己就能找到美和！"

泷泽依旧嘴硬。亚寿美呛他说：

"这事儿交给你办，等到美和变成老婆婆也找不到她。明明只是外行一个，没有金刚钻，就别接这个瓷器活。"

"你说什么？业寿美，你这人总觉得我是个废物！"

"你不就是个废物吗？劝你有点自知之明，把内行的事儿交给内行去办。以前美和生病时你也是这样，非说什么'我给她治'，让她吃了一堆莫名其妙的药，差点把她害死，可别说你已经把这事儿给忘了？"

泷泽嘀咕着什么，把头别了过去。辻亚寿美粲然一笑后继续对我说：

"唉，这种时候就得让我来对付他。请你们依照自己的方式去寻找美和吧，麻烦了。"

"在接受您的委托前，有件事要确认一下。"

我瞄了所长一眼，随后开口说道。所长则若无其事地正啜饮着保姆端来的麦茶。

"请尽管说。"

"这个问题是想问泷泽先生的。昨天我询问过柳濑绫子相关的事情后，你和她有过联络吗？"

"没有。"

泷泽瞪了我一眼。

"我本打算上门去问问柳濑家的丫头，可正要出门时，那个娘们打了电话过来，不只如此……"

"说谁'那个娘们'呢？"

辻亚寿美迅速插嘴道，"有人告诉我女儿很危险，不信去问泷泽。原来这家伙从一开始就隐瞒着美和失踪的事，真是岂有此理。"

"这话该我说才对吧！那个打电话给你的家伙知道美和失踪的事，说不定还知道美和在哪儿，你就该多谈一会儿，问出美和的下落才对！告诉他我们出多少钱都行，或者……"

"那你也得提前告诉我美和失踪的消息才行啊。而且我接到的又不是恐吓电话，对面虽然用的是假声，但听着不怎么别扭，我还以为是有人担心美和才会打电话询问的。"

"是谁这么多管闲事……那些员工我明明已经给够封口费了！"

我拼命忍着不去看所长，怕看了他会憋不住笑出来。

"也就是说，昨天您没有见过柳濑对吧？"

"是的。"

"那有没有通过打电话或发邮件的方式联络？"

"别提了，这个娘们随后就赶到这儿来，啰里吧嗦地闹个没完——我真是受够了。这种事你直接去问柳濑家的丫头不就知道了。"

泷泽喜欢转移责任的性格让我觉得很不好办。他不放心把责任交给长谷川侦探调查所和我这个来历不明的女侦探，因此在嘴上逞强，坚持说要自己解决，等到前妻要揽下这份责任后，他的内心深处反而是安宁的。

必须击溃他内心的安宁。于是我深吸一口气说：

"柳濑绫子昨晚去世了。"

泷泽张大了嘴巴，让亚寿美用尖锐的声音问道：

"怎么回事？"

"是遇害的，在井之头公园发现了她的尸体，早报也登了这件事。"

亚寿美奔出房间，大声喊来保姆，问她有没有早报。泷泽的眼珠激烈地转动着，我半是望着所长说：

"她与美和同年，所以应该只有十七岁吧？"

"是的。"

"是因为什么遇害的？情感纠纷？"

我有生以来还是第一次在对话中听到"情感纠纷"这个词，我刚要回话，泷泽又是自顾自地点点头说：

"平家和柳濑家的女儿真是两个无可救药的丫头，做父母的到底都在想些什么？"

"这话轮得到你来说？"

看着报纸返回房间的亚寿美正颜厉色地挖苦了泷泽一句，但后者只是下意识地回瞪一眼，随后继续顶着苍白的面孔问我：

"这件事与美和失踪谈不上有什么关系吧？"

"还不清楚，也有可能只是一场意外。"

我将平满说过的话告诉泷泽：

"小满说她在遇害之前与一个不愿见面的人有约，我在想那个人会不会是泷泽先生你。"

"你在胡扯些什么！"

泷泽跳了起来。

"你的意思是那个丫头是我杀的？真是荒唐透顶！你被解雇了，

我要找别的侦探！"

"雇她的人是我，我可没打算辞退她。她说得很靠谱，如果换我是她，肯定也怀疑你。"

"我看着像是会杀人的人？"

听这对前夫妻拌嘴固然有趣，但我还是不得已地插了句嘴。每当这种时候，我都很羡慕小说里那些会讨委托人欢心的侦探。

"要是惹您不开心了，我很抱歉。但泷泽先生你似乎的确很看重女儿的安危，所以我才会认为你有可能使用那种极端手段。"

"嗯……这倒是，的确牵扯到美和的事，我总是会这样。"

泷泽的语气顿时软了下来。辻亚寿美向我挑了挑眉毛，似乎在夸我干得漂亮。

"警方不知道泷泽先生是否联系过柳濑。平满之所以想见柳濑，恐怕也是为了与她谈论美和的下落，但这件事警方也不知道。至于柳濑遇害与美和失踪之间是否有关尚且不得而知，如果警方认定这两起事件有关，应该就会认真搜寻美和的下落了，因为这样就不是单纯的离家出走，而是与案件相关了。"

"你的意思是，这是个利用警察的好机会？"

辻亚寿美直截了当地问道。我犹豫着点了点头。

"用词不算恰当，但基本是这样。不管怎么说，警方的搜查总会比我们做得更加详尽。"

"原来如此，我清楚了，稍后我会让泷泽去报警的。"

泷泽慌忙站起身来。

"等等，这样一来，美和失踪的事不就人尽皆知了吗？要是这事儿让学校知道，好不容易为美和弄到的西莫尔学园大学部入学机会要怎么办？"

"爱怎么办就怎么办！你不总喜欢摆架子，自夸是什么有钱人，和那些普通人不一样吗？到时候给学校再捐栋教学楼不就完了？美和的安全才是最重要的！唉，可怜她是个好女孩，却被人杀害了。"

"你认识柳濑绫子？"

"二月末的时候，美和把她带到过我家一次。因为美和的生日在一周前，算是迟到的庆祝，小满和柳濑都来了。"

"这事儿我怎么没听说过？"

"美和的朋友不多，好不容易交了朋友，你这个当父亲的还总骂人家没教养，嫌人家出身低下，要把人家赶走。她们俩可都是正经的好姑娘。"

"我看是不尊重长辈，还在外面与浑小子同居的蠢丫头。"

"那也比你要有眼光得多！叶村小姐，我相信你。"

辻亚寿美盯着我直截了当地说。

"即使警方有所行动，我也希望你不要停手。今天这么一谈，感觉你的进展比警方还要领先一些，请你千万救救美和。"

即使看上去精明强干的辻亚寿美，如今的语气也开始慌乱，而且带着些哭腔了。她咽了咽口水让自己冷静下来，接着继续说道：

"请说说吧，要从哪里开始调查？"

"首先想看看美和的房间，然后请让我和保姆谈谈。再就是泷

泽先生似乎委托部下调查过美和的行踪，他们的调查报告麻烦借我看看。请问美和有电脑吗？"

"她没有电脑。"

泷泽当即给出了否定的回答。

"我没给她买，我对那些网络犯罪熟悉得很。"

"真是荒唐透顶。"

辻亚寿美用鼻子哼了一声，我赞同她的想法。

"还有其他的吗？"

"还有些问题想向辻女士您打听一下。"

"那就晚上七点来我家吧，这样可以谈得详细一点。还有什么要做的吗？"

"我可能会向学校方面询问一些事情，因此如果在后续调查过程中需要的话，请帮我和那边沟通一下，或是写一张委托书。当我一个人忙不过来时，我会向长谷川侦探调查所申请支援，因此请您和所长商量后签署一份内容详尽的合同。"

"我知道了。美和的房间就是二楼右手边最里面的那个。"

辻亚寿美将注意力转移到所长身上，而这也是开始作战的信号。于是我站起身来，走出房间。

刚打开门，我就看到一抹灰色的裙摆消失在对面的拐角处——是那个保姆。尽管她腰腹上都是赘肉，行动却极其敏捷。我本打算追上去，以发现她偷听为由逼问一些事情，但还是作罢了。尽管不知道她在这里工作过多久，但毕竟是泷泽家的用人，一不小心只会让自己无功而返。

美和房间的大小足有三十多叠[1]，天花板也很高，南面与西面都带有宽阔的窗户，能看到外面繁茂的树木。地板的材质是正宗的栗木，房间中央摆着一张带有华盖、极具浪漫风情的大床。

带着花纹的窗帘从接近天花板的位置层层叠叠垂到地板上面，似乎是为了与它搭配，旁边摆放着一张不像是用来学习的法式古典书桌，至于电脑就和这些更不搭了。房间里还有一架小小的书柜与一台立柜，角落处有一套沙发茶几，它们与书桌一样都是古典风。

如果说这个房间是按照欧洲一流酒店的风格来布置的话，可谓是大获成功了。当我在杂志上看到这种房间的照片时，偶尔也会产生想要住一住的冲动。我在房间里四下环顾，寻找有着泷泽美和相关线索的物品。

书架上整齐地摆放着教科书与参考书，下面那层放着几本童书，我拿过来翻开看了看，发现是前年出版的。还有几本字典，但看上去不像经常使用。至于杂志、娱乐书籍与漫画之类的纸制品则是一本也无。尽管上面还摆着十张左右CD，但都是放松用的音乐。

我在书桌上搜寻了一番，最上面的抽屉里分门别类地摆放着文具；第二个抽屉里放的是文件，但都是些陈旧的通讯录和学校发的联络簿。不愧是泷泽引以为傲的女儿——美和无论在成绩和品行方面都获得了A等评价，在老师对她的短评中也有着"正气凛然，品学兼

1　"叠"为表示日本房间面积大小的单位，一叠通常为90厘米×180厘米，即$1.62m^2$。

优"之类的话语。看来别说父亲，就连老师们也对美和一致认可。

最下面的抽屉里塞满了信件和明信片，它们也都比较老旧了。有像是祖父母写的，有父亲写的，也有老师和学校的朋友发来的贺年卡与暑期问候。

其中没有一封是由平满、柳濑绫子或辻亚寿美写来的。

浅浅的抽屉里装满了信笺和明信片，但一张带着卡通人物的也没有。

我叹了口气，开始调查立柜。最靠上一层放的是母亲送给她的各种宝石首饰、提包与手帕、纸抽盒之类的生活必需品也整齐地摆在上面。我将提包一个不落地搜了一遍，但所有包里都空无一物，哪怕是车票、用过的纸巾或糖纸都没有一张。搜完整个房间后，我发现这里既没有玩偶，也没有日记，更没有相簿。没有一件物品能够象征着泷泽美和"少女"身份的存在。

床对面有一扇门，打开后发现是一个宽敞的衣帽间。里面的电灯伴随门扇自动打开，大量衣物顿时从四面八方涌入我的视野。它们大部分都套着洗衣店的保护袋，与房间一样保持的十分清洁。

我打开抽屉，终于看到了与美和年龄相符的T恤、内衣和袜子。下面的抽屉里也有不少看上去非常高级的内衣，但似乎都还没有穿过。尽管每个人的爱好各不相同，但这位十七岁的女孩至少还不算是少女身婆婆心，这让我稍微松了口气。T恤的颜色主要为中间色[1]，样式则是无花纹、条纹或碎花，还有几件印着可爱的小狗，或带着手工

1　色相环中几种原色当中的颜色，例如橙色、绿色、紫色等。

刺绣的。

找到这里才算是有了些头绪。翻完那一大堆T恤后，我不抱希望地揭开抽屉底部的垫子，却在那里发现了一张信用卡的使用凭条。使用者是泷泽美和，日期是今年一月十日，金额三十五万略多一点，消费地点是秋叶原的一家大牌电器店，这笔钱是用来买电脑的。

据平满所说，泷泽美和在学校选修了计算机基础科目，因此她是有可能购买电脑的。之所以会把这张凭条藏得这么小心，可能是害怕父亲把它退回去吧。

在衣帽间里搜了个遍，最终也只找到这个。正当我打算放弃搜查，离开这里时，挂在最内侧的一件皮革外套吸引了我的注意。它没有被套在保护袋里，可能是因为没送去洗衣店清洗过。

我抱着试试看的心态掏了掏大衣兜，结果摸到一张硬邦邦的纸片。掏出来一看，是张带着图案的明信片，上面画着一只丑兮兮的，正在磨爪的猫咪。落款处只用片假名标注着"Kana[1]"，看上去不像是邮寄来的，上面写着：

上次的事谢谢你了。虽然美和你说没关系，但还是要告诉你，我找到一个赚钱的好办法。绫子介绍给我的兼职条件非常优渥，只要三天就能把钱还清，没什么危险哦。所以过一阵子再联络你，房间像往常那样随意使用就好。回见。

1　此处为片假名，"Kana"的发音可以写作不同汉字。

隐约看到上面有贴过透明胶的痕迹，看来这张明信片先是被贴在某处，然后由泷泽美和揭下来的，恐怕是在Kana的房间那里吧。

后背突然掠过一丝寒意。要是我没搞错，所谓女高中生能赚大钱，还确保安全的工作，根本就是天方夜谭。

我把明信片和信用卡凭条放进包里，走出了衣帽间。关上门的同时，衣帽间也重新陷入一片黑暗。

2

泷泽家的保姆自称加藤爱子，由于名字和样貌过于不符，我差点以为她是在开玩笑。

"我也不清楚，我只是个打工的。"

加藤爱子吸了吸鼻子后冷冷地说。

"这个家里的杂活都由你一人打理？"

我有一嘴没一嘴地问着，保姆停下了擦着饭碗的手，直勾勾地抬头望着半空。

"以前有更多人来着。老爷每天都去公司上班那会儿虽然也很爱唠叨，但工资给得多，所以不是太过苛刻的时候我们也就忍了。可自从泡沫经济崩溃，他的生意失败，职位也成了虚衔以后，就整天在家转来转去的。因为没事干，所以也越来越啰唆、焦躁，一天到晚摆着一副'废物，要知道我可是你的雇主'这样的态度。这样一来就算钱给得多，还是会招人厌烦呀。过去夫人在时我们还能忍忍，可她到底还是和老爷离婚了，于是大家也走的走散的散，现在就只剩我一个人了。"

"这么大的房子，打扫起来相当费事吧。"

这位姓加藤的保姆用轻蔑的眼神自上至下地对我扫了一眼。

"还好吧，家政公司的人每周会来宅子里做两次清洁，另有专业人士每隔两周清理一次院子，饮食方面也有公司上门服务，而且老爷雇的还不是一般人，是由一流餐饮公司的一流主厨亲自操刀。"

那你算是干什么的？——保姆或许从脸上看出了我内心的疑问，于是挺直腰板说道：

"我负责管理这些，这个家里的事情都由我一手照料。"

"关于美和离家出走的原因，你有什么头绪吗？"

加藤爱子慌忙重新擦起碗来。

"没有。美和小姐不像老爷那样爱发牢骚，能让老爷心平气和的人也就只有她了。现在小姐一没影，老爷不知道要怎么拿我撒气呢。"

"听说你是最后见到美和的人，当时她看上去怎样？"

"就和平时一样，那天中午小姐吃完咖喱炒饭后，和我说要到住在附近的柳濑家里去玩，还说可能多待一阵，暂时先不回来，要是那样的话会和老爷联系。"

"她身上穿的衣服，像是只打算去附近玩玩的那种吗？"

"小姐当时背着一个小巧的红色帆布包，穿着运动鞋，还戴了一顶帽子，看着像是去给棒球队加油助威的那种装束。她还穿了平时不

太会穿的牛仔裤，因为小姐的胯部显大，所以平时总是穿裙子的。"

加藤爱子的声音显得有些遗憾。

"这是最后一次见到她吗？"

"嗯，是的。"

"第二天上午泷泽先生回来时，提起过美和的事吗？"

"没有，老爷与他那些猎友们约了去福岛三天两夜的聚会，所以满脑袋想的都是那档子事，只在家吃了碗茶泡饭，就立刻乘车出门了。"

"泷泽先生在美和失踪后的第二天上午去了哪里？"

加藤爱子那双小眼睛在眼镜后眨巴个不停。

"老爷毕竟还挂着会长这个头衔，虽说不用每天，但每个月还是要去一趟公司的。"

每个月一次啊。我记得泷泽说过察觉到美和失踪的那个星期一他一大早就出去开会了。

"泷泽先生在福岛有别墅是吗。"

"那当然了，不只福岛，在神奈川县的叶崎也有，在都内还有一栋公寓呢。"

"他允许美和去住那些别墅公寓之类的地方吗？"

"应该不会让小姐随便去住吧，老爷不喜欢别人进入他的地盘。"

简直像是犬科动物一样的习惯。

"美和好像也是个与众不同的女孩子。"

我稍微换了个方向突破。

"刚刚查看了她的房间，里面似乎没有玩偶或小时候读的画册呢。"

"老爷不喜欢脏掉的东西，估计是让他给扔了吧。"

"泷泽先生会随意进入美和的房间吗？"

"毕竟是家长，理所应当的嘛。别看老爷对美和小姐有许多不满，但对她的关爱却是假不了的，平时也不怎么约束她，光是零花钱一个月就给她五十万呢，而且允许外宿，哪怕小姐和男生交朋友也不生气。不过最近的女孩子做出的事可真让人讨厌，我理解老爷的心情，他肯定不希望美和小姐变得像她们一样。"

我是完全没法理解这种心情。女儿的房间说进就进，随便丢弃她的东西，可零花钱却给得很宽裕，也允许她外宿、和男生交朋友。看来我的确有必要和辻亚寿美谈谈了。

加藤爱子盯着我，舔了舔嘴唇说：

"刚刚的报纸我看了，在井之头公园遇害的那个女高中生是美和小姐的朋友对吧？"

"似乎是的。"

"柳濑遇害的事，与美和小姐失踪有什么关系吗？"

"这个还不清楚，为什么会这样想？"

我这样问本来是想让她闭口，结果却适得其反。只见加藤爱子绕过洗碗台，来到我所坐的餐桌这边，坐在了我身旁的椅子上。

"有次我看到美和小姐在井之头公园与男人见面，对方的年纪比她大上不少，得有三十多岁了，像个小混混一样，看着就让人不舒服。"

为了不表现出惊讶，我尽量用冷静的语气问道：

"他们相处的气氛如何？看上去像是情侣关系吗？两个人表现得亲密吗？"

"当时离得太远，这些我也不太清楚，但看着好像不怎么亲密，是的，美和小姐好像在向他追问些什么。"

"这是什么时候的事？"

"那时候樱花还没落完，应该是四月初吧……要问为什么会提起这件事，是因为就在前几天我还见到过那个男的。"

"在井之头公园？"

"不，是在新宿。上周放假时我和妹妹见面，一起上街购物，随后在中村屋一楼喝了杯咖啡。在店里不是能看到新宿大街嘛，结果就看到柳濑慌慌张张地从街上经过，没过一会儿，那个男的也一边打着电话一边走过。看到他后，柳濑像是跟着他的脚步一般，也往车站那边去了。"

"也就是说，柳濑像是在跟踪那个男的？"

加藤爱子重重地点着头，仿佛非常同意这个看法。

"当时我倒也没多想什么，当想起那个男的与之前跟美和小姐在井之头公园见过面的人长得一模一样时，已经是乘坐中央线回家的路上了。绝对没错儿，他们就是同一个人。"

"你还记得他的特征吗？"

"发型好像是小平头，非常短的那种，身高跟美和小姐差不多，在男人里算是矮的。身材干瘦，一副寒酸相，眼神非常浑浊，丝毫没个稳重的样儿，身子还动不动就抽搐一下，像吃了什么怪药似的。怎么办啊，这件事是不是告诉警察的好？"

加藤爱子恐怕迟早会把这件事情诉警察，尽管我希望她能避开吸毒这方面的臆测，不过还是没拦着她，因为要是这样，反而会让她更加来劲，没完没了地罗列起药物成瘾的症状来。

"当然了，我觉得警察会感兴趣的，毕竟是重要的信息。"

她胖乎乎的脸上浮现出满意的笑容，或许因为如此，她显得和蔼了些，不仅给我倒了茶，还端出铜锣烧来给我吃。

"你觉得会是那个男的杀害了柳濑吗？"

"有这个可能。"

"就是说我见过杀人犯了……得告诉我妹妹才行，她一定不会相信。之前和她提到宅子里的花销，还有美和小姐行踪不明的事，她总是说这种有钱人家的女儿，为什么要离家出走呢，多不值当啊。没办法，当了家庭主妇，脑子里就只剩些家长里短的事儿了。"

"你的家人只有这个妹妹吗？"

我一边大口吃着铜锣烧一边问道，保姆用无拘无束的语气说：

"还有弟弟和弟媳，他们和父母一起在乡下开铁匠铺。我在十五年前离婚，之后就一直做这里的宿佣工。挺过那么多大风大浪，现在这里只剩下我一个，所以基本遇到什么事情都不会感到惊讶了。哪怕老爷歇斯底里，我也只当是耳旁风。妹妹总是嫉妒我，觉得我干的不是什么了不起的活儿，却能拿那么多工钱。我也会跟她说，那你可以来换换我啊。像她那种只会照顾老公和孩子的人，在这儿估计连一周

都坚持不了。"

"对了，泷泽夫妇是什么时候离婚的？"

"十年前吧。夫人原本是赤坂一家大型珠宝店的千金，后来因为首饰设计方面的工作与老爷相识，并结下了姻缘。大约十二年前，夫人的父亲去世，在赤坂的商店也开始由夫人打理，但此时老爷的生意却开始走下坡路，这种事情一般的男人都接受不了，更别说老爷那样的人了，最后夫人也就离开了他。"

"美和没有交给夫人抚养？"

"夫人倒是强烈要求小姐归她，但老爷唯独在这方面死死不肯让步，甚至表示'如果让美和留下，我愿意给你十亿'。夫人没有要这笔钱，但要求可以随时与美和小姐见面。其实就结果而言，离婚也是好事，毕竟美和小姐从小就是由乳母抚养的。"

"乳母"这个职业也早就是时代的遗产了。为防万一我还是问了一嘴：

"请问那个乳母叫什么？"

"叫作明石香代，但已经去世了。她是个好人，和我一样都是被婆家赶出来的。但与我不同的是，当时她还有个正在吃奶的孩子，可就连那个孩子都被夫家夺走了，或许是这个原因，她格外疼爱美和小姐。"

"她是由于什么原因，在什么时候离开这里的？"

"就在两年前。虽然她没说原因，但好像遇到了什么事，于是就离开了。去年夏天她去世的消息传来，美和小姐还受了不小的打击，把自己闷在房间里哭了好久。"

加藤爱子夸张地摇着头。

"不过她振作得也很快，乳母去世后，每当她忍受不了老爷的溺爱时，就会到夫人那里去；在夫人忙于工作而感到孤单时，又会回到这边。就这样，美和小姐算是在两边保持着很好的平衡。"

"也就是说，你觉得美和这次的失踪不是离家出走？"

"我只是个用人，也说不准什么。但我觉得，美和小姐一定是注意到柳濑从那个男的手里买药，想要劝她放弃，于是那个男的就对美和小姐下了黑手。毕竟美和小姐是个心地善良的孩子。"

加藤爱子第一次说出了令我惊愕的话语，只听她自信地点着头说：

"没错，美和小姐真的十分善良，甚至显得有些多事。有一次我感冒，她居然跑去我家照顾我，搞得我都不好意思了，后来我向老爷表示要报答小姐，他却说不用了。从这个意义上来讲，小姐和老爷真不愧是父女，他们都是那种觉得自己无所不能、能将万事做到完美无缺的人，所以才会一头扎进自己应付不来的事态当中去吧。"

3

我在车里与所长开了个碰头会。

所长把泷泽喜代志给他的照片拿给我看了看，尽管有十张左右的增印照，但都是修过的和服照，照片中的美和表情严肃，显得毫无个

性。泷泽可能认为这种照片才适合用来寻人，但其实根本派不上什么用场。拿照片和真人对比也需要一定技巧，因此我打算向辻亚寿美借几张更自然些的照片来。

泷泽对美和买过电脑的事好像丝毫不知，坚持说这一定是搞错了。所长说他可以派人去秋叶原那家电器店调查电脑的配送地址。

"交给村木吧，这种活儿他最擅长了。至于那个可疑的男子，武藏东警局的治安科会暗中调查的，如果他真是药贩子，一定能立刻找到线索。"

"还有，我希望能多调查一位女士，就是美和过去的乳母明石香代。虽然她已经过世，但美和似乎与她非常亲近，说不定能查出什么有价值的消息。属于美和的资料与信件，或许还没有完全被他父亲扔掉。"

"这条线索够渺茫的，可以迟些再调查吧？"

我看了眼手表，已经三点半了，约好七点去拜访辻亚寿美，但有件事情得提前去办。

"我有一个请求。"

"哇，真可怕，叶村你一用这种语气说话肯定没啥好事。什么请求？"

"我希望您从东都综合研究所那儿弄到平满的个人资料，还有与她同居的那个宫冈公平……"

"就是刺伤了你的那个人？"

"我想知道他是在哪里，怎么和小满认识的，以及小满平时会去什么地方闲逛，见什么人之类的。虽然直接问东都的樱井比较方便，但那边现在对我的评价似乎不是很好。"

"就甭闹别扭啦，我觉得你还是直接打电话给樱井的好，他一直对你受伤的事感到愧疚，肯定会很高兴卖你这个人情。"

"话说回来所长，你以我受伤为借口，从久保田社长手里敲了不少抚慰金吧？"

"已经一分不剩了，打弹子机输光了。"

最终我从所长手上拿到了十万元的补偿——不，应该说行动资金，随后让他开车把我捎到新宿西口公园。下车后我给樱井打通了电话，他在对面小声表示这会儿不太方便。

"我还在工作，做点资料，五点后给你打回去。"

挂断电话后我有些后悔，早知道这样就让所长先送我回住处了。这时电话突然响了起来，是平义光打来的。

"我向女儿问了你的电话。"

他用拘谨的语气说。

"今早的事非常抱歉，你为了救我女儿受伤，伤势还没完全恢复，又被她大半夜的叫到警察局去，最后还帮忙送她回家，可我却对你有失恭敬。"

没想到对方会耿直道歉，因此我一时不知该说什么。稍过了一会儿才勉强回了些"哦""没事"之类的应答。

"我想请你吃一顿饭以表歉意，要是方便的话，就在今晚如何？"

"感谢您的好意，但我既有工作要做，身体也还没彻底恢复，所

以就算了吧。警察局的事是我自愿的，请不必放在心上。"

由于工作中常常要装出内心并不存在的谦逊和亲切，所以在其他情况下我一般不说客套话，也就是说这是我内心真正的想法，然而平义光却反倒以为我在跟他客气。

"那明天怎么样？小满也很想见见你。"

尽管出于某些原因，我也必须见见小满，但她父亲在场就没有意义了。

"好意我心领了，但您也知道，我还有寻找泷泽喜代志女儿的工作在身，真的抽不出时间来。"

"还请千万不要推辞，务必赏光来上一趟。"

平义光固执地坚持着。

"再怎么忙，饭总是要吃的嘛，我们也不大张旗鼓，只是去新宿商场的一家怀石料理店随便吃些东西而已。是家老字号在那边新开的店，所以价格实惠，不会给你添什么心理负担的。"

怎么会没负担呢——不过我叹了口气后，还是转变了想法，毕竟平家与泷泽家素有来往，平义光或许知道些什么与美和失踪相关的内情。这样既能打听消息，费用也是由对方承担，实在是求之不得的好机会。

"既然您这么说，就恭敬不如从命了。"

平义光松了口气，我也隐约感到他在我的心中变得随和了些。约好明天晚上七点在小田急百货十三层见后，我挂断了电话。

为了不浪费时间，我决定去趟四谷三丁目，于是叫了辆出租车。

我知道这样有些浪费，但脚伤越发疼痛，让我发自内心希望能悠闲地待上个两三天。然而尽管拥有回旋的余地，选择了工作的依旧是我自己。这种做过事才后悔的老毛病，恐怕一辈子都治不好了。

我曾在一家以发行建材信息为主的报社打过工，于是决定去那看看。当时与我一起工作过的员工已经基本走光，只剩下一个叫工藤咲的朋友还在。她是个出了名的烟枪，这会儿正叼着戒烟棒气势汹汹地打着稿件。

"不好意思，工作正忙，抽不出时间来，你的脚怎么了？"

"被人踩了一脚。资料柜能借我用下吗？"

"你要查什么？"

"查一下平义光。"

"平义光？你说的是独角兽建设公司的平专务董事？"

"是的。"

"真是个闲不下来的家伙。他升为专务董事那时的主题采访应该还在，你随便找吧。"

我在木制的资料柜上寻找起来。柜子是定做的，当时那个木匠忘记要计算木板的厚度，导致A4纸大小的文件没法立在上面，因此所有的文件都是横着放的，只要抽出一张，就会有一大堆跟着掉下来。我看到其中有一份标有"独角兽"字样的文件。

我借了一张空桌子，开始调查起这份文件来。平义光的资料用回形针单独夹在一起，包括几份剪报和杂志报道，都是在他升职为专务董事时刊载的。

平义光毕业于工业大学的技术类专业，他所设计的施工技术曾获得过多项发明专利，也因为这方面的功绩，他在七年前四十岁那时就早早荣登开发部总裁一职，并于两年后兼任公司董事。三年前，独角兽公司发生了承包建筑商常见的纠纷，公司领导被卷入收受贿赂、权力滥用、勾结政客等丑闻中，多人同时引咎辞职，便由平义光补上了空缺的职位，而他也由此一步登天，成了公司的专务董事。由于技术岗位与金钱无缘，他在众人眼中显得作风清廉，因此才被推上这个位置。此人经营才能尚未明确，家有一妻一女，兴趣繁多。

翻着翻着，我的手停了下来，因为我看到一张包括平义光与泷泽喜代志在内的，七位男士的合影。

那是一篇在《新世界》杂志一九九八年十一月号上刊登的，长达四页的图文报道。标题是"年轻有为的七武士"，下面则用稍小的文字写着"直击野心！金融界众希望之光组建二八会"。照片中的他们身着意大利时装，周围的打光显得考究而自然，令每个人看上去都无比时尚，只不过这种上流杂志独有的老气横秋的感觉，依旧有些令人作呕。

在阅读这篇带着许多"括弧笑"的采访时，我发现这个"二八会"是由从律师到企业顾问公司总裁的各种"成功人士"所组成的。他们还表示"二八会的目标是齐心协力，用崭新的创意引领二十一世纪的经济界"。之所以叫"二八会"，是因为成员全部出生于昭和二十八年[1]。要是光凭这种创意就能自吹自擂为"崭新"，想引领

---

1 1953年。

二十一世纪的经济界估计也只是痴心妄想罢了。

成员的名字我留意了一眼，其中有律师丸山宽治、山东银行的儿玉健夫、天保人寿的大黑重喜、企业顾问公司社长野中则夫，以及某省高级公务员新浜秀太郎。

记者：听说各位在闲暇时间里经常会共同搞些娱乐活动。

泷泽：我们一起驾艇出游、打猎或是打高尔夫，这才是纯爷们儿该有的乐趣啊。

野中：可你夫人似乎不太高兴，好像还说过"又是二八会？一群老爷们儿凑到一块儿能干什么"之类的话（笑）。

新浜：所以我们每半年也会举办一次家庭聚会，不过可谓失算之举，老婆们一唠起嗑来，撒过的谎都被她们给揭穿了。

野中：谁让你撒那种会被揭穿的谎（笑）。

真是既直爽又融洽的，纯爷们儿之间的友情。我身上顿时鸡皮疙瘩直起，但还是复印了这篇报道，并向工藤咲道了谢。工藤推了推眼镜问：

"你为什么要调查平专务董事？"

"算是企业机密吧。对了，在直接见面时他给人的印象如何？"

"是个没什么架子的人，因为他过去遭遇过一起不为人知的悲剧，那篇报道里没提过就是了。"

"什么悲剧？"

"偶尔也要自己去调查嘛，侦探。"

"哼，是不是这会儿没烟抽，把不满发泄在我身上。"

"唉，堂堂调查员，难道看不出我很忙？给你个提示好了，一九八〇年。"

撂下这句话后，工藤就对着电脑继续工作起来。我再次向她道谢后走出了大楼。本打算去一趟新宿御苑附近的图书馆，但这会儿已经差不多要闭馆了。而且即使继续调查下去，平义光似乎也与泷泽美和的失踪没有什么联系。

在First Kitchen¹买了个吉士汉堡后，我坐在新宿二丁目附近公园里的长椅上吃掉了它。坐在黄昏的公园里，我呆呆地望着走在上班路上的人妖，闻着附近寺院飘来的线香味，没来由地感到一丝哀愁。我觉得自己或许应该放弃侦探这份职业，哪怕去卖火柴也好。

五点半的时候，手机响了起来。

"抱歉这么晚才联络，公司的活脱不开身。"

樱井气喘吁吁地说。

"本来我打算主动联络你的，前一阵子的事真是太抱歉了，没有抱怨的意思，但社长唠叨个没完，最后我迫于压力，还是撤回了对世良提出的受害申报。"

"撤回了？"

樱井不吱声了。这么说来，警方询问过我宫冈公平的事，但我却不记得有人向世良松夫提出过受害申报。平满没有受伤，她的家里也

1　日本著名连锁快餐店。

与东都进行了和解。我有点生气，东都综合研究所雇用了许多退休警官，如果久保田社长有意减轻对世良的处分，可以说是轻而易举。不过也是，尽管世良对樱井与宫冈公平做出的是故意伤害，但踩到我的脚却只是偶然——至少他可以这样搪塞过去。

"也就是说，世良已经被释放了？"

"什么释不释放呀，光向检察厅上交一份资料就了事了。"

"——什么？"

我还以为这是疲劳引起的幻听。樱井破罐子破摔般强硬地说：

"毕竟既不用担心潜逃，本人也承认了自己做过的事，没办法呀。倒也不是我们社长疏通关系的缘故。"

"试图强暴小满的事也承认了？"

"不，这个倒没……但是不用担心，社长已经严加警告，不准他再靠近你了。"

也就是说世良现在依旧记恨着我。这可真是与收到电话欠费单一样令人"高兴"的消息啊。

尽管有千言万语要说，但我还是没法向樱井撒气。待情绪略微平复后，我决定到平满的住处将事情原委问个清楚。心怀愧意的樱井没再多说什么，而是滔滔不绝地讲起其他事来：

"调查还是按老办法，通过查看邮箱的方式，推断出了几个可能和她关系比较好的朋友，再一个个询问。"

"你还记得那些朋友都有谁吗？"

"有一个人是可以确定的，那就是泷泽美和。她父亲也知道两

人的关系，所以很好确认。我们在美和放学的时候拦住她，问了这件事情。一开始她非常害怕，问了我们许多遍小满是否真的是离家出走。"

"真的是离家出走？"

"因为最近发生的刑事案件很多。不过我们告诉她，小满先是和父母大吵一架，然后趁着夜里把一个大包从二楼扔下去后逃离了家门，而且是打车去了下北泽后，她看上去终于放心了些，然后给我们讲了许多事。她说小满的一个朋友在下北泽与姐姐两人住在一起，所以她才会去那里吧。果然，小满离家出走的当天和第二天晚上都住在朋友家里，但朋友的姐姐回来后教训了她，要她回家。小满听后非常生气，扭头便离开了，随后就失去了联系。接着我们又根据小满的邮件，推断出她后来去见了另一位叫作柳濑绫子的朋友。"

"柳濑绫子？"

"应该是叫这个名字。总之她表示最近没有见过小满。说起来可能有些蹊跷，她在和我说话时似乎也有些害怕，我的长相看上去没那么凶恶吧？"

樱井长着一张和蔼的菩萨脸，美和与绫子就算害怕，怕的应该也不是樱井的长相。

"不过我想起在小满的邮件里，有一封的内容与剧团有关，我们追问好久她才终于肯说实话。原来小满在离家出走约一周前，瞒着父母加入了一个剧团。这个剧团类似于学生社团那样的组织，她是在那里认识的宫冈公平，所以才会在后来和他住在一起。至于剩下的事情你就都知道了。"

也就是说，小满与泷泽美和跟柳濑绫子的关系比她自己所说的要亲密得多。而泷泽喜代志凭借直觉怀疑小满隐瞒了什么事情的想法其实是准确的。

然而小满究竟在隐瞒着什么？

由于脑子里想着事情，我没能听到樱井的下一句话。

"不好意思，刚才你说什么？"

"我说，这些信息有什么参考价值吗？"

"很有价值，真是谢谢你了。"

"客气了……还有，叶村……"

樱井说话时显得支支吾吾，像是有什么难言之隐。或许世良与久保田社长的事还是让他心里不太好受，但是又没法说出口，所以才会绕着弯子说话。

"虽然这么做不太合适，但我还是想告诉你。毕竟你在世良那件事里帮了我的大忙，算是对你的感谢吧……"

"哪里，我也没帮上什么忙。"

"别这么说，我很清楚要是没有你制止世良，他一定会惹出更要命的乱子出来。可是……还是有些难以启齿。"

"到底什么事啊。"

"其实，东都这边最近在做一个男人的品行调查，虽然我不是直接负责人，但需要帮忙做些监视方面的工作。而这个男人最近在与一位女士约会……"

"等等。"

我打断了樱井的话，感觉自己的太阳穴已经开始"突突"地跳动了。

"她该不会就是……"

"就是我去你病房探病时遇见过的那位女士，你们是熟人对吧？"

何止是熟人，我们的关系好到相互拥有对方家里的钥匙。

"为防误会还是要说清楚，她的名字叫相场实乃梨，住址在武州市绿丘的一栋公寓楼，可能有些多管闲事，但我还是觉得得告诉你才行。"

的确是多管闲事，但既然已经听到这里，就不能不深入了解一下了。

"然后呢，那个男的到底在做什么？"

"我们正在寻找他婚姻诈骗和威胁的证据。"

我差点从长椅上摔下去，一个美貌的人妖经过，轻蔑地移开了眼神。

"不是吧？"

"这种谎有什么好撒的。三个月前他向某位女士借了三百万元，约好要和她结婚，后来却玩起了失踪，始终联络不上。几周后，一些照片寄到了她的住处，上面是她张着双腿……唉，总之是那种隐私照。尽管没有附带信件，但目的已经不言自明了。"

我那个和男人说话都会不好意思的朋友，光是想象她可能被人拍了"隐私照"这件事，就足以让我浑身寒毛直竖了。我用痛苦的声音说：

"天哪，放过我吧。"

"如今这个时代的女人当然也不是好欺负的，怒火中烧之下，她就找侦探帮忙调查了。那个男人的名字和住址都是他自己胡诌的，手机也是预付费式[1]。尽管头绪全无，但照片派上了用场，我们顺着私人洗相馆的方向查了查，轻而易举地就找到了他。"

"你们的委托人没去警局告他？"

"她的要求只是拿回钱和照片。毕竟不清楚对方的身份，所以想让他服个软也就算了。但对方却反复无常，只送回了照片，说钱就别想了，不爽就告我去。这样一来就很难办，因此委托人希望我们尽量能够找出他的软肋。"

"然后呢？找得到吗？"

"软肋吗？简直多了去了。我们打算明天和他谈判，逼他答应委托人的要求，但毕竟还没走到刑事控告那步，所以暂时不会把这件事告诉你的朋友。当然他有可能因为害怕吃官司而收手，但就我的直觉来看，他不会那么轻易就改过自新，反而可能因为急着弄钱来赔偿我

1　一种提前付费使用手机的服务方式，通常提供给国外旅客或短期滞留在国内的外国人使用，好处是到期前的费用较低，但到期不付费将自动解约。国内电信运营商使用的收费方式基本为"预付费式"。此处提到这种方式是因为日本手机收费通常使用合同制，即与运营商签订合同后每月自动从银行卡里扣取相应费用。

的委托人，从而更加积极接近你的朋友。"

幸好身边没有树木或者墙壁，否则我早已经用头撞上去了。

"所以我觉得应该由你将真相告诉给她，现在应该还来得及。"

樱井觉得自己做了好事，因此心情愉快，干脆利落地说完了这番话，然而我心里却没有丝毫庆幸。我用连自己都感到讶异的低沉的声音说：

"樱井你想得太美了，没有真凭实据在手，怎么可能说服得了一个恋爱中的女人？只会打草惊蛇罢了。给我点具体消息啊。"

电话那边传来樱井惊慌失措的声音。

"这个，具体事实方面还是要履行保密义务的……光是现在说的这些，要是让公司知道就已经很不妙了……"

"再多透露点，他的真实姓名是？"

"这个……"

"樱井！"

"牛，牛岛润太。"

看来他对实乃梨说的是真名，这样一来，事情反而更加麻烦。

"婚姻状况？"

"未婚。"

"你们明天什么时候和他谈判？"

"这个……晚上九点左右。"

"地点呢？"

"喂，你该不是要闯进来吧？"

樱井痛苦地问道。

"不会的，只是打算跟踪他，确认一下这件事会不会牵扯到实乃梨而已。这样应该可以了吧？"

"唉，知道了。明天定好时间和地点后联络你。"

樱井谨慎地嘱咐我千万不要把这件事告诉别人，随即挂断了电话。我用双手捂住脑袋，不由得想起一句老话——"自己的苦难，只是人家眼里的笑话"。

4

到达辻亚寿美的公寓时，我已经有些意识模糊了。门卫处坐着一位身穿工作服的保安小哥，他瞥了我一眼，手上随即动了动，虽然我看不见，但他应该是按了信号铃之类的东西。

"有什么事？"

他的潜台词仿佛在说"穷鬼来这儿干什么"一样。我默默地从上到下打量着他，只见对方是个皮肤白净、面无表情的年轻男子。虽然像是关键时刻会掉链子的那种人，但当一个高级公寓的接待员倒正合适。从工作帽上的商标来看，他似乎是大公司——"一国保安公司"的员工。

被我这么一打量，他白皙的面色有些发红，于是我不打算为难他了。

"我叫叶村晶，约好了与五〇三号室的辻亚寿美见面。"

保安小哥敲了敲键盘，用麦克风问了一句，随即点了点头，用右手指向里面说：

"请走这扇门，上中间的电梯。电梯是自动的，什么都不用按。"

能买得起这种豪华公寓的人固然不多，甘愿为这种安保优良的公寓每个月缴纳高额管理费的恐怕就更少了。我走进门，只见一楼大厅整体由大理石铺成，里面摆着三个插着鲜花的大号花瓶。走进光是监视摄像头就有五个的电梯间后我不禁心想，辻亚寿美每个月究竟要花掉多少管理费。三十万？不，恐怕要五十万。真希望那个爱嫌麻烦的长谷川社长能从她手里拿到管理费这么多的钱。

电梯把我带到五层，途中别说摇晃，我甚至没觉得自己在动。当看到在眼前敞开的五〇三号室房门时，我已经麻木得不再感到钦佩了。

辻亚寿美换上了一条黑色的麻料西裤，显得轻松而惬意。我惊讶于她会在家里穿这种容易起褶的衣服，不过毕竟各有喜好。她似乎十分忙碌，手里抓着手机，示意我坐在沙发上。

"不好意思，有点事情急着联络，那个是泷泽部下的调查报告书，你在等的时候可以边吃寿司边看。"

说罢，亚寿美便用英语滔滔不绝地与对面讲起话来，继而消失在旁边的房间里。房门关闭前，我听到里面传来一个男人的声音，应该没有听错，那不是泷泽喜代志的声音。我略微考虑了如何才能在不惹委托人生气的前提下向那个藏在房间里的男人问上几个问题，但是没能想出任何办法。

面前是一张漆面茶几，上面摆着寿司盘和小碟酱油，以及一个茶色信封。我拆开信封，粗略看了眼里面的报告。

先入为主的观点让我误以为凡是与泷泽有关的都不太靠谱，然而出乎意料的是，这份调查报告做得还算认真。据报告上的内容来看，五月三日到五月六日，柳濑一家的确在夏威夷旅行。泷泽美和名下的存折和信用卡在她失踪后都没有被使用过的迹象。他们甚至调查了两个月前的流水，我发现美和每个月花掉的钱大约在二十万左右。就高中生而言这个数额确实不小，但作为每个月有五十万零花钱的大小姐，这样已经很简朴了。至少可以确定泷泽美和不会是重度药物成瘾者。而在叶崎、都内的别墅和公寓也没发现她曾经去过的痕迹。

调查者似乎也接触过柳濑绫子——泷泽曾冲到她家里大吵大闹，也难怪她躲了起来——并记录了事情的原委。而柳濑绫子的说法是——我不知道美和住在哪里，前不久我和她吵了一架，就没再见过面，吵架的原因是她做了和我一样的美甲。

原来是朋友之间难以避免的小矛盾。

报告里似乎还附带了西莫尔学园教职员工与学生的名单，我在里面找了找名字可以读作Kana的人，只找到了一年级学生飞岛加奈子与三年级学生五台花菜。此外在教职员工里还有一位叫作小林叶子的保健教师，但无论从哪个角度考虑，她也不像是会写下那种留言条的人。

其中最有可能的是那个叫"五台花菜"的。正当我用红色铅笔在

上面画了个圈做记号时，辻亚寿美回来了。她的脸颊微红，像是遮掩百丑般"啪嗒"一声关上了屋门。

"抱歉让你久等了，哎呀，怎么一点都没吃呢？"

"我吃过晚饭了。辻女士您好像很忙，先吃些东西吧，我们边吃边聊。"

"太感谢了，那么就这样吧。"

辻亚寿美一屁股坐在沙发上，以风卷残云之势吃起了寿司，继而示意着我的手头说：

"那个，是在做什么？"

"美和好像有个叫作Kana的朋友，请问您认识吗？"

"Kana……好像在哪里听过这个名字，怎么了？"

我把那张带着猫咪插画的明信片递给亚寿美，她皱起眉头说：

"这个朋友好像不太靠谱啊，你怎么看？"

"暂时只是些猜想……"

"没关系，说来听听吧。"

我将美和的房间里几乎没有私人物品，以及她买了电脑的事情说给辻亚寿美听。

"而且结合这张留言条的内容来看，我想美和或许拥有一个隐秘住处，说不定就是这个Kana的房间。美和虽然有钱，但没有保证人的高中生依旧很难租到房间。可如果找社会上的人做室友，就能轻而易举地拥有住处了。而答应她这个请求的人，就是……"

"Kana对吧。嗯，很靠谱的推测。"

"美和的私人物品是由辻女士您保管的吗？"

辻亚寿美正在就着乌龙茶吃寿司，听到我的话后摇了摇头。

"我这没有。她大约每隔两个月才会来这一次，话说回来，一年前她来得还更频繁些呢。"

"与那时相比，这里有什么变化吗？"

辻亚寿美被乌龙茶呛了一口，往里屋瞥了一眼，继而摇了摇头。我觉得即使在这方面追问下去，恐怕也不会有更多斩获，便转向下一个话题。

"听说泷泽先生在都内还有其他公寓……"

"是的，但我不觉得美和会去，因为那边有这个。"

听到我更换问题后，亚寿美似乎松了口气，笑吟吟地竖起一根小指。

"是什么样的女人？"

"似乎是做陪酒的吧，我也不太清楚。离了婚的老公跟什么女人鬼混，和我都没关系。要是泷泽想给美和找个后妈，我倒是有点意见，但他从没提过这种事，本来我也不觉得他会再婚。"

亚寿美嘴里塞满了肥美的鲑鱼肉，我知道她想快点说话，但这样根本快不起来，看来让她边吃边讲并不是什么好主意。

"泷泽的地盘意识很强，最想当的就是城堡里的国王，谁要是进了他的领地，他就张牙舞爪地扑上去撕咬。过去我也是不熟悉他这个脾气，导致吃了不少苦头。离婚纠纷结束后我们俩在外面相遇，反而是和和气气的。可当我给他打电话，让美和到我家来时，他又会气势

汹汹地大发脾气。等到美和真的来我这里住时，他就又变得心平气和了。似乎只要不在自己家里，别人做什么他都不在乎。"

我想起保姆加藤也说过类似的话——老爷不喜欢别人进入他的地盘。

"我从保姆那里听说，泷泽先生每个月都给美和巨额的零花钱，而且只要打好招呼，也允许她住在外面。但我查看美和的房间后，又发现她的私人物品都被泷泽先生自作主张给扔掉了。"

"没错，就是这点。"

亚寿美使劲点了点头。

"美和也说过类似的话——'这个家是爸爸自己的家，我只不过是个附属品罢了'。所以她时不时会来这边放松心情，那个孩子什么都懂。"

"泷泽先生有暴力倾向吗？在自己的地盘里可以为所欲为之类的想法。"

"这个嘛……也不能说完全不是。在公司或家里时——这个家里自然也包括别墅——泷泽这个人总是性格强硬，我甚至见过他在心情不好的时候扇员工的耳光。但要问他会不会这样对待美和，答案是绝对不会。"

"绝对不会？"

"绝对不会。尽管这个人臭毛病一堆，但也在以自己的方式溺爱着那个孩子。在这个世界上，他第二喜爱的就是美和。"

至于第一是谁已经不用问了，毋庸置疑就是泷泽自己。

"你在怀疑泷泽？"

亚寿美试探性地问道。我摇了摇头说：

"不是这样，只是确认一下这是不是美和离家出走的原因。回到最开始的话题，假如美和的确有个隐秘住处，又被泷泽先生发现，也很难说父女之间不会因此产生嫌隙吧。"

"我是这样认为的。美和肯定不怕让我知道，但没有告诉我还是让人有些失望。美和她小时候……"

亚寿美突然"噗嗤"一笑。

"泷泽家的院子里以前放过一个旧集装箱，于是美和就偷偷溜进去，把那儿当作自己的秘密基地。她一直以为我和乳母都不知道，可有一天来了客人，乳母就去那里叫她，惹得她生了好长一段时间的气。不过她气呼呼的样子反而显得更加可爱……"

亚寿美突然不说话了，而是仰起头来。

"真是的，芥末放太多了。"

我把视线移开，继而停在几个相框上面——它们都摆放在餐具橱上。我站起身来，拿起离手最近的一个，只见照片里有辻亚寿美、平满与在报纸上见到过的柳濑绫子，最中间的女孩则是泷泽美和。

这正是我想看到的那种活泼的样子。

或许因为拍的是纪念照，所有人都面带笑容。其中要数美和的笑脸最为天真无忧，圆鼓鼓的脸蛋让她的眼睛眯成一条细线，牙齿也显得洁白而整齐。最明显的特征是她那双柔软而带着大耳垂的耳朵。尽管称不上绝世美人，但天真无邪的气息与女人味却在她的面容上达成

了绝妙的平衡。

与美和相比，平满与其说是在笑，倒不如说是在做鬼脸；柳濑绫子的眼皮上粘着假睫毛，描着眼线的眼睛也特地睁得大大的，笑容显得有点假了。

照片右下角标着日期——2001.02.27。

"这是美和的生日聚会时的照片？"

"是的。"

辻亚寿美擤了擤鼻子。

"这张照片能借我用用吗？"

"想要照片的话，有更加合适的。"

亚寿美从抽屉里拿出好几张快照，每张照片上的美和都显得温柔而体贴，但仔细观察后能发现她的下颚线绷得紧紧的，透露出几分坚毅。

我借了几张露着耳朵的照片以及几张在生日聚会上拍的照片。

"我增印后就还回来。"

"你依然觉得柳濑遇害与美和的失踪有关？"

她还是注意到我之所以会借走生日聚会的照片，是因为里面带着柳濑绫子的缘故。尽管我不想让内心焦虑的亚寿美听到自己更多的猜测，但她恐怕不是那么好应付过去的。

"柳濑遇害的案子在解决之前我也不好乱说。她似乎是由于失恋才导致了自暴自弃、到处冶游，所以也有可能是出于个人原因而横遭不测。但一对高中生朋友在两周之内，一人失踪、一人遇害，硬要说彼此之间没有关系，恐怕也讲不通。"

"说的是啊。"

辻亚寿美深深叹了口气，我开口问道：

"您知道美和与柳濑是怎么好起来的吗？"

"这个……"

亚寿美闭上眼睛，似乎在记忆里搜寻。

"不清楚，我没问过这个。"

看来在关键问题上，这个母亲也和泷泽一样不够靠谱。我用尽量不让她觉得我在讽刺她的说法问道：

"您是在昨天得知了美和失踪的事吗？"

辻亚寿美莫名其妙地顿了顿，继而飞快地说：

"黄金周刚一开始我就出了趟国。为了学习首饰设计，我经常去欧洲。五月时间充足，气候又好，所以每年我都会挑这时候去。"

"旅途中会和美和联络吗？"

"回国四天前美和用手机联络过我，但没打通。我刚才说过，要是往泷泽家里打电话，他会闹得天翻地覆，所以我跟美和平时都用手机联络。回国后店里又出了点事，我一直在忙着处理，对美和的事情就没怎么上心。我以为她一定也很忙……但这不能当作借口。"

我换了个话题问道：

"你们似乎与平义光一家常有来往，美和与小满也从小就是朋友吗？"

"小满与美和同岁，她俩上幼儿园时就总在一起玩，是从小的好

朋友了，小满甚至还是美和的初恋对象呢。"

我愣了愣神，却不是因为女孩子之间的恋情，而是因为看到了辻亚寿美脸上那略显悲痛的表情。

"这是怎么回事……"

"美和可能对小满讲过些什么，要不你问问她？"

亚寿美装模作样地思考着说。

"嗯，也行。但小满说最近她们的关系不太和睦。"

"不可能的，除非是吵架了。"

看她真的不太清楚，于是我向亚寿美简略地讲述小满离家出走，并与一个男生同居的事。亚寿美皱着眉头听完，但还是点了点头。

"这我就明白了。身为母亲这样说自己的女儿可能不太合适，但美和是很反对这种行为的。要是知道小满与没认识几天的男生同居，她一定会非常生气。一个十七岁的女孩儿太过心直口快其实不是什么好事，不过她的确像明治时代的人那样死板。"

美和在我心里的形象又多了一丝真实感。我一边留意不要望向旁边的房门，一边向亚寿美问道：

"美和交过男性朋友吗？"

"大约一年前，她把男朋友带到过我这儿来。对方叫藤崎悟史，在R大学文学系读大三，但两人好像很快就分手了。我对美和说他是个蛮有吸引力的男孩，真是可惜了。但美和说她讨厌那种不按部就班的男人。原来对方想要强行和她做最后一步，但美和觉得才认识两周，连接吻都还为时过早。我差点怀疑是不是自己听错了。出生在这个时代，我们当父母的也没做好榜样，为什么她还会那么死板呢？或许是受了乳母的影响吧？"

"您说的乳母是指明石香代？"

"是啊，她是个善良的人，美和才一岁时她就在我家了，始终悉心照顾美和。毕竟在美和还没生下来时，我就经常跟泷泽吵架，而且经常出门在外。所以美和几乎相当于是被乳母养大的。要是没有香代，或许我也没法下定决心撇下美和，从泷泽家里离开。"

辻亚寿美的语气里似乎带着感激与憎恶两种感情。突然，她盯着半空喃喃自语道：

"啊，对了，是Kana。"

"什么？"

"Kana，乳母的女儿就叫Kana。我记得她辞职那会儿来我这打过招呼，我问她辞职的原因，她说前夫和婆婆去世，自己要和女儿生活在一起了。记得当时她说过自己的女儿就叫Kana。"

辻亚寿美兴奋地挥着双手，我本来也想这样做，又实在无法想象委托人与侦探在摆着寿司的桌子两侧激动不已的样子，于是深深吸了口气问道：

"美和认识明石女士的女儿吗？"

"应该认识吧，乳母辞职后，美和依旧偶尔去看望她。甚至在乳母生病后，美和还拿自己的零花钱接济她。所以乳母死后，美和也很有可能去亲近她的女儿，这样一来隐秘住处的事也就能说清了。可能是美和帮乳母的女儿支付房租，条件就是给自己留出一个房间。一定

是这样的，那就赶快去寻找Kana吧。"

"有关明石香代女士，您还了解别的事吗？"

"美和或许……"

让亚寿美似乎想说一些细节方面的事，却又突然一愣，不再说下去了。我撇开视线，发现一件有趣的事。方才亚寿美关过的卧室门，如今却开着一条大约一厘米宽的小缝，然而这种豪宅里的房门可没那么容易被风吹开，而且这里压根也没有风。

"……泷泽家里或许还留着她的简历。"

"明石女士的老家在哪儿？"

"神奈川的叶崎。她是泷泽那间别墅的管理员介绍来的，去那问问或许能打听到什么。"

问过管理员的住址后，谈话便结束了。我告诉亚寿美，我或者所长每天会给她打电话通知调查进展状况。接着站起身来，尽量用漫不经心的语气说：

"请问您养了猫狗之类的宠物吗？"

"我都不太喜欢，为什么这么说？"

亚寿美露出疑惑的表情，我往门那边指了指。

"在室内饲养动物的人通常习惯开着屋门，我想让女士您会不会也是这样。"

以亚寿美的性格，我本以为她会痛快地承认"家里来了其他客人"，然而她只是含糊地笑了笑，抬了抬下巴向我示意着门口。

5

辻亚寿美的公寓非常不适合监视，附近不但有许多大使馆，巡警的数量也很多。要是以前，我一定不会过了晚上八点还傻站在这种地方，但如今多了一个强大的伙伴，那就是手机。我装作用手机打电话，这样一来无论人在哪里，都不会显得太过可疑。

不过最后我还是放弃了监视亚寿美的公寓。附近太过幽静，我的声音显得太不自然，身影也会被公寓外面的监视摄像头拍到。而且我连那个人的相貌都不清楚，更不知道那个人今晚究竟会不会离开辻亚寿美家，就算继续监视下去，估计也会徒劳无功。

于是我打出租车回了家。司机师傅是个喜欢谈天侃地的人，一路上他不停地在谈论自己痔疮的老毛病。

"听说犰狳的尿液好像管用……"

司机师傅说着。

"但不知道在哪儿才能买到，这是我现在最愁的事。"

真是发自内心地羡慕他。

在离家不远的便利店门口下车，去店里买了份冷藏天妇罗乌冬面与冰红茶。当我拖着脚步慢慢穿过那条人烟稀少的商店街时，前方传来了令人毛骨悚然的叫声，那正是我家的方向。

由于人少的缘故，这条住宅街连路灯也十分昏暗。我把手放在额头上遮住光，随后望着前方，那边再次传来了凄厉的叫声。

恶意的兔子

　　我把在便利店买的东西连同塑料袋一起使劲塞进包里，随即把包斜挎回身上，把手机抓在手里，做好随时报警的准备，接着稍稍往前走了几步。

　　就在这时，一个黑影突然以奇快无比的速度冲来。我惊叫一声蹲下身子，黑影从我头上掠过，发出尖锐的声音，掉了个头再次向我冲来。

　　原来是只乌鸦。

　　它盘旋回来，想用鸟喙啄击我的脑袋，我摘下挎包一通乱挥，它这才不紧不慢地飞到我家屋外的电线上，得意扬扬地又叫了一声。

　　我瞪了它一眼，刚扶着扶手上打算走上二楼，忽然间一阵黏滑的触感传来，我慌张地抽回手来。仔细一看，只见厨房垃圾在楼梯上洒得到处都是。我皱着眉头登上楼梯，发现原本放在门口的垃圾袋如今已经被"开膛破肚"，像是被扯出内脏的动物尸体般无力地躺在地上，那异味简直呛得人直流眼泪。

　　乌鸦飞了下来，先是停在楼梯扶手上，继而又慢条斯理地跳下来，叼起些吃剩的东西，扑棱着翅膀飞走了。

　　我戴上橡胶手套，拿出垃圾袋把门口收拾了一下子。那只乌鸦好像是恶作剧做过了瘾，尽管还在远远望着这边，但马上消失不见了。即使它还没玩够，固体垃圾也基本已经被它折腾得到处都是，剩下的只是些黏糊糊的液体，没什么可玩的了。

　　我找出软管连上水龙头冲洗起楼梯来。经过附近的上班族和从补习班放学的孩子们纷纷投来好奇的眼光，仿佛在问"这么晚了到底在干什么"一样。这个世界上存在着诸多不幸——例如女儿失踪、被变态踩到脚部骨折、不仅被男友骗走三百万，还被威胁要公开"隐私照"，等等，与这些倒霉事相比，我不过是拖着略有小恙的身体在外面工作一整天，回到家后发现垃圾袋被乌鸦祸害一番罢了，这实在算不了什么。

——毕竟如果不这样想，也太没办法接受了。

打扫完毕后，我只觉得自己浑身都散发着"芳香"，这双运动鞋明天也穿不了了。我将身上的衣服统统脱掉，把自己解放出来，接着从浴室储物柜最深处掏出我搬家时实乃梨送的贺礼——法国产的玫瑰香沐浴露。这是个好东西，闻着它浓烈的玫瑰香气，感觉鼻毛都尽情舒展开来了。尽管我不喜欢"以暴制暴"，但如今也是迫不得已。

把它打开后，浴室里顿时充满了玫瑰香，害得我连打好几个喷嚏，不得不从里面逃也似的出来。我把穿过的衣服扔进洗衣机里，加了比平时更多的洗衣液；将冷藏乌冬面放进冰箱；吃光了实乃梨之前送来的蜜瓜；在脚上涂了按摩油；最后从书架上拿下一本读起来最让人放松的小说放进包里。

就在这时，手机响了起来。

一开始对面没有出声，我还以为是信号不太好，于是挂了电话。

接着，手机马上又响起来。

这次虽然有了动静，听上去却像是剧烈的鼻息声，紧接着对方便挂断了电话。

正当我皱着眉头将手机插回充电器上时，房门突然被激烈地敲

响，我打了个滚，猛地弹起身来，屁股还在地板上狠狠磕了一下。在此期间，外面的人依旧狠狠敲着房门，感觉连门轴处的合页都会随时因支撑不住而崩溃。我不由得心想：该死！下次见到村木，非让他帮我弄个警棍不可。

我飞快奔到厨房，刚把菜刀握在手中，就有一个声音传来——

"叶村，在吗？"

我板着面孔打开房门，原来是房东光浦功，他用来敲门的拳头停在空中，低头望着我说：

"哎，你在呀，早点出来嘛。"

"你这个房东还不知道这扇门到底有多不结实吗？大半夜的砰砰敲门，吓不吓人啊。"

"什么半夜，这不才十点嘛。能进去吗？"

自从初次见面时得知我们年纪相同，光浦就再也没跟我客气过，但我依旧没想到他会自来熟到这种程度。我给他打预防针：

"要是垃圾的事，我可得事先声明，那不是我干的，想抱怨就找那些不按规定时间扔垃圾的人和乌鸦去。"

"垃圾？说什么呢，我是有事要拜托你。"

我不禁低声呻吟起来。要是再听光浦娘里娘气、啰里巴嗦地说上一堆，我可能就要瘫倒在地上了。有句老话叫"房东如父母"，尽管我不认同这句话，但他给我介绍过制作装饰品的兼职，也算是有恩于我，因此我还是点了点头。

"你说。"

122

自从上次帮我搬送桌椅后，他还是第一次进屋，所以用好奇的眼光在我家里四处打量，还盯着我说：

"叶村，你总是穿这身睡觉吗？"

我低下头来，看了看身上穿旧的T恤和短裤。

"你管我穿什么睡觉？"

"透点了。"

"烦死啦。"

我披上一件纯棉衬衫，指着光浦的鼻尖说：

"这样够了吧，有什么事快说。"

"我租出去的那间苏铁庄里住着一对姓饰磨的夫妇。"

光浦终于发现我不太开心，于是加快了说话的速度。他提到的公寓是一栋古老的木制二层小楼，但连带院子占用了很大一块地皮。院子中央种着一颗巨大的苏铁树，院门整个被涂成黄色，整体形象别有一番风韵。再加上房间允许租客自行布置，因此这里在手头拮据的美院学生与新人设计师中颇有人气。

"住的是一对夫妇啊。"

"丈夫是大学生，夫人恭子则在山手大街沿路的一家餐厅打工。他们原本是奉子成婚，但由于恭子流产，所以没有孩子。结婚时，双方父母都与两人断绝了关系，所以也没有生活补贴。丈夫已经上了大四，做实习程序员，一周上四天班，毕业后打算直接进现在的公司，但光是这样依旧无法养家糊口，所以恭子的熟人给她介绍了一份餐厅的兼职。"

恶意的兔子

　　光浦继承了父母的遗产，独自住在那所大宅子里，靠出租两栋公寓和我这间屋子生活。尽管生活十分优渥，他却一天到晚在这些公寓间转来转去，替房客解决各种鸡毛蒜皮的琐事，而非整日游手好闲。

　　"饰磨夫人周一至周六上班，工作时间是上午十一点到下午两点，以及下午五点到晚上十一点。餐厅打烊后她的先生会去接她，两个人总是恩恩爱爱地手牵着手回家。但从四月开始，每周周三晚上饰磨先生都要留在公司开带餐会议，因为他们公司是弹性工作制，只有晚上人才会齐。所以每逢星期三，恭子就得独自回家……叶村，连杯茶也没有吗？"

　　我心不在焉地将买来的冰红茶倒进杯里端给他，继而问道：

　　"然后呢？"

　　"她在回家的路上要经过林芙美子[1]纪念馆附近，其实那儿算不上什么会让独自走夜路的女性担惊受怕的地方，毕竟道路宽敞，附近也没有那种可能会被人拖走的空地，但不知为何，最近她总觉得有人在跟踪她。"

　　"看到对方了？"

　　"正是因为没法确定，所以我才来和你商量的。要是看到对方，早就告诉她家先生了嘛。"

　　"为什么要等看到了才告诉？"

　　"要是因为自己的错觉让兼顾学业和工作的老公过于担心，她会觉得过意不去。多难能可贵啊！所以听了这件事后我对她说，你家

———————

1　林芙美子（1903-1951），日本小说家，创作有《浮云》《放浪记》等。

先生不在时我可以做你的保镖。可光这样还是不能解决根本问题，要是那个跟踪恭子的家伙因此而被激怒，选择其他时间袭击恭子就不妙了。"

"她自己有什么头绪吗？最近和别人发生过口角吗？"

"好像没有，不过我也没问。"

光浦漫不经心地继续说着。

"所以我觉得，得在她遇险之前抓住那个混账跟踪狂才行。就在这时，我灵机一动——这里不就有个最适合解决问题的人才嘛！"

我顿时像个泄了气的皮球。在父母的反对下坚持结婚、流产、兼顾学业与工作，面对重重难关的饰磨夫妇的确勇气可嘉，值得敬佩。尽管如此，他们依然是与我毫无关系的陌生人，我没有任何义务帮他们解决这个连是否存在都尚未得知的、莫名其妙的烦恼。而且我自己手上的事还忙不过来呢。

"要是你肯帮忙，我什么都肯听你的，甚至处男之身都可以给你哦！"

"谁要那玩意儿。"

"就知道你会这么说。那么下个月的房租给你减半如何？"

"……成交。"

精神饱满地说出这句话后，连我自己都被吓了一跳。

"等下，今天是星期几？"

"星期三。"

光浦抬头望了眼时钟，嘴角浮现出满意的笑容。

"还差半个小时到十一点。"

山手大街的路边餐厅——Manner House的灯光熄灭了。我看了眼手表，差五分钟到十一点，最后的客人还没走出店门。

"那家店的炸猪排可好吃了，下次我请你吃，就当作谢礼了。"

躲在餐厅对面中井站旁的阴影处，光浦小声对我说道。这一带坐落着大江户线的出口，所以十分明亮，但附近依旧能看到几幢新路没有修到附近的木结构公寓。我们要找的那家店看上去与这些建筑差不多，只是多了一个看上去十分浮夸的"Manner House"的招牌。

"她带手机了吗？"

"没带，但我知道店里的号码。"

"帮我打过去，然后换我说话。"

光浦按我说的做了，电话对面传来饰磨恭子天真无邪的声音，她说了句"您好"。

"你不要吱声，听我说就好。到了下班点你正常离店，正常回家就行，到时候光浦走在你前面，我跟在你后面做掩护，这件事千万别告诉店里人，知道了吗？"

"知道了。"

"那就好。"

五分钟后餐厅打烊了，只见一位姑娘从店里走出来，光浦对我说：

"那就是恭子，她是个好姑娘，怎么看也不像会和别人起激烈争执的人吧？"

在夜里远远望去，只见饰磨恭子身材娇小、老实文静，身穿洁白的女式衬衫和将将露出膝盖的格子裙，脚下踩着一双高跟凉鞋。一头直发，额前是细碎的刘海，脸上只化了一层淡妆。只见她迈着轻飘的步伐，正往人行横道那边走去。

不过出人意料的是，她的下半身却比较丰满，感觉自己的观察有些多余，我不禁嘀咕道：

"喂喂……"

"怎么了？"

"或许她的确不容易与别人起争执，但却是色狼最中意的类型。身材娇小、老实巴交、离老远就能一眼认出是年轻姑娘的发型和服装，再加上那双凉鞋又不方便逃跑。"

"唉，原来是这样。"

"那是餐厅的工作服吗？"

"是的。"

"最好让她在没有先生陪同时注意一下穿着打扮，哪怕这次只是错觉，今后也很有可能遇到麻烦。"

光浦小声嘀咕着什么，似乎是"可怕"之类的。我踢了踢他的小腿说：

"赶到她前面去，然后慢慢走回公寓，听不到叫声千万别回头。手机保持开机，在她到家之前，除了我的电话一概别接。"

"好嘞。"

　　光浦开始慢慢向苏铁庄走去，饰磨恭子走在他后面，由于穿着凉鞋，好几次都差点脚下踩空，而我则一边咂着舌头一边张望四周。直到这会儿，附近还没有出现窥探恭子的身影。

　　或许是过于专注的缘故，我感到一阵寒意，于是将夹克衫的袖子撸下来，向恭子身后追去。通往妙正寺川方向的路是一条下坡道，我的脚伤开始阵阵抽痛，彰显起自己的存在感，而我也不禁抱怨起自己贪小便宜的性格来。如今查找泷泽美和的行踪才是头等大事——当然还有实乃梨的事情。至少现在不该来干这些，而要尽可能地休息。

　　当饰磨恭子经过西武新宿线的平交道口时，从一辆停在道口前的车上下来一个男人，他先向四周张望了一圈，随即关上车门向前走去。光线太暗，我看不清他的模样，但依稀能分辨出这个人有四十多岁，身着西装。光这些倒没什么，然而奇怪的是，他脚上穿的是一双运动鞋。我记下车牌号，随后打出一通电话，光浦接了起来。

　　"发现目标了。有个怪家伙正跟在饰磨夫人身后，往你们那边去了。"

　　"我，我要怎么做？O……Over。"

　　又不是在用无线电讲话。

　　"到达苏铁庄后你继续往前走，在五之坂附近观察情况。能让手机保持通话状态吗？"

　　"可以。"

　　"好的，保持联络。"

　　我们就这样一前一后地走着，尽管那个男人时而东张西望，却无论如何也想不到自己正在被人跟踪，因此没有注意到我。而他也在保持着一定的距离紧跟恭子不舍。

我们经过林芙美子纪念馆，又经过了一家打了烊的花店。我听到附近传来一阵低沉而窸窣的、如同诅咒般的声音，顿时感到脊背发凉。

"大——大的包袱肩上扛[1]……"

居然是光浦的歌声，三更半夜的在路上听到这个，简直比色狼对人的心脏更不友好。

"毛皮被剥光身躺……"

我忙在手机里对光浦说：

"喂，别唱了！"

"没办法呀，我妈妈是童谣歌手，我是听这首歌长大的，不受控制地就唱出来了。"

"至少唱个阳光一点儿的吧，这个未免太吓人了。"

当留意到这个情况时，光浦、恭子、那个男人与我连步伐都变得一致起来，左，右，左，右。我不禁感到疑惑，男人毫无疑问是在跟踪恭子，但以色狼而言，这种做法未免过于怪异。

光浦终于走到了苏铁庄，继而迈着笨拙的步伐继续向五之坂走去。拐角处一户人家的门口停着一辆小孩子骑的脚踏三轮车，当他躲到拐角后面去时，我给他下达了指示：

"恭子进屋后我会抓住他，看清他的长相，等我一出声，你就从

1　日本童谣歌词。

他背后出来。"

"明白。"

"在她进屋之前千万不要松懈。"

恭子走进苏铁庄院内，在我这儿已经看不见她的身影。那个男的也站在院墙边向内张望。我藏在稍远一点的电线杆后，电话里传来光浦的声音：

"恭子好像太过紧张，把钥匙掉在地上了，正找着呢。那个混蛋好像有点着急。"

"这是色狼的常用手段了，她一打开门，色狼就会冲过去把她推进屋里，小心点。"

"知道了。啊，恭子把门打开了。"

这时，男人急匆匆地向四周张望一眼，继而飞快地奔向苏铁庄门口。我忘记脚上的疼痛，跟着跑了过去。

"不好意思！"

男人被吓了一跳，急忙回过头来，那边传来了房门关闭的声音。

"打扰了，有点事想问问你。"

"你，你什么意思？"

从近处看，只见男人面容松垮，眼眶外凸，牙齿上满是黄垢，看着就不像什么好人。让他去演两小时电视剧[1]中会在九点五十分左右被人杀死的变态恐吓犯，倒是有那么点味道。我突然后悔自己手上没

1　于黄金时间段（通常为21-23时）共播放两小时左右的电视剧统称。受众通常为中高年龄段观众，题材多为悬疑推理。

带什么家伙。

"你刚才跟踪的那个姑娘是我的朋友，我从西武线平交道口，你停车的那个地方起就一直跟着你了，能说说为什么要这样做吗？"

"我没这么做！"

男人向后退去，却撞到光浦身上，又吓了一跳。

"胡说。大叔你什么人？色狼？"

"别胡扯，我只是凑巧经过这里而已。"

"这段时间她感觉一到周三就有人跟踪她，因此被吓得不轻。我们都亲眼看到，你特地下车后徒步跟她走到这里，还打算在她拿出钥匙开门时跟着闯进屋去。"

"谁管你们这些莫名其妙的家伙说什么！"

"能请你讲讲是怎么回事吗？"

"我跟你们没什么好讲的！"

"那也无所谓，不过你的车牌号我已经记下了，要是你答应今后不再跟踪她，就放你这一马，但要是执迷不悟，不知悔改，我就要报警了。"

"有病！我爱跟着谁就跟着谁，和你们有关吗？"

我刚要发火，光浦已经用更加愤怒的语气说：

"我是这栋公寓的房东！房客遭遇危险我有责任保护，不要以为我的证词就无足轻重了！"

"什么，你是房东？"

跟踪恭子的男人突然情绪激动地挥起了胳膊。

"你这个混账就是房东？少开玩笑了，王八蛋！"

"谁跟你开玩笑？"

光浦躲开飘忽的拳头，冲上去一把揪住对方。别看他说话娘里娘气，却有着男人该有的力气。没想到好死不死，光浦的一只脚刚好结结实实地踏在我右脚上，我躲闪不及，痛得惨叫一声。开窗户的声音四处传来，公寓里的房门也开了好几扇。几名房客飞奔出来，我把拉架的事交给他们，靠着墙壁独自抹起了眼泪。要是再骨裂上一次，我非让他给我免掉四个月，不，半年份的房租不可。

等到没有那么痛了，我小心翼翼地把脚放下，试探性地让它承受身体的重量，问题似乎还不算大。另一旁的光浦与跟踪男正用我听不懂的话语相互呵斥。至于苏铁庄的房客们，似乎对这阵意想不到的骚动颇感兴趣，都在一旁乐呵呵地围观。有人说着"算了，算了"，把他们两个拉开，但刚一放手，两人便又推搡起来。

"看我不叫警察过来抓走你这个变态！"

光浦大声嚷道。

"你这种蠢家伙根本不配当房东！"

男人在语言上难以招架，又挥起了胳膊。正当房客们有人劝架，有人呵斥，反倒让场面更加混乱时，一个头发染成棕色的年轻男子出现了，他过来询问状况，光浦抬起头说：

"啊，饰磨老弟你来啦，你也去揍他一顿！那家伙是个色狼，打算非礼你太太。"

"非礼恭子？"

饰磨不停地眨着那双酷似维尼熊的眼睛上前看了对方一眼，结果像是被蜜蜂蜇到般连连后退。

"咦，岳父？"

四周顿时鸦雀无声。光浦鹦鹉学舌般地重复了一句：

"岳父？"

"我怎么不记得你叫过我岳父？"

那个长着一副变态脸的男人吼道。

"你这种男人根本没法保护恭子！我女儿独自走在夜路上你也不管，如果我真的是色狼，说不定现在已经闯进房间里对她施暴了，你这个臭小子！"

从门缝后看着外面的恭子穿着凉鞋跑了出来，恭子的父亲转过身去，拽着她的胳膊说：

"恭子，我们回家，尽早和这种人分手，过几天就把离婚协议书寄过去。"

"等等……"

恭子的父亲恶狠狠地瞪着眼睛，对光浦、苏铁庄的房客以及我怒斥道：

"把房子租给未经父母同意就结婚的男女，像你这样的房东，还有你的房客，加上那个多管闲事的女人，都是因为你们这帮蠢货凑在一起，我女儿才会遇上这种倒霉事！"

四周顿时响起一片激烈的抗议声——这也是理所当然的。当看到抗议声最大的人是饰磨恭子后，我便拖着脚步钻出人群，往自家方向

走去了。

6

一阵电话铃声把我吵醒，我擦擦嘴角的口水坐起身来，看到枕边的闹钟显示着八点零五分。

"叶村吗，我是柴田。"

对面是武藏东警局的柴田要。

"我在附近，有话要和你说，这就去你家里。"

还没等我回话，电话就被挂断，与此同时房门也被敲响。

我刚揉着惺忪的睡眼下床，一阵剧烈的疼痛顿时从右脚脚背直通大脑。我重新坐在床上，轻轻碰了碰伤处。昨天被踩了一脚后它肿得更高了，伴随着热辣辣的疼痛。即使没有被踩，在走路时都一跛一跛的，而如今我简直觉得双脚都在微微颤抖，腰也疼得厉害。

"喂！叶村晶，快出来！"

我在心里暗暗发誓，下次要能赚到一大笔钱，无论如何也要在门口安一台对讲器，然后迈着踉跄的步伐向门口走去。打开门后，只见武藏东警局的柴田要正板着面孔站在那里。

"醒快点儿行不行，知道我在这等了多久吗？"

我拢了拢睡乱的头发，打着手势让他进来，柴田也毫不客气地进屋，坐在餐桌旁边的椅子上。我的脑袋还是晕乎乎的，但想起昨晚的事，便又披上纯棉衬衫，然后开火烧了壶水。

"一大早来我这儿干吗？"

"来向你道谢的。"

这个用粗暴方式把人吵醒的警官大喇喇地打量着我的房间。

"你就住这种地方？"

"那可真是不好意思。你来谢我什么啊？"

"算了，跟你过去那个连独卫都没有的住处相比，这里已经好得像天堂一样了。那个窗帘是你自己做的？"

"是啊。我说，你到底是来干吗的啊？"

"比我想的要勤快点吧，但你这儿还是老一套，没个女生闺房的样子，没劲死了。"

"要你管。喂，你不是有话要说吗？"

"算是吧，对了，我要咖啡。"

仔细一打量柴田，发现他的眼里满是血丝，本来一肚子的怨言也都咽了回去。我倒了杯咖啡，还端上来一些饼干和巧克力。他风卷残云般地吃掉盘子里的饼干后，含糊不清地说道：

"杀害柳濑绫子的凶手抓到了。"

我被咖啡呛了一口。看到我露出他期待中的模样，柴田高兴地笑了笑：

"泷泽家保姆提供的消息派上大用场了，是叶村你让她告诉警方的吧？之前我们在柳濑绫子的家里搜到了大麻，所以从一开始就在往几个小混混的方向搜查，但多亏那个保姆帮我们辨认了前科犯的照片，目标才具体锁定到一个药贩子身上。昨晚我们把他带到局里

严加审讯，花了不少时间，直到刚刚他才认罪，这下终于算告一段落了。"

"凶手是什么人？"

"名字叫小岛雄二，三十八岁，有过施暴与违反药物管理法的前科，最近一边以个人名义干出租车司机，一边贩卖在自家栽培的大麻。推销的手法就是跟乘客搭话，柳濑绫子也因此成了他的顾客。"

如今的女高中生会吸大麻倒不算什么新鲜事，但开出租车兜售自家栽培的大麻，简直像是渐渐回归到了小家庭作坊的时代一样。

"柳濑绫子这几个月的私生活似乎相当混乱，就像你认识的那个女高中生……"

"你是说平满。"

"对，就像她说的那样，打扮得花里胡哨的四处游逛。她家只是普通的工薪家庭，没那么多零花钱给她，年轻女生为了弄到用来游玩的钱，免不了去做那些老一套的事情。据小岛说三月中旬那会儿，柳濑绫子在六本木上了他的车，他问绫子要不要买大麻，绫子没钱，因此拒绝了，他又说可以用其他方法支付，柳濑绫子答应了，于是雄二把车停到井之头公园附近行人稀少的小树林里，两个人发生了关系。"

没想到一大早就听到这么"美妙"的故事，我用手捂着肚子，把咖啡放在桌上。

"两个人后来又做了几次肉体交易，但几周后，这件事被柳濑绫子的朋友——泷泽美和知道了，后来绫子不再与小岛见面，还说大麻也不买了。小岛为此而火大，便开始纠缠绫子，并威胁她说如果不和自己见面，就把他们发生关系的事告诉她的父母和学校。于是泷泽美和替绫子出面，告诉小岛自己的父亲是有钱人，有的是门路，要是她向爸爸告状，随时都能收拾他这种卑鄙的家伙，不想死的话就别再接近绫子。总之就是说了类似这样的话。"

我突然想起了泷泽美和那坚毅的下颚线。

"小岛雄二倒是没有立即认尿，但他查了查泷泽美和的背景，又去了那间豪华的宅邸看了看，发现她并非虚张声势，只好叫嚣'又不是没有别的年轻女孩'后，彻底远离了柳濑绫子。可是……"

"五月三日，泷泽美和失踪，柳濑绫子对小岛产生了疑心。明明没有必要，但她还是打算当面询问小岛，于是把他叫了出来。"

"你别抢我的话。"

柴田要板着脸说。于是尽管带着起床气，我还是尽量哄着他说：

"失敬了，然后呢？"

他特地掏出香烟，又慢腾腾地把火点上。

"柳濑绫子约小岛出来时说的似乎是'美和不在了，我想见你一面'这样的话。从绫子的角度上说，她以为美和失踪了，小岛或许知道些什么，所以想跟他谈谈，小岛却误以为她的意思是'没有美和碍事，这样就能和你见面了'。兴高采烈地过去后，绫子却因没有做过的事对他严加指责，他顿时火气上头，便在车里掐死了她。由于尸体难以处理，小岛便把车尽可能开远，随后弃尸而逃。绫子的手机与提包都被他带回了家。事情就是这样。"

"等等。"

我把烟灰缸塞到柴田面前。

"没有做过的事？也就是说，小岛与泷泽美和的失踪无关？"

"据他本人的供词来说是这样的。"

柴田望着我一脸无法接受的表情说：

"昨天泷泽喜代志来警局报案。在家庭关系并非十分恶劣的情况下，父母一般不会相信自己女儿会主动离家出走，因此我们原以为泷泽美和的失踪只是一场闹剧。但案件的进展让状况发生了改变，我们也开始考虑美和失踪或被牵扯进某起案件的可能性，并打算进行搜寻了。"

"帮大忙了。"

"帮大忙了对吧？"

柴田用讽刺的眼神打量着我。

"你真的以为泷泽美和的失踪是因为被牵扯进了某起案件当中？她可是个有钱人家的大小姐，泷泽喜代志说她失踪后既没联系过家人，也没携带行李，连钱都没取过，但也不能证明这一定不是离家出走吧？像她那种要强的大小姐，也有可能是出于青涩的冲动，打算离巢自立所以才会离家出走的。依我个人的看法，小岛雄二或许真的对泷泽美和的事一无所知，他可不是什么机灵人，如果真的杀害了美和，现在还会找不到尸体吗？"

我衷心希望现实如柴田所说的那样，却无论如何也无法认同他的观点。

"总而言之，我也要开始调查泷泽美和了，也就是跟叶村你追查同一个案子，所以和你商量一下，要是有什么头绪就尽早通知我一声。"

"这算是商量？"

"好吧，那就算拜托。"

"警察倚靠侦探算什么事儿。"

"毕竟这是个机关单位与国民之间相互排忧解难的时代嘛——唉，老实说我还有其他工作在身，没法一心投入泷泽美和的案子里，而且我的孩子八月份就要出生了，偶尔也想去陪陪老婆嘛。"

"哦？那真是恭喜了，有两下子嘛你。"

柴田突然洋洋自得起来。

"有段时间不太想要孩子来着，但一不小心还是妥协了。这可是我第一个孩子，好像是个男孩，要是将来想和爸爸一样当警察可怎么办哪……"

与恋人或配偶相比，我更不喜欢听别人谈论自己的孩子。虽然勉强陪他笑着，但听柴田没完没了地讲着自己还没出生的儿子，我的脸上还是露出了一丝倦意。

"孩子出生后记得说一声，我好送点贺礼。"

"客气了，不用送的。话说回来，事情就是这样，要是调查过程中发现什么线索，就尽管到武藏东警局告诉我，已经了解到的情况现在就可以说说了。"

柴田那副装出来的和蔼模样，活像是招呼小红帽来自己身边的狼

外婆。我严肃地点了点头：

"好吧，毕竟协助警方破案也算是市民的义务，不过我也是昨天下午才接受委托，暂时只调查了美和的房间，问了保姆跟美和的母亲——辻亚寿美几个问题，并没有什么突破性进展。"

"在美和的房间里找到了什么与她失踪有关的线索吗？"

柴田似乎对此颇感兴趣，一边弹着手指一边问道。

"一无所获。你也听保姆说过吧，美和的父亲可以随意进入她的房间，把看不顺眼的东西都给扔掉了。"

"她的母亲说了些什么？"

"也没提到什么有用的线索。美和刚失踪后她就出了趟国，据本人说直到前天她才得知美和失踪的事。她还说自己女儿是个死板的人，曾在一年前交过一个男朋友。名字我已经知道了，今天打算去见见那个人。不过关于辻亚寿美本人，我倒是有件事比较好奇。"

我含糊其词地说道。柴田一边弹着手指，一边抬了抬下巴。

"我的猜测是，亚寿美或许有个不愿意公开关系的恋人，而这个人昨晚似乎就躲在亚寿美的房间里偷听我们说话。当然，很少有人会向刚刚雇佣的调查员介绍自己的男朋友；听说侦探来调查失踪案，一般人觉得新鲜偷听一下倒也正常；甚至这个人可能只是她的下属而已，但我还是有些好奇。"

"原来如此，只有这个吗？"

"暂时是的。"

"有什么其他进展记得联络，直接找我就行，拜托了。"

"直接找你？"

我歪着脑袋装糊涂说。

"找速见失聪刑警不行吗？他算是我的菜。"

"人家叫治松。别闹了，记得联系我。"

柴田看上去有些慌神，但我也只是捉弄他一下而已。

"话说回来，你有搜索前科犯名单的权限吧？"

"怎么突然提起这个？"

"能帮我查个名字不？算是我的个人请求，与这次的案子无关。"

"你到底知不知道还有'人权'这个词啊。"

"牛岛润太。"

我把樱井告诉我的名字写在纸上递给柴田。

"只要知道他有没有前科就行。咱们好歹认识这么久了，总不能光你一个人奔向幸福的未来吧？"

柴田无话可说，随即端详了我一眼，上了我话里的当。

"哦，是这么回事儿啊，原来叶村你的春天也到了啊。"

我低下头去，装出一副羞答答的样子。柴田咧嘴一笑，重重点了点头。

"虽然不知道是哪个浑小子，可胆子不小嘛，啊？居然敢对你这种生性多疑的女人出手。行啊，知道了，我帮你查查。不过条件是——如果泷泽美和的案子有了最新进展，可得直接和我联系。"

"没问题。"

我们用力握了握手，随后柴田便离开了。估计他自以为骗过了

我，让我觉得他对泷泽美和没有那么大的兴趣，这会儿估计正暗自发笑呢。然而遗憾的是，我注意到了这点。在搜过小岛雄二的住处后，警方很有可能找到与泷泽美和相关的物品。柴田想利用从我这里得到的消息立功，其意图已经显而易见了。

但另一方面，我也成功隐瞒了"Kana"的事。如果查清美和购买的那台电脑的配送地址，再寻找到明石香代女儿下落的话，应该能够大大缩短与泷泽美和之间的距离。

而且还能获得实乃梨那个男朋友的消息，我也算心满意足了。纵使机关单位与国民相互排忧解难，国民承担的也必然是比例更大的那份痛苦。若是这个比例能偶尔调换一下，对国民来说又何乐而不为呢？

7

我找到一位贩卖个人信息的熟人，死皮赖脸地向他要来了R大学文学系藤崎悟史的住址。这个小伙子是长野人，在新井药师租了一间公寓，离我的住处不远。

既然去年与美和交往时还在大三，那么今年他应该在忙着找工作。我直接找上门去，所幸他人在家，还表示如果请他吃早饭，就可以跟我谈谈美和的事。

在新井药师一带几乎找不到那种媚俗、古怪或是模仿杂志把室内装潢得花里胡哨的店铺。不过我依然挑选了车站前面一家中规中矩、墙壁被熏得微微发黑的咖啡厅。怪不得亚寿美评价他"蛮有吸引力"，对方的确是个长相精干的年轻男子，而且一大早就吃得下炒面这种油腻食物，还喝了两杯咖啡。

"说是交往，但也只有两周左右，我也觉得没法长期相处下去。"

"你们是怎么认识的？"

"朋友介绍的。我这个人老是被女生甩，有一次追一个女孩，她说介绍其他人给我，我觉得对方还蛮可爱，就答应了。"

听完他的话，我眨了眨眼问：

"也就是说，是你喜欢的女孩子把美和介绍给你的？"

"是的，一开始还以为不会顺利，可第二次约会时美和就突然把我介绍给她母亲，那个阿姨住在一栋特别豪华的公寓里，她很喜欢我，还送了我这个。"

藤崎悟史抬起左腕，那上面戴着一块劳力士手表。

"我当然不会不高兴，但还是觉得这样做不太好。毕竟我只是个普通人，遇到这种事后就开始想入非非，不由得期待起'下次见面能得到什么'来。我觉得一个男人不应该因女孩的父母送了东西就欢天喜地的。而且美和虽然是个好女孩，但我们两个不够默契。她太过死板，不懂得变通。"

"于是你就吻了她？"

藤崎悟史"嘿嘿"一笑，用手摩挲着被太阳晒黑的面孔。

"算是吧，这件事要保密哈，其实我很好奇她在当众接吻时会有

什么反应，毕竟我是学心理学的。"

虽然不清楚这两件事到底有什么联系，但藤崎似乎非常兴奋，喋喋不休地说着：

"我发现确实是这样——如果父母性格不靠谱或是那种特立独行的人，他们生的孩子反而会在性格上倾向于遵守秩序，尊重规则。我收集过许多样本，出人意料的是这种情况着实不少。美和虽然生气，但气的不是我强吻她，而是这件事与她心中所设想的顺序不符。我觉得如果再相处一周，我送她回家时在门口的暗处同她接吻，她一定不会生气的。侦探小姐——是叫叶村对吧？"

藤崎看着我之前递给他的名片（上面写着"长谷川侦探调查所调查员 叶村晶"）说：

"叶村小姐在过单身生活对吧？而且已经持续很长一段时间了。你家里有几位哥哥姐姐……应该是姐姐对吧？"

我大吃一惊。藤崎悟史得意地点了点头：

"这就是样本的厉害之处了。包括处理吸管包装纸的方式，坐在椅子上的样子，服装与表情等要素，通过这些就能大致了解对方是什么样的人。要是被我强吻，叶村小姐你一定会把我痛揍一顿，但原因应该只是你对此不感兴趣而已。"

被比自己年轻十多岁的男生分析，总觉得自己已经老了。

"我想想……然后呢，那次接吻过后，与美和就没再见过面吗？"

"再也没有了。为了撰写毕业论文，我要收集各种样本，没工夫再追那种无聊的女生。不过话说在前头，我可不光是为了这个才和她交往的，我还没渣到那种程度。就算是为了论文，我也会正儿八经地事先解释清楚，同她商量过后尝试着亲吻她，观察她的反应。不过老实说，美和不再联络后，我也松了口气。与那种仿佛生活在另一个世界的女生交往，我会对金钱渐渐麻木的，这可不是什么好事。"

这算什么理由。我不禁一阵头疼，赶忙转换话题：

"把美和介绍给你的女生是谁？"

"啊，是Kana，水地加奈。"

藤崎悟史轻描淡写地说道，但连我自己都察觉到自己变了脸色。

"她和你是什么关系？"

"她在我常去的一家电影院工作，我们是在那儿认识的。我蛮喜欢看电影的，那段时间又恰好住在樱上水，就在下高井户的一家电影院里办了会员。和看录像带比，电影院屏幕够大，看着也更带劲，所以那阵子就有些入迷，每周都会去看，也是因此认识的她。有次看完晚场电影，我邀她一起出去吃饭，后来偶尔就和她用邮件闲聊，那会儿我真心喜欢她。可事不凑巧，加奈的母亲也是从那段时间开始住院，而她和我交朋友只是为了向我抱怨，把我当垃圾桶而已。"

"把你当垃圾桶？"

"怎么说呢，正因为关系没那么亲近，她才会无所顾忌地向我抱怨。就像有些话对亲朋好友难以启齿，对陌生人却能畅所欲言。而我就是那个陌生人。加奈在母亲离婚后始终不能与她相见，父亲与祖母死后好不容易和母亲生活在一起，可母亲又立刻病倒。自己不仅没

能享受到母爱，还要工作为她治病——她向我抱怨了许多这方面的事情。不过平时她肯定不愿把这些话说给别人听，毕竟说自己快要死掉的母亲的坏话，别人听到了一定觉得她很差劲。你也觉得加奈是这样的人吧？"

"咦？"

对方突然抛回话题，我一时间没能反应过来。但这或许反倒是件好事，只听藤崎悟史得意扬扬地说：

"刚才提到她时你的脸色变了，你也认识加奈对吧？把话说在前头，她确实是个好女孩。但自从母亲去世后，她就不再想见我了。可能是把自己抱怨母亲的事与我联系到了一起。我倒是不情愿，但也无可奈何。于是加奈就把我介绍给了美和，还在她面前夸我是个好男生——就是这样。"

"你听过加奈与美和住在一起的说法吗？"

"不清楚。不过美和说过她在帮助加奈。"

"指的是经济上的资助？"

"怎么说呢，应该不至于。虽然有这个可能，美和也确实有钱，但我不认为加奈会好意收下。而且我记得加奈说过，她不能接受与美和做那种用金钱维持关系的朋友。"

看来藤崎悟史的确迷恋过水地加奈——他对美和的态度是批判的，对加奈却是美化的。

"跟美和分手后你见过加奈吗？"

"见过一两次，也在邮件上聊过天，但那时我已经从樱上水的公寓搬到这边，电影院也不去了，所以已经有半年多没联系了。对了，过年时我还收到她的贺年邮件，祝我新年快乐来着。"

"能告诉我加奈的联系方式吗？如果是她的话，说不定知道美和的下落。"

"行啊，不过……"

藤崎悟史的视线突然向上移去。

"要是你见到加奈，能假装在不经意间提起我吗？类似于'我想见她'这样的话就行。半年过去，说不定加奈也已经回心转意了。"

"小菜一碟。"

和藤崎悟史约好这件事后，我们便分开了。

要是让他抢先联络加奈就不好了，因此藤崎的身影刚一消失在视线中，我便立即拨打了他给我的手机号，然而这个号已经停用了。

既然如此，就只能直接拜访水地加奈的住处了。她所住的公寓位于三鹰市下连雀，这就很有说头了，因为这里的位置与吉祥寺的泷泽美和家与武州市的西莫尔学园都很接近，而且上述地点都位于同一条公交车路线上。

刚迈出脚步，我背后就直冒冷汗，腿和脚都很痛，或许我应该向医院再借一次拐杖来用。

我在附近的药店里买了膏药贴在痛处。昨天穿的运动鞋踩在垃圾上变得臭烘烘的，不可能再穿了，因此今天我穿的是一双系带旅游皮鞋。想把贴了膏药的脚重新塞回鞋子里很不容易，我只得坐在药店的

椅子上完成这件工作。感觉光是这样就耗尽了一整天的力气，所以刚一出门我就打了辆车。当出租车来到中野一带时，手机响了起来，打来电话的是长谷川侦探调查所的村木义弘。

"叶村吗？我查清电脑的配送地址和收货人了。"

"水地加奈，三鹰市下连雀富山公寓五〇二号室。"

电话对面的村木沉默了好一阵子，又过了一会儿，他有些郁闷地说：

"叶村，有时候你真是'可爱'得让人想掐你后脖颈。"

这次轮到我说不出话了。村木清了清嗓子：

"所长让我也过去一趟，看看中途能不能把你捎上，你在哪儿？"

最后我们约好在富山公寓门口碰头。

富山公寓是栋极为普通的建筑，房龄十五年，外壁由钢筋混凝土构成，高五层，夹杂在众多建筑物之间，看上去有些细长。因为朝北而显得十分阴暗的入口处贴着一块白色塑料板，上面写着"无关人士禁止入内"。

原本我打算独自进去的。尽管村木是个靠谱的同事，但要在突然之间拜访加奈，还是同为女性的我更容易让对方接受——更重要的是，我希望能够独自询问一些事情。

但如果这样做，村木自不用说，或许连长谷川社长都会觉得不满。

于是我选择闲逛一阵，打发时间。附近一带灰尘很大，或许是坐落着来路不明的工厂及研究所的缘故。这里放眼望去灰扑扑的一片，没有一丝色彩，既不像住宅区，也不像商业区，但依旧竖立着几栋崭新而气派的高级公寓。尽管必须乘坐公交才能到电车站，但或许是因为房价便宜，依旧受到不少人的青睐。一栋巨大的公寓就坐落在公交车站的正前方，一楼有灯具店、彩画玻璃店和花店。这些店铺与普通日本人印象中的优雅生活过于契合，甚至令人觉得有些可悲。

最尽头的店铺是一家房屋中介，于是我走过去，想看看附近的房价。一间3LDK[1]的二手公寓房售价在两千八百万上下，2LDK房间的租价一个月在九万上下。说便宜倒也便宜，但无论哪个都是我无法企及的价格。

我带着低落的心情扫视着贴在窗户上，附带房间平面图的传单，突然视线停留在其中一张之上。房间的布局是独厨独卫独浴，外加两个六叠间，房租八万五千，可以拎包入住。地址是三鹰市下连雀富山公寓五〇二号室。

那正是水地加奈所居住的房间。

怎么回事？

我拉开拉门打了声招呼，一位穿着如今已经极其罕见的廉价工作服的中年女性笑着抬起头来。

"我想问问招租的房间，是富山公寓的五〇二号室……"

1　LDK分别代表Living，Dining和Kitchen，即客厅、餐厅和厨房。LDK前面的数字为居室数目，如3LDK代表有3间卧室，有客厅、餐厅及厨房，也是常说的3室2厅。

"富山公寓的五〇二？"

那位中介员顿时敛去了笑容，摆出一副爱答不理的态度说：

"哦，那个啊，你想看？"

"我正好在找这样的房间，能让我看看吗？"

"负责人这会儿不在。"

"要是能借到钥匙，我一个人去就行。"

"这个我决定不了。"

她似乎故意地大大地打了个哈欠，又吸了吸鼻子说：

"我一眼就看出来，你是那种只想看不想租的，对吧？"

尽管在做侦探这行的六年里我已经练成了一副厚脸皮，但遇上这样的人，还是感到有些讶异。

"那间房是什么时候空出来的？"

中介员像要将我赶走似的挥了挥手，我不肯罢休地追问道：

"哪怕告诉我房东是谁也行。"

"烦死了，别觍着脸问了，我最烦别人问这问那的。想知道房间的事，找公寓管理员去问吧。"

我被赶出来的同时，村木的4WD[1]刚巧开到。

"据说房间号是五〇二，和你打听到的一样吗？"

随便寒暄几句后，村木向我问道。

"是的，不过遇上了点问题。"

我把房屋中介的传单拿给他看，向他说明了情况，他惊讶地望

---

1 四轮驱动车。

着我：

"好不容易找到线索，这下又中断了？"

"看来只能问问公寓管理员了。"

"好吧，然后呢？要是你觉得一个人去比较合适，我可以在这里等着。"

"咦？"

村木把香烟在车上的烟灰缸里按熄，继而耸了耸肩。

"所长让我这段时间负责帮你跑腿，也就是给你当司机，你随意差使我就好。"

我惊讶地张大了嘴巴。村木是前警官，我还没进长谷川侦探调查所时，他就已经是那里的老员工了。虽然只比我大两岁，工作经历却足足有我的两倍。其实毫不过分地说，长谷川侦探调查所能有今天，都是凭着他的功绩。没想到这位前辈竟会心甘情愿供我差使。

我花了一点时间才恢复冷静，村木似乎早就预料到我会有此反应，笑呵呵地靠在驾驶席的靠背上。

"方便的话还是一起去吧，我希望你也能听听情况。"

"OK, Boss。"

我们走进公寓楼，对应着五〇二号室的邮箱上果然没贴名牌。正当我与村木面面相觑时，一个声音响了起来。

"有什么事？"

正面一扇标着"管理员室"的小门打开，一个男的从里面张望出来。他的年龄估计在六十五至七十岁之间，嘴角下垂，一看就像是画

册里出现过的那种性情顽固的老头。

"我们是来见水地加奈的，她住在这栋公寓的五〇二对吧？"

管理员趿拉着一双按摩拖鞋走到我们旁边。

"你们找水地有什么事？"

"这个得和她本人谈，请问她住这里……"

"她已经不住这儿了。"

他的语气里透着一股厌恶劲儿，似乎又在为我们的失望感到喜悦。村木瞟了我一眼后插嘴说道：

"真的吗？可我们听她的朋友说她就住在这里。"

"少扯淡，她早就不住这儿了。"

"什么时候搬走的？"

"问这种事干吗？快走快走！外边不是写着吗，无关人士禁止入内。"

"就算告诉我们一声，也碍不着什么事儿吧？"

村木掏出香烟，特地让对方瞥到了一眼烟盒。他身上常备一个塞着几张千元钞票的烟盒，这招曾让不少人都"说溜过嘴"，然而此时却适得其反，只见管理员那张布满老年斑的面孔因气愤而显得扭曲。

"现在的社会对年轻的姑娘太不友好，总得有人坚守着良心才行呐！快给我滚，不然我报警了！"

我把泷泽美和的照片塞到他眼皮底下。

"这个女孩的母亲拜托我们寻找她的下落，水地是她的朋友，我们真的只是想问她点事情而已。"

管理员用鼻子哼了一声。

"光凭一张嘴，还不是想怎么说就怎么说？总之水地已经搬走了，现在不在这里，到别处找去吧！"

"那至少告诉我，这个女孩过去有没有经常出入水地的房间？"

"不知道，快走！不然我报警了！"

管理员用颤颤巍巍的手拿起接待处的电话听筒，虽然我不怕他报警，但要对不知情的警察讲清前面那么多事未免太过麻烦，于是我们只得在他那带刺的视线中离开了公寓。

8

"水地加奈似乎真的从那间公寓里搬走了。"

回到车上后，村木若有所思地说。

"就算这样，他的口风也还是太紧了，究竟是为什么？"

遗憾的是，在我所生活的世界里，并非所有人都会欢天喜地地把消息提供给他人。即便是我自己，也是那种对街头传单置之不理、接到推销电话会直接挂掉、外加每周都要与上门的报纸推销员苦苦"缠斗"一番的人。像藤崎悟史这种喋喋不休，乐于向别人提供信息的人，在东京已经算得上是稀有动物了。但正如村木所言，即便将这一点作为前提来考虑，那位房屋中介员与富山公寓管理员的反应依旧有些蹊跷。

"那我们怎么办？"

无论是向所长借用注册名簿找出她的房东，还是拜托柴田要动用公权，都要耗费不少时间。尽管我也很想欣赏那位公寓管理员在警察证亮到面前时的反应，但首先还是要到下高井户的那家电影院，也就是水地加奈曾经工作过的地方去上一趟。

"你觉得水地加奈与泷泽美和的失踪是否有关？"

车子开进甲州街道时，始终默不作声的村木突然问我。我皱着眉头说：

"不清楚，但我有种不祥的预感。"

"什么预感？"

"今早我听说杀害柳濑绫子的犯人被捕时，还以为警方能顺藤摸瓜，立即查出泷泽美和的所在，实际上却并非如此。水地加奈的电话号码已经注销，居住的公寓这边也说她搬走了，我有预感——即使去了那家电影院，也见不到水地加奈。"

"为什么？"

"我从东都综合研究所的樱井那里听说，他在平满离家出走后向泷泽美和与柳濑绫子问过话，她们听说平满失踪后似乎都有些害怕，直到听说她只是普通的离家出走后才放心下来。"

"这是怎么回事？"

"据小满说，美和与绫子是经某个共同的朋友介绍后才认识的。而这个'共同的朋友'是小满嘴漏时说出来的，因此没告诉我具体是谁。如今回想起来，小满当时似乎也在畏惧着什么。"

"我不太明白你的意思，你想表达什么？"

"那个'共同的朋友'应该就是水地加奈，会不会最先失踪的人其实就是她呢？"

村木默默地避开路上的拥堵，把车开进旧甲州街道。我继续说：

"从美和手中那张明信片的字面上看，可以想象到加奈似乎接了个危险的兼职。而她的近亲都已过世，即使失踪，会担心她的大概也只有泷泽美和与其他朋友。也就是说……"

"这些都只是推测吧。"

村木冷冷地说。

"水地加奈是否失踪还说不清，泷泽美和是否拥有隐秘住处也不确定。"

"但是美和买的电脑不是送去了水地加奈那里吗？"

"这倒没错，但水地加奈也有可能只是因为对那个老管理员心存不满才搬走的。"

"或许吧。"

下高井户的那家电影院位于闹市背后，是个很容易被看漏的地方。尽管还没到中午，但活力四射的揽客声就已经伴随着五月的风一同从闹市方向传来。尽管脚伤依旧很痛，走起来却不算辛苦。我们进入电影院所在的胡同，两边布满了小巧而整齐的人家。只见一块小小的招牌上写着"杉并电影院"，如今正在上映的电影有《伊丽莎白》《绿里奇迹》，晚场电影是由比利·怀尔德[1]执导的《福尔摩斯秘史》。嗯，想看。

电影院负责人的回答依旧令人失望，不，反而是在意料之中。

"水地吗？她已经辞掉工作了。"

在办公处，一位对着电脑工作的年轻男子挠着脑袋说道。

"什么时候辞掉的？"

"我想想，好像是……稍等。"

他拿出一册黑色外皮的旧文件翻阅着。

"是在三月，三月二十号。"

"原因是什么呢？"

"请问你们是？"

我本想撒个谎，说有人给她留下了一笔庞大的遗产，但最终还是压抑住冲动，向他如实说明了情况。他看过美和的照片后，不禁"啊"了一声。

"这个女孩上个月来过，她也是来找水地的。"

"上个月的什么时候？"

"让我想想……"

男子眯起眼睛，抬起头来，仿佛半空中有个屏幕给他看似的。

"她穿着西莫尔学园的校服，是放学那会儿过来的，所以应该不

---

1 比利·怀尔德（1906-2002），美籍犹太裔电影导演、编剧、制片人。曾获奥斯卡金像奖最佳导演奖、最佳原创剧本奖及最佳改编剧本奖等诸多奖项，代表作有《失去的周末》《桃色公寓》等。

是在四月第一周。当时樱花已经落光，那条道上也有人清扫了，所以
或许是十号前后吧。"

我没猜错，泷泽美和果然是在寻找水地加奈，但这并不是什么好
消息。

"然后呢？她说了什么？"

"她也问了水地是什么时候辞的职，为什么辞职。事情是这样
的，有一周周五——所以应该是三月十六日吧，那天水地说想在周五
到周日请三天假。另一个做前台的阿姨之前因为孩子生病或学校有
事为由请假时，加奈也替她值过班，所以我心想那就奖励她三天假
期吧。"

"她说过为什么要请假吗？"

"好像是要做法事吧。她说自己的母亲大约一年前去世了，要为
母亲做些法事。"

与明信片上写的理由不同，但法事与感冒的确是请假最好用的两
大借口。毕竟总不能在一个单位工作的同时，再请假去别处打工。

"只说了这个吗？"

"是的。我们这里的规矩是从中午十二点开始播放电影，但到了
周一十二点她却没来，电话只有留言，手机也打不通，她以前从来没
无故缺过勤，所以我很担心。第二天依旧没有联络，本打算去她家里
看看，但在早上来了一通电话……"

"是水地打来的？"

"不，是她叔叔，说出于某些原因，加奈不能去工作了，想要帮

她辞职。"

我和村木顿时面面相觑。

"我说事情太过突然，这边也不好办，而且有些工钱还没结清，请让她和我见一次面。对方却说事出突然，那些工钱就当是补偿不用给了，并感谢我长期以来对加奈的关照。"

男子夸张地耸了耸肩。

"然后就没有下文了？"

"嗯，没有了。"

"这些事你告诉美和……告诉这个女孩了吗？"

"嗯，我没必要瞒着她，可她却显得非常惊慌，说水地根本没有叔叔，去年去世的母亲就是她最后的近亲了。"

在我们谈话时，已经有几位客人亮了亮会员证从男子身后走过了。差十分十二点时，男子站起身来说道：

"不好意思，我得去做播放电影的准备了。"

"再占用您一点点时间，水地是怎么来这工作的？有担保人吗？"

"差不多是在两年前，她看了招聘广告后过来的。没有担保人，反正我们这儿也没什么好偷的。"

"要是简历之类的东西还在，能借我看看吗？"

"没了，我给那个女孩了。"

男子抬起下巴示意了一下美和的照片。

我们在甲州街道路边的日式家庭餐厅里吃了顿猪排饭后，又去了趟三鹰市市政厅。最近有了非常方便的刻印机，能迅速制作三文判[1]，我在村木工具齐全的车里找出刻印机，做了一枚"水地"的三文判。

"对了村木，还记得前阵子我拜托你搞一根特殊警棍的事吗？"

无所事事地看着机器工作的村木隔着太阳镜瞥了我一眼。

"记得，现在就要？"

"当然是越快越好。"

"这次又遇上什么麻烦了？"

"东都综合研究所的世良。"

"那个把你的脚踩伤的混账？"

"他似乎对我怀恨在心呐。"

"毕竟关键时刻被你在卵蛋上狠狠踢了一脚。"

"那也比被刀子捅伤，再加上骨裂要好吧？"

"行啊，知道了。"

村木"哗啦哗啦"地东翻西找一通，拿出一根长约三十厘米的银色细棒。

"总之先拿着这个吧，只要这样……"

村木将手挪到警棍一端的绳环处，按了个按钮后用力一挥，另一端便陡然伸出一截，整体长度大约变成了原来的两倍。

1　一种廉价的印章，因江户时代一文钱能买三枚而得名。与普通印章的区别是，三文判并无法律效用。

"这部分是用强化树脂制成的，用这个球状尖端击打对方的脖颈或太阳穴，能造成可观的伤害。"

我试了一下，感觉伸长的部分像是短鞭一样。

"不过把它当成护身符之类的东西就好，可以趁对方不备来上那么一下，在对方受惊时争取时间逃跑。因为就算手上有这玩意儿，一旦被抓住手腕就完蛋了。更别说如果落到对方手中，反而对你更加不利。"

"说得也是。"

"而且要是冲动之下用它把对方打成重伤，你会被判成防卫过当的。随手抄起花瓶之类的东西自卫，与用特地准备的武器自卫，给警察的印象也是不一样的。"

"我知道了。"

"关键时刻你能否果断掏出武器进行应战也很值得怀疑。要是一心想着用它防身，可能会浪费宝贵的时机，害得原本能逃也逃不掉了。所以还是别太过相信它。"

我把它复原后插在牛仔裤后兜里，再用麻制外套盖住。村木微微一笑：

"下次送你一个可以挂在侧腰处的棍套。"

走向市政厅的住民票[1]窗口时，我觉得自己脸上的表情松缓了不

---

1 当代日本户籍分为"本籍地"和"住民票"两个部分。"本籍地"相当于我们认为的籍贯，但是这个籍贯是可以根据个人的需要自由改变的。而"住民票"上的地址显示的是公民现在的确切住址，即人身在何方。

少，心情像是个刚刚得到新玩具的孩子一样。

胡言乱语罢了。

"水地加奈在住民票上的住址并没有发生变动，依旧是下连雀的富山公寓，搬家这件事果然有许多疑点。"

看来有必要向辻亚寿美提到的那位，负责在叶崎替泷泽管理别墅的管理员问问明石香代——水地加奈母子的事情了。而且或许也是时候把这件事告诉武藏东警局的柴田要了。

想着这些事情回到停车场时，我看到村木在车外用手机跟谁讲话。他发现我后抬起一只手来。

"是所长打来的，说辻亚寿美取消了委托。"

"……什么？"

我一把从村木手中夺过手机，对面传来吵闹的音乐声和机械声，所长应该是在弹子机店。

"喂，所长？"

"哦，叶村啊，事情就是你听到的那样，辻亚寿美取消了委托。"

"这究竟是怎么回事？"

"你已经听说了吧，杀害柳濑绫子的凶手，那个叫小岛雄二的混蛋已经落网了。"

所长用丝毫不逊于周围噪音的音量说道。

"我听说了，据说还是个大麻贩子。可即使他承认杀害了柳濑绫子、泷泽美和的事却还完全没提过啊。"

"警方在小岛家里找到一份名单，上面记着大约二十个女生的姓

名、手机号、住址、学校等信息。其中就有泷泽美和的名字。"

我一时无话可说，所长继续说道：

"好死不死的是，泷泽美和的名字上还被做了标记。"

我不由得周身一颤。

"警方已经向泷泽喜代志保证加大对小岛雄二的审讯力度，争取尽早问出泷泽美和的下落。辻亚寿美听说这件事后，认为没有理由再让侦探调查下去，让我替她向你道谢，事情就是这个样子。"

"可是所长……"

"非常遗憾，叶村，但后续就是警察的工作了，毕竟要在日本国内的某处找出一具尸体，凭我们是办不到的。"

尸体。

我也不认为泷泽美和还活在世上，但听到"尸体"这个词，依旧觉得像被兜头浇了一盆冷水。

"所长……"

"你联络一下武藏东警局的速见治松或你的朋友柴田要，把手头的消息全都告诉他们，就当是卖个人情了。辻亚寿美表示报酬会如约支付，短短三天就赚了不少嘛，叶村。这样一来既赚回了停工三周所落下的收入，这件案子也算是了结了。"

"所长，我有一个请求。"

"什么请求？"

"能让我看看在小岛房间里发现的那张名单吗？"

"不行。"

"所长！"

"说了不行，那就是不行。叶村，你的脚伤不是很痛吗？还是回家躺着，数数自己的存折上多了多少位数吧。"

"失踪的女生还有一个！"

我拼命地向所长传达着消息。

"就是之前提到过的Kana！全名叫水地加奈。她不知在什么时候突然搬家，工作也不干了，这些似乎都是她接下明信片里提到的那份'兼职'后不久所发生的事。她住民票上的住址没有变动，前一阵子泷泽美和也在寻找她的下落，这说明加奈是在美和不知情的前提下失去行踪的。这件事还与某个男人相关，那个人自称是她叔叔，给她工作的地方打过电话。"

"这些估计也都是小岛雄二干的吧。"

我被弹子机店里嘈杂的声音吵得有些不耐烦，不禁也提高了音量吼道：

"开什么玩笑！所长你应该很清楚！那种把尸体扔在井之头公园正中央后慌忙逃走的蠢货，怎么可能想得出以假装搬家为手段处理水地加奈的行李，再伪装成她的叔叔去蒙骗她老板的点子啊！所以说……"

"或许你说得没错，但这已经不是我们的工作了！"

所长严厉地吼道。接着又缓了缓语气说：

"叶村，调查案件时一向全力以赴，这是你的优点，但如果把手伸得太远，是会给自己招来祸端的。"

说完这句后所长便挂断了电话。我气得想摔手机，村木赶忙伸手制止。

"要摔摔自己的。"

我一声不吭地把手机还给村木，他说：

"该做的你已经都做了，水地加奈的事就交给警察处理吧。"

"警方打算把所有罪行全部推到小岛雄二身上，包括水地加奈与泷泽美和的事，但事实绝不是这样的。"

"我们都不清楚小岛雄二究竟是什么样的人，不过从水地加奈失踪的方式来看，这的确不像一个会冲动杀人，继而为此惊慌失措的人有能力干出来的事。"

"而且如果这几件事都是小岛雄二所为，柳濑绫子就是第三个受害者。无论怎么推算，遇害的顺序都应该是水地加奈——泷泽美和，最后才是柳濑绫子。然而在水地加奈失踪时，犯人是手段高明的，到了后面却反而慌张起来，这也太蹊跷了。"

"如果水地加奈已经遭到杀害，那么你的推断是没错的。"

村木正颜厉色地说。我抬起头来，只见村木摸着下巴，低头看着我说：

"但这件事还没有确定，不是吗？"

"……你说得对。"

"你也已经很累了吧？因伤休息了那么长时间，身体还没彻底恢复就又开始东奔西跑。这种情况下要是武断地把臆测和想象当真，并以此为基础做出推断，是会把事情搞砸的。我身上就曾经发生过这种

164

事，所以才会劝你。"

我一时无语。村木深深叹了口气：

"我送你去武藏东警局吧。"

调查刚刚渐入佳境就被外力强行打断，这种情况过去不是没发生过，但我之所以如此关心泷泽美和的调查，是因为案件的严重性与当事人的态度极不契合。就像去听交响乐队，本以为接下来即将演奏起最强音，却从第五小节起突然响起了幽灵磨牙般软弱无力的旋律，只会令人无比焦躁。

到达武藏东警局后，我发现那里弥漫着一股紧张的气氛，所有人都显得无比匆忙，连我都跟着惴惴不安起来。与村木对视一眼后我说：

"我进去看看情况。"

刚离开村木的视线，我便给柴田要打了一通电话，对方的声音似乎有些慌乱。

"你在哪里？"

"警察局一楼，我来毫无保留地奉送手头的消息。"

"稍等。"

不一会儿柴田出现在我面前，他的气色看上去比早上更差。

"我还以为你一回去就睡觉了。"

"我倒是想。关于泷泽美和的事，我们从小岛的房间里……"

"搜出一份女生的名单，这个我已经知道了，我就是来和你谈这

个的。"

"你肯定是想看它吧，那可不行。"

"这说不定会成为发现她行踪的关键，不是说好了要相互排忧解难吗？"

"今天早上的话就当没说过吧。"

"不是你自己提出来的吗？"

"在如今的时代，公共机构要重新看待了。叶村，泷泽的前妻应该已经收手，你也不要在这件事上纠缠不清。抱歉，今天我要回去了，有时间再联络。"

柴田转过身去。我说：

"还有一个女生也失踪了。"

柴田猛地回过头来。

"什么？"

"泷泽美和与柳濑绫子有个共同的朋友，如今她也下落不明了。"

"该死！"柴田低吼一声。我惊讶地问：

"怎么了？"

"那个女生叫什么？"

"把名单借我看看。"

"我没心情和你做交易，那个女生叫什么？"

"给我看就告诉你。"

"我不是吓唬你，再不说的话，小心我以妨碍公务的罪名逮捕你。"

柴田一把揪住我的领子，而我回瞪着他。他刚想说些什么，村木悄无声息地凑过来，拽着柴田的胳膊飞快地说：

"她叫水地加奈，是在三月二十日之前失踪的。一个男人与她的老板联络，替她把工作辞掉了，位于三鹰市下连雀的公寓也退掉了。那儿的公寓管理员似乎知道什么内情，但不肯告诉我们。"

柴田撒开了手，整了整歪掉的领带后对村木说：

"你听说那件事了啊。"

"善后工作很辛苦吧，同情你们。"

"我可不想被侦探同情。"

柴田瞪了我一眼，刚打算离开，又转身走了回来，从上衣内侧的口袋里掏出一张纸塞给我。

"我说话算数。不过要我说，对方是个能让你这种眼高手低、心高气傲的女人吃瘪的家伙。有工夫追在别人的屁股后面跑，不如过好自己的人生吧，蠢女人。"

忍到走出武藏东警局外后才发作，对我来说已经近乎奇迹。一出来我就对村木发火道：

"说好交给我一个人，你干吗要自顾自冒出来。"

"不要激动。"

村木抽出一根香烟叼在嘴上。

"你让人怎么不激动，我本来打算用水地加奈的消息换来那份名单，没有比这……"

"小岛雄二死了。"

"没有比这更合适的方法……"

我屏住了呼吸。

"……你说什么？"

"小岛雄二死了，是自杀的。"

"自杀？不会吧？大白天的怎么在警察局自杀？"

一个从旁边路过的男人听到我的话后转头望来。村木赶忙拽着我的胳膊把我按进车里，先是锁上车门，四下里张望一通后才继续说道：

"小岛似乎是从今早十点开始供述杀害柳濑绫子的事，到了中午，警察给他买了碗猪排饭，他装作一副老实的样子掰开方便筷，还说了句'我开动了'，但紧接着就站起身来，用筷子抵住自己右眼，往审讯室墙上猛地一撞……"

"呃……也就是说……"

"细节方面就不用想象了。"

村木用不愉快的语气打断了我的话。

"总之他们立刻叫来救护车，但刚一送到医院小岛就被确认死亡。虽说是个卖大麻的，但应该也在吸食其他药品，否则恐怕不会选择那种死法。唉，还是别去想他死时的样子了。"

嘴上说别想，实际上可做不到，我只觉得胃里猛地一缩。

"村木，我们中午吃的也是猪排饭。"

"快别提了。"

村木有气无力地说。

"先不提他的死法，这下你该知道武藏东警局现在是什么情况了吧。这会儿柴田估计也正在气头上，就算逼他也一定没什么好事。光是嫌疑人在警察局里自杀这件事，就足以让上上下下的人都受到处分了，再加上这种小混混先是杀害女高中生，再用方便筷自杀的话题，一定会吸引不少媒体的眼球……你看，来了吧。"

此时，正巧一辆疑似电视局直播用的灰色大号厢式车从旁边经过。

"小岛雄二死了，如果泷泽美和真是被他杀的，那就连尸体都不知道在哪儿了。要是再算上个水地加奈，警方更没面子了，所以你也别抱怨柴田了。"

我想叹气，却又叹不出来。假设事实如此，那的确没有办法。但我依旧无法认为泷泽美和与水地加奈也是被小岛雄二杀害的。一对高中生朋友在短时间内一人失踪、一人遇害，很难认为彼此之间没有关系——明明昨天晚上自己刚对辻亚寿美说过这样的话。

话说回来，这是什么？

村木抢过我手里的纸张，那是柴田刚刚塞给我的。

"牛岛润太，婚姻诈骗前科两次？"

我从村木手中抢回了那张纸。

这是我的私事，和村木你没有关系，也别告诉所长。

"私事，你……"

村木把话咽了回去，反正他要说的话应该和柴田差不多。我把那张纸收进了包里。

9

在家里昏昏沉沉地睡到六点，醒来后发现脚上的肿胀消退了些，但依然没有恢复到可以穿短裙和高跟鞋的程度。在这个忽冷忽热的时节，尽管每次出门都要花很长时间犹豫到底该穿什么，但可选择衣物的范围还是越来越小。最后我选择了棉混纺的毛衣搭配栗色长裤，还披了一件夏季用薄外套。反正对方是有钱人，无论怎么穿都不会让他们感到惊艳就是了。

我戴上一对蔷薇形的珊瑚耳环，化了一副带有明亮感的妆容。没去理发店的两个月间，头发长得有些邋遢，于是我喷了些马尾用的摩丝，把过长的头发拢到脑后用黑色的发卡固定住。

难以处理的是警棍——吃饭的时候肯定要脱外套，但不够长的毛衣又盖不住它，最后只好给它套上伞套装进包里。恐怕谁也无法料到我这样一个平平无奇的女人，竟会带着警棍外出。

总不能每次出门时都打车，这次我坐的是大江户线电车。在前往中井站途中，我路过苏铁庄前，正在拔草的房东光浦功注意到我，立刻跑了过来，耳朵上的羽饰形耳环闪闪发光。

"昨晚谢谢你了，叶村，多亏有你帮忙。"

"后来怎么样了？"

"恭子发了脾气，说绝对不会回家，她爸爸这才泄了气，灰溜溜地回去了。虽然有点可怜，不过应该很快就能和好，饰磨老弟也打算努力居中调停。"

"那就好，不过还是提醒她注意穿着，至少在每周周三穿一双适合跑步的鞋。"

"你脚上的伤倒是过了这么久还没恢复呢。"

我把那句"还不是你踩的"咽了回去，刚迈步向前走去，光浦又跟了上来。

"对了，我又听说一件怪事。"

"得了吧，你又想支使我了。"

"不是这样的。听说你昨晚上在打扫家门口？"

"因为乌鸦弄破了垃圾袋，把垃圾撒得到处都是。"

"关于这件事，叶村，你家对面不是有片停车场嘛。"

那是片只能容纳五辆车的小停车场，也是光浦的财产。

"那块停车场我租给了商店街豆腐店的老板。他的儿子说自己昨晚九点左右去车里拿张CD，结果看到一个男人爬上了你家门外的楼梯，在门口偷偷摸摸地干了些什么。"

我不由得停下脚步，光浦继续说：

"冬天那会儿附近不是发生了连续纵火案嘛——虽然不算严重，烧的只是垃圾或摩托车之类小玩意——豆腐店老板的儿子本来怀疑那个人是不是也在纵火，但他很快就下了楼梯走掉了。"

"有什么特征吗？"

"这个嘛……光线太暗没看清楚，就身材而言好像是个大块头，你对这种人有什么印象吗？"

头脑中浮现出了世良松夫那庞大的身躯。我打了个寒战，本想把这件事告诉光浦，却又打消了念头。毕竟没有证据表明是他干的，而且我也不太相信他会用撒垃圾这种低调的方式招人厌烦。

"或许是哪个蠢货，看到我一个女人独自生活，觉得我好欺负，就来搞些恶作剧吧。"

"有可能，不过以防万一，我打算把你门口的灯泡换成个亮堂一点的，怎么样？"

"太好了，那就麻烦你了，房东。"

光浦用一副真诚的态度大大方方地点点头，冲着已经向前走去的我喊了一声：

"放心吧，马上帮你装好。至于费用，粗算一下大概两万五千，真巧，和昨晚给你免去的房租一样多，所以下个月记得要付清全额房租哦！"

"什么？"

等我喊出这句话时，光浦已经溜得没影了。真是可恨，光浦所有的公寓都由他亲自管理，门灯这种玩意他家里肯定备着现成的。

我气呼呼地到达了约好的地点——新宿百货的那家怀石料理店。平满已经在店门口等着我了，这是我第三次见到她穿便服的样子。她前天穿的是T恤与牛仔裤，女高中生风格很浓，也很可爱，可今天穿的却是西装三件套[1]，甚至还打了领带，简直像是过七五三

1　西服、西裤、马甲的组合，适合男士出席正式场合的一种穿着。

节[1]的男孩。虽然不是不可爱，但显得不太适合。

见到我后，小满轻轻地挑了挑下巴。

"爸爸妈妈在里面等你。"

"你母亲也来了？"

"嗯，本来爸爸没打算带她，但她坚持要来。"

她似乎还想说些什么，但时间已经接近约好的七点。我边向店内走去，边在她耳边说道：

"我有些事要和你一个人谈。"

"没问题，饭后可以找个地方聊一整晚。"

小满漫不经心地回道，但眼睛里似乎在闪闪发光。

"抱歉，今晚九点我还有其他事情要做，明天能抽点时间吗？"

"要是让我去你家，我就抽时间给你。"

"你好像很想看看我家，不过那里没什么好玩的。"

"我又没期待着能去什么宫殿。"

平义光与一位女士正在餐厅最内侧的独间里等待。那位女士身着淡紫色西装，发型是在理发店精心打理过的，手指纤细而白皙。尽管她的头发乌黑油亮，妆容却有些花。

"我是小满的母亲，叫贵美子，最近小满承蒙您照顾了。"

1　日本传统节日之一，在每年11月15日举行。到了这天，三岁、五岁的男孩与三岁、七岁的女孩会身穿正装，跟着父母来到神社参拜，祈祷健康成长、发育顺利。

恶意的兔子

她三根手指着地[1]向我行了一礼，我感到有些为难，本来我理应用这种夸张的方式回礼，但脚伤还在作痛，不知这算幸运还是不幸。于是我简单地回了一句：

"我是叶村晶，今天感谢二位款待，不巧我脚受了伤，这会儿依然疼得厉害，恕我失礼，只能站着打招呼了。"

平家夫妇顿时用极其夸张的语气慰问起我的伤情，在决定座位时也大肆折腾了一番。由于脚伤，我坐到了靠近门口的位置。幸好餐桌旁的榻榻米是下沉式的，我得以把腿伸开。本就已经大费一番心神，接着他们又不断地问我喝什么饮料、点什么菜、能不能喝酒、请我用热毛巾、请我用茶、感谢我照顾小满……

在此期间，小满始终冷笑着一言不发。我理解她的心情，我也不喜欢这种孔雀开屏般夸张烦琐的仪式。一顿客套过后，所有人便都沉默不语了，幸好此时服务员端来小菜，缓解了现场的尴尬。平贵美子拿着菜单，一道道地念着菜名，菜品都还算是物美价廉。正当气氛再次显得尴尬时，平义光说道：

"泷泽家的女儿，情况似乎不太乐观啊。"

或许是因为不知该说些什么好，他选中的偏偏是最糟的话题。听到这句话后小满低下了头，一心只顾着去夹纯菜。贵美子插话道：

"今天白天我看电视，上面说凶手杀害了一个叫作绫子的女孩，美和也被他给杀了。"

1　原文为「三つ指つく」，指一种在正坐时将双手拇指、食指、中指三指并拢后触在榻榻米上向对方行礼的方式。

"不，这个还不能确定。"

"可电视上就是这么说的。听说在凶手的房间里找到一张带着美和名字的名单，上面还标着记号呢。可是凶手还没供出藏匿尸体的位置就自杀了，呵呵。"

手上不经意间一滑，我用筷子夹起的蛋羹"啪嗒"一声掉了下去。

"别说了！"

平义光短促地吼了一句，贵美子显得不太高兴。

"嗬，这有什么不能说的，叶村不是在寻找美和的行踪吗？要是你和小满有什么线索，记得要告诉人家。要是能抢在警察前面，说不定还能得到悬赏呢，对吧？"

"暂时还没听说过有悬赏的事。"

我尽量稳妥地回道。

"泷泽家总会出钱吧？明明那么有钱，做事却小里小气的。不过倒也可以理解，泷泽先生和他太太对孩子的感情都很淡薄，否则两个人也就不会离婚了。他们都是那种既贪心，私生活又混乱的人……"

"还不快住口！"

"说不定美和就是亚寿美太太雇了那个叫小岛的人杀害的呢。"

平贵美子丝毫不在乎丈夫的制止。

"她的珠宝店因为经营不善，一直都在亏损，听说还向银行借了一笔巨款呢。这些都是野中夫人告诉我的，说这些时她一副得意扬扬的模样。她还说国外旅行之类的事都是亚寿美太太的掩饰，其实只是为了筹款而东奔西跑罢了。真够不容易的。"

　　我回想起向让亚寿美询问有关美和失踪的事情时那种怪异的气氛。其实她倒不必在我面前强撑颜面，或者说她的经济情况已经窘迫到不得不这样做了吗。

　　"野中先生是二八会里的那位吗？"

　　平义光像是得救般点了点头。

　　"叶村小姐居然知道这个。他是我一个经营企业顾问公司的朋友，叫野中则夫，过去曾在美国做人事经理，在回国后利用这份经验开起了公司。现在各种企业都在致力于机构改革，所以他公司的业绩也在蒸蒸日上。"

　　我回忆了一下那篇刊登在杂志上的，有关二八会的报道。虽然还记得这个野中的头衔是"经营战略研究所所长"，但没能把长相和过去的履历也记在脑子里。

　　"叶村小姐应该是偶然间在电视上看到的吧？"

　　虽不中亦不远矣。平义光苦笑道：

　　"他从老早以前就喜欢四处张扬，天天忙着上电视、上杂志、上报纸，要么就是参加演讲会。如今也是二八会的中心人物，无论什么活动都由他带头张罗。"

　　"看上去像个美国上流阶层人士，其实只是个喜欢硬汉游戏的大叔而已。"

　　小满突然插嘴说道。不只我吓了一跳，平义光也颇为诧异，仿佛看着初次见到的生物一样盯着自己的女儿。

　　"叶村小姐，你觉得我想的对吗？亚寿美夫人会不会是杀害美和的凶手呢？"

平贵美子再次抛出这个好不容易才扯远的话题，我只好继续陪她聊起这件事来。

"为什么您觉得亚寿美女士会杀害美和呢？"

"当然是为了泷泽的财产了。美和一死，泷泽的财产就都归亚寿美太太了嘛。"

"离了婚的夫人是一分钱也得不到的。与其这样做，还不如杀害泷泽先生，让美和继承他的财产，再以监护人的身份干预这笔钱财。"

"哎呀。"

平贵美子感到失望的同时，似乎也恢复了理智。

"或许你说得对。不好意思，叶村小姐，在吃饭时和你谈论这些。"

"毕竟是关系密切的人遭遇不测，多想一点也是很正常的——哦，这个刺身味道不错。"

平义光像是收到什么信号一般，突然开始炫耀起自己钓鱼的经历来。像是曾经在自己手中溜走的鱼长大后又钓上来，或是差点钓到一条大白鲨那么大的石鲷鱼之类的。我随口应和着，找准时机装作漫不经心地问道：

"我听说泷泽先生在叶崎有一栋别墅，你们经常在那儿钓鱼？"

"是的，到了夏天大伙还会带着家人一起过去。不过最近暂时没有这样的机会了，大家都在各忙各的。"

他的语气显得不太自然，小满"不怀好意"地又插了句嘴：

"比起钓鱼，还是觉得猎杀动物更有趣吧？毕竟是'硬汉'们的经典活动嘛。"

平突然猛拍桌子，大喝一声：

"闭嘴！"

我的筷子差点不小心扎进眼睛里（哇）。被他这么一拍，桌上的杯子翻倒，啤酒也洒了出来。小满呆呆地望着父亲，只见平义光放在桌子上的手依旧止不住地颤抖。

"唉，你这是怎么了，老公，叶村小姐都被你吓着了。小满，那样对你爸爸说话可不好哦。"

贵美子立即将杯子摆正，用手巾把桌子上的酒水抹干。平义光沮丧地端正姿态，也不知道在向谁道歉似的说了一句：

"抱歉，最近工作太忙，搞得我有点累。"

贵美子对我笑了笑，开始讲起平义光在公司里如何忙碌的事来。我终于把嘴里的天妇罗咽了下去，但独间的空气中依旧弥漫着一股紧张的气氛。

这场怪异的晚餐在八点半时结束。小满去了厕所，贵美子去结账，而平义光也恢复了正常。

"今天原本要向你道谢，却搞得这么不愉快，你好不容易过来一趟，真是万分抱歉。"

只见平义光眼睛下面黑乎乎的，那不是一两天的熬夜所导致的，这个黑眼圈已经成了他身体的一部分。我不禁想起在建材信息报社工作的记者工藤咲对我说过的话——平义光曾遭遇过一起不为人知的悲剧。

"可能有失尊重，但这是对你照顾了小满的谢礼，为数不多，还请笑纳。"

平义光递给我的信封足足有做蛋糕用的巧克力板那么厚，我想里面装的应该不至于是一捆啤酒优惠券。

"泷泽的女儿和她的另一个朋友都惨遭不测，小满心里一定也七上八下的。这个笨女儿总是不让我省心，不听父母的话，还离家出走，和外面的野小子住在一起。希望今后你也能多多照顾她，拜托了。"

平义光把额头贴在榻榻米上向我请求，这令我很是为难。想到连平时一向不留口德的工藤咲对平义光这个人也赞誉有加，看来他也像负重的登山者一样，有着难以言说的苦衷吧。我狠不下心来拒绝这样的人。

"这个我不能收。"

我把信封还了回去。

"但我可以答应你，如果小满向我求助，我会尽量帮她。"

平义光抬起头来，我对他笑了笑。

"如果因此而产生花销，过后我会寄账单给您的，像是之前的打车费那样。"

好不容易算是宾主尽欢地出了店。在告别时，平贵美子从家人身边走远，靠近我小声说道：

"有叶村小姐这样的人接近小满，是她的福气。孩子到了叛逆期总会出现各种问题，与年龄比她大些的姐姐交往，也能改变一下她的生活态度。同龄的女孩子就做不到这点。"

"哦……"

"不过叶村小姐，小满还是未成年哦。"

平贵美子恶作剧般地笑了笑。

"我知道在男女交往中总是对女方有诸多不利，但毕竟你的年龄比小满大，要是她对你乱来，还请你拦着点她。"

"……咦？"

"最近总有女高中生玩弄我们家小满的感情，这个我接受不了，我还没老到要被人称作大婶呢。但现在好了，能与明事理的女性交往，就算不小心有了孩子也能妥善处理。只要不影响小满的前途，其他事情一切好说。"

"那个……"

"放心吧。"

平贵美子嘻嘻笑着，拍了一下我的胳膊。

"我也不是个老顽固，孩子成长过程中出现的问题我都理解。高中生会对异性产生兴趣也是理所当然的嘛，但我对叶村小姐是放心的。"

道过别后，一家三口便离去了。分别时，小满回头做了个一言难尽的表情，只留下目瞪口呆，哑口无言的我。

10

我走进一家离小田急百货店不算太远的二十四小时咖啡厅。

为了将平义光一家人从脑中驱走，我点了一杯双倍意式特浓咖啡。这里充斥着醒酒的上班族与打发时间的年轻人，连店里播放的音乐都被淹没在他们的吵闹声中。

我一边喝着意式特浓，一边打开从武藏东警局的柴田要那里得到的牛岛润太的资料。

资料上贴着牛岛的正面照，只见他长得眉清目秀，看上去像个公子哥，与实乃梨那个已经自杀的未婚夫说不上什么地方有些相似。

他生于昭和四十二年[1]，原籍在东京都杉并区和泉，职业是牙科医师，分别于平成九年[2]九月与平成十一年[3]三月被人以婚姻诈骗的罪名起诉，并被警方逮捕。在第一起案件中与受害者达成和解，受害者最终撤诉；第二起案件则被判有罪，但得以缓期执行。

写在备注栏里的内容引起了我的主意。牛岛出生于牙医世家，自己也是牙科医师，家庭可谓相当富裕。他与家人都在医院工作，收入不菲，而且既不赌博，也无欠债。

这究竟是一个什么样的男人？

---

1 1967年。

2 1997年。

3 1999年。

还差几分钟到九点时，东都综合研究所的樱井给我打来电话。

"我们这会儿正要去抓牛岛润太。"

只听樱井飞快地说。

"地点是？"

"京王线代田桥站。他每周周四都会去那边上书法班。"

"上什么？"

"书法班啊，从七点半上到九点，在代田桥文化中心。那里是个适合狩猎的地方，我们的委托人也是在池袋文化中心认识他的，当时那里似乎在开拼贴画的讲座。"

无论书法还是拼贴画，听课的人大多都是女性，而且即使男性过去也不显得突兀。如果是学撕纸画或黏土花艺的男人，女人想必从一开始就会退避三舍，当然这是一种掺杂着性别歧视的想法。

"然后呢，要在代田桥的哪里堵他？"

"打算一从文化中心出来就抓住他，然后带到附近家庭餐馆之类的地方去。车站北口有家帕丁顿咖啡，估计就是那儿了。你可千万不要进店，这边的负责人认识你，我向你泄密的事会暴露的。"

"不会给你添麻烦的，我向你保证。话说回来，你知道牛岛润太有婚姻诈骗的前科吗？"

"当然了，但这算不上是王牌。我们重新问过委托人，她说——牛岛自称一个坏女人威胁自己和她结婚，如果不答应就要告他。我承认他长得不错，的确容易遇上这种事。但再怎么说，也不能给一个有前科的男人那么多钱，还让对方拍摄自己的裸照啊。"

我在赶往京王线乘车处的过程中，始终在思索着是怎么回事。突然我想起武藏东警局的柴田对我甩下的那句话——"对方是个能让你这种眼高手低、心高气傲的女人吃瘪的家伙"。

言之有理。头上顶着多金医师的名号，长相英俊，看上去又可靠，还有着"被坏女人欺骗"的经历，无论从哪方面来说都算是极富吸引力。他能让女人产生"我必须陪伴他、只有我能理解他、虽然是精英，但他内心依旧只是少年"的想法。

我在乘坐京王线到代田桥的这一路上都在唉声叹气。看实乃梨那副模样，就算向她透露牛岛的本性恐怕也无济于事。对她来说如果否定牛岛，就等于否定了那个"能够理解牛岛处境的，与众不同的自己"，她不可能轻易放弃那费尽心力才找到的"自我"。

想到此处，我愈发厌恶起自己来。柴田说得没错，我的确是个眼高手低的女人。为什么就是不愿老实承认，我其实只是不想看到因感情破裂而内心受伤的朋友呢？

数不清自己究竟叹了几十回气后，电车车门又要关闭，我赶忙冲了出去——好险，差点就坐过头。我匆匆跑下楼梯，往车站北口赶去。

穿过甲州街道，便能看到那家帕丁顿咖啡了，那里是典型一楼停车场搭二楼店铺的布局。我环顾四周，发现对面还有一家以难吃著称的家庭餐馆。店里没几个人，我独自占据了窗边的四人席。

隔着六个车道、首都高速的桥墩以及脏兮兮的窗户，我辨认出了几个眼熟的人。分别是与其他人分开，单独坐在旁边桌子上摆弄资料

的樱井、坐在最内侧桌子上的两名东都员工、一位长发女性以及一个低着头的男人——恐怕他就是牛岛润太了。

我从包里取出小型相机，利用变焦镜头向那边窥看，但距离太远，依旧看不清楚。只见那位女性探着身子，似乎在用激动的语气喋喋不休。另一个擅长谈判的男人则一边安慰她，一边与牛岛对话。我看了眼手表，九点半，他们进店后应该过去二十分钟左右了。

我点了杯红茶，始终等在那里。尽管樱井一副自信十足的样子，但我依旧怀疑牛岛润太是否会干脆利落地还钱。事态似乎在向我预测的方向发展，到了十点，十一点，他们的对话仍在继续。我时不时透过镜头查看一眼，发现樱井似乎在不停修改着文件，而牛岛只是笑着，摆弄着皮质公文包的扣子，摇头做着些简短的回答。

等到过了零点，我实在忍不住，给樱井拨了一通电话。透过镜头，我看到樱井抽出手机，其他四人都向他看去。

"形势似乎不太乐观啊。"

我开门见山地说道。只见樱井站起身来，走到店内另一侧后谨慎地回道：

"啊，别来无恙，目前情况是这样的。"

"手上的牌都用光了？"

"算是吧。"

"但还是拿不下他。"

"是啊，你在哪儿？"

"对面的家庭餐厅，已经坐了两个半小时还多。"

"我也是，咱们都挺不容易的。"

"委托人认输了？"

"还没。"

看来钱或照片，二者还是能取回其一的。

"照片能拿回来吗？"

在我问出这句话时，樱井已经走出店门，望着我所在的餐厅。

"比预想中要难对付，他的说法是——我还以为那些钱是她送给我的，如果真的缺那点钱，也不是不能退，但照片是绝对不能还的，也没理由要还，当初就是在双方同意下拍的，如今我为什么不能拥有这些照片？"

樱井愤愤不平地说。

"他好像反而乐在其中。过去他同时与多个女人保持肉体关系，还经常出没于SM[1]系的风俗店，但无论向他父母告状、报警、还是起诉、把这些事透露给他的病人，都没有任何用处，似乎所有人都在放任他胡作非为，而他反而以这些纠纷为乐。起诉判刑他毫不在乎，反而为丰富了人生阅历而欣喜，为得到了新的勋章而快乐。"

没想到是个如此难缠的对手，我不禁把身子靠在椅背上。

"然后呢，你打算怎么办？"

"今天似乎只能打道回府，但我们并不打算就此作罢，后面可能会动用粗暴一些的手段了。"

"例如把装着兴奋剂的小包塞进他口袋里，再偷偷报警，让警察

1　性虐恋。

搜索他家，继而发现那些照片和底片？"

"叶村，你漫画看多了吧。"

樱井在电话对面"噗嗤"一声笑了出来。我恢复严肃的语气说：

"对了，那种人的自我展示欲通常会很强吧，说不定还会在网上开设个人主页，把所谓'牛岛润太的牺牲者'都晒到上面去呢，要不要查一下？"

"就算真有这种低级趣味的主页又能怎样？"

"要是自我展示的平台被一窝端掉，他或许会大受打击？"

樱井不说话了。我往店里看了一眼，发现牛岛润太站起身来，正笑眯眯地向几乎筋疲力尽的控告方行告别礼。

"樱井，那边有动作了。"

樱井惊讶地往店里看了一眼，快速说道：

"公司里有擅长这方面的人，我问问看吧。"

我挂了电话，只见樱井装作若无其事地回到了座位上。我有些犹豫——原本打算跟踪牛岛，心想哪怕只是确认他的住址也行，但这么晚已经没有电车了。想着既然已经知道了他的原籍，过后总会有办法寻找的，于是便放弃了这个想法。

我向甲州街道的出租车停靠点走去。星期四的半夜，出租车都飞快地直接从这里开过了，所幸停靠点处还剩最后一辆。正当我从肩膀上摘下挎包时，背后突然冲出一个男人把我撞倒，连看都没看我一眼，就抢着乘上了出租车。只剩开走的出租车尾灯在我泪汪汪的眼眶里折射成一片绚丽的七彩。

该死。

当我倒在人行道上半天起不来时，一个声音传来——

"你没事吧？"

我没出声，只是用动作表示还好，但抬起头后不由得心中一惊。这个带着一脸关心向我伸出手来的人，正是牛岛润太。

"我，脚上的伤被人踩到了。"

为了让牛岛将我脸上的惊愕看作因疼痛而导致的扭曲，我慌里慌张地回应着。幸运的是我似乎成功了，只听他用体贴的语气说：

"真是无妄之灾。不介意的话，我拉你起来吧。"

我本想谢绝，又担心没法自行起身，便拉住牛岛的手站了起来。

"你的脚怎么了？"

"之前骨裂来着……已经治好了，但是又被踩了一脚。"

"我帮你看看吧，虽然只是牙医，但我好歹是个医生。"

还没等我拒绝，牛岛就蹲下身来脱掉我的鞋子，轻轻地抚摸着我的脚背。我忍住颤抖，尽力保持冷静，用手扶着牛岛的肩膀，心里只希望这副模样不要被樱井或东都研究所的人看见。

牛岛倒只是一本正经地抓着我的脚往各个方向转了转，接着替我穿好鞋子，站起身来，不好意思似的笑了笑。

"除了有些红肿以外，骨头似乎没什么问题，走得了吗？"

"没关系，我打车回家。"

"希望能快点来。要是不嫌弃的话，你可以扶着我等到出租车来。"

牛岛给人以温文尔雅的印象，演技可以说是相当高明。甚至连得知内情的我都觉得无法对他恶语相向。

"我真的没事。"

"哦？是对我有所戒备吗？"

牛岛润太的脸上再次浮现出怯生生的笑容。

"在如今这个时代，的确要保持戒心。不过我既不是醉汉，也是个货真价实的牙医。"

令人惊讶的是，牛岛从西服内侧的口袋里掏出一张名片给我。我借着路灯的灯光看了看，上面写着"牙科医师·牛岛润太"。我心想：该死，是真名。

真的搞不清他对交往对象所说的话究竟多少是真，多少是假。或者说他究竟在以什么为基准来决定隐瞒对方的程度？要是不小心让实乃梨知道我和他见过面，事情就难办了，看来正面进攻才是上策。于是我眨着眼睛，说了一句令他惊讶的话——

"没想到是牛岛润太先生，或许你认识我的一个朋友吧？"

"朋友？"

牛岛的脸上满是惊讶的表情。

"她叫相场实乃梨。"

"咦？你是相场的朋友？"

牛岛顿时满面笑容。那是一副纯粹的笑脸——至少看上去是这样的。无论怎么看都不像背后隐藏着恶意，或是觉得"又有乐子可找了"的表情。

"真是难以置信，这也太巧了吧。"

"是啊，实乃梨和我讲起过你，不过算是我缠着她问出来的。"

"真让人不好意思，相场小姐她怎么评价我？"

"我们从中学起就是好朋友了，我看上去像是那种会把朋友的话到处乱讲的人吗？"

"没这个意思，只是好奇而已。毕竟闺蜜之间的知心话会更加犀利嘛。"

"那倒是。"

身体愈发感到疲惫。我看到牛岛身后的远处新开来几辆出租车，里面亮着"空车"的标记，这会儿正在等待绿灯。只觉得自己有生以来第一次把出租车当成了救世主。

"恕我冒昧，不嫌弃的话，方便一起喝杯茶吗？"

牛岛瞥了眼出租车，干脆利落地问了一句。

"我想听听相场小姐说过的话。老实说——不知道你能否理解——我和她的进展不太顺利，我一直在为怎样和她相处而发愁。能在这里偶遇相场小姐的朋友，对我来说简直有如神赐。怎么样，可以陪我谈一谈吗？"

这个人也太爱做戏了——我用严厉的的口吻回道：

"我无意插手别人的恋爱，哪怕当事人是我的挚友实乃梨——出租车好像来了，谢谢你，先失陪了。"

"晚安。"

牛岛润太像一只老实听话的小狗那样无精打采地回道。乘车回家的路上，我不禁怒火中烧——为什么我会对那个婚姻诈骗犯觉得愧疚？为什么实乃梨偏偏会和那种男人扯上关系？什么叫无意插手别人的恋爱？这不是已经一头扎进深不见底的地方去了吗？

我筋疲力尽，脑子里只剩下回家后卸妆睡觉这一件事。下车后，我穿过商店街和胡同，用尽最后的力气走到家里的楼下。

一阵恶臭扑面袭来。

一袋垃圾散落在我家门前。

中盘战

03

恶意的兔子

恶意的兔子

1

总觉得忘记了一件非常重要的事，却又想不起具体内容，正当心里万分纠结的时候，我醒了过来。一阵声音传来，门外似乎有什么人，我下意识地从枕边抄起警棍一跃而起——

结果就是我从床上猛然滚落下来。事情发生得太过突然，我头晕目眩地挣扎起身后，一个跟跄又摔倒了。

可能是因为听到屋内的巨响，外面的声音停下了，接着伴随着敲门声，房东光浦功的声音从外面传来。

"喔，叶村，起床了？"

心脏还在"扑通扑通"地跳个不停，我倒在地毯上无力地回道：

"嗯。"

我在给你安装外灯，可能会有些吵，不过马上就好了。

"嗯。"

把头垂在地上大约过了十秒钟后，我终于从梦境与现实的交接处顺利返回。看了一眼时钟，已经十一点了，真是令人难以置信。

我把警棍扔到床上，打开手机，发现没有未接来电。看来只要我愿意，今天一整天都可以无所事事地窝在家里睡觉，当然也可以选择守株待兔，埋伏那个在我家门口把垃圾撒得到处都是的不速之客。

或许是在睡前泡了个玫瑰澡，还做了一通按摩的缘故，又或许是已经适应了的缘故，感觉伤脚比预想中轻快了许多。我甚至觉得自己可以跑马拉松——当然事实上连跑下楼梯可能都成问题。

先是洗了衣服，又打扫了房间，之前买的冷藏乌冬面已经过了最佳食用期，因此我在煮面时加了小葱、香菇和不少猪肉。

煮好后，我一边用勺子吃着乌冬，一边读着昨天没读完的晚报。"杀害柳濑绫子的凶手于警察局内自杀"的报道似乎成了大新闻，而更为关键的"嫌疑人小岛雄二承认因情感纠纷杀害柳濑绫子"这一报道却没起多大轰动，看来还是在警察局内自杀一事在人们眼里更具新闻价值。

但另一边，今天晨报上的一篇文章则较为深入地报道了此事——

"除柳濑本人以外，据称嫌疑人小岛雄二对柳濑的朋友，另一名女高中生于本月初失踪一事也有所知情，因此本次自杀对武藏东警局及其管辖警视厅带来了沉重打击。"

我打开电视，调到综合频道观看。用方便筷自杀一事固然吸引了大众的眼球，然而电视节目不能光聚焦这种猎奇的死法，因此评论员们先是装出一副郑重其事的态度将矛头指向警方，最后又以插科打诨的方式收尾。要是这种只会追逐热点的三流电视台光是摆出一副批判警方、呼吁正义的态度就能让社会变得更好，警察们也就不用那么辛苦了。

不过至少节目里没提到泷泽美和的名字，毕竟她既是未成年，与毒品有所牵连的事也要加以回避。至于与水地加奈相关的内容则完全

没被提及。

我一边晾晒洗好的衣服，一边盘算着去武藏东警局的柴田要那边再努力努力，争取把名单拿到手，但想了想又觉得不是时候。首先柴田的火气估计还没消，其次既然长谷川所长表示这件事已经结束，再钻牛角尖也并非上策。不过要是有人肯委托我调查水地加奈，事情就另当别论了。至于谁会委托我寻找已经不存在近亲的加奈，想了想也就只有那个大学生藤崎悟史了，但我不认为他有这个闲钱，最关键的是，我根本不知道他有没有迷恋加奈到肯为她请私人侦探的地步。

外面的噪音消失了，同时传来光浦的喊声：

"装好了，要来看看吗？"

我穿上拖鞋走到外面，看到一脸得意的光浦指着房门上方，只见那里正亮着刺眼的灯光。

"是不是有点太亮了？"

"这才是最关键的，你先下来。"

我跟着光浦走下楼梯，还差两段台阶到楼下时，伴随着"咔嗒"一声，灯光熄灭了。

"它可是搭载了传感器的警戒灯，了不起吧？"

"了不起。"

"真是的，表现得再兴奋点嘛，搞得人家都没有劲头了。这样一来只要有人想要上楼，灯光就会亮起，你回家关门后，过一会儿它就熄灭了。要是亮一晚上的话，既会给邻居添麻烦，又会花掉不少电费。这样应该可以了吧？"

我微微有些感动，不，是非常感动。

"……谢谢。"

"你肯定在想——是不是又要多收我钱了？"

光浦瞥了我一眼说。

"别闹了，这可是跳楼大优惠，衷心感谢我吧。"

我回到房内，换身衣服出了家门，随后来到位于下落合的新宿区立图书馆，借了本一九八零年的报纸缩印合订集。

不清楚具体应该寻找什么报道，总之我还是从头看了起来。扫视这么多细碎的文字非常累眼，刚看到五月份，我的眼前就有些模糊了。

查找的过程中我滴了两次眼药水，正当我有些不耐烦时，要找的内容出现了。那是六月十日的头版头条，用大标题刊登的儿童绑架勒索案件报道。在我浏览内容的过程中，一个名字引起了我的注意。

《五岁儿童被绑架 警方转入公开搜查》

警视厅转入公开搜查，搜寻对象为犯罪分子于上月三十一日以勒索为目的而绑架的五岁男孩。

大型建筑承包公司员工——平义光的长子（5岁）于上月三十一日傍晚行踪不明。当母亲贵美子发现在院子里玩耍的儿子失踪并准备寻找时，一名男子打来电话索要五百万赎金，并威胁不准报警。平义光准备现金后按照男子指示，于本月一日晚十点过后将赎金放置于二子玉川园附近的公共电话亭内，但犯人随即失去联络。第三天早晨，

平义光因感到担心而报警，案情这才进入警方视野。

警视厅与成城警察局共同成立联合调查小组着手进行搜查，但由于距绑架案发生时已隔数日，无法得到有价值的信息，且犯人已失去联络，秘密搜寻所获有限，因此转入公开搜查。

警视厅广域犯罪搜查科搜查主任南卓司表示："我们始终将孩子的人身安全放在第一位，因此之前一直采取非公开搜查的手段，但距案件发生已有十天，我们只好下定决心转入公开搜查，向广大市民征集能够作为案件突破口的信息。本案中犯人绑架无法自卫的幼儿，利用其家人担心孩子的心理勒索金钱，手段卑鄙，但如能将孩子平安送回，依旧有酌情减刑的余地。如今孩子的父母正极度担心爱子安危，希望犯人能早日将小满平安无事送回他们身边。"

小满今年五岁，头型为河童发[1]，被绑时身穿蓝色薄T恤、印有卡通小熊图案的条纹夹克以及深蓝色短裤。

（声明：新大东报社为考虑人质生命安全，暂不对本案过多报道。）

社会版面也详细刊载了此事，内容与头版大同小异。这件事我是隐约想到的，因为发生在二十多年前，当时我还在上小学，所以记忆十分模糊，但我已经记不清这起事件的结果了。

我不耐烦地飞快浏览着《孩子们祈求小满平安归来》《信息繁

1　一种前额为齐刘海，侧面及后面齐平的发型，由于状似日本传说生物"河童"，故名"河童发"。

多，群情愤怒》等文章，我记得好像在转入公开搜查之后的第三天，发生了令人意想不到的情况。

《被绑幼儿尸体发现，凶手已被逮捕》

昨夜凌晨，某巡逻警官发现有可疑车辆于多摩川河堤处抛弃垃圾袋后意图逃离，于是对其驾驶员进行职务盘问，因在垃圾袋中发现一具幼儿尸体，便以抛弃尸体现行的罪名将其逮捕。

被捕的是就读于S大学的大学生草野龙一（21岁），经武州警局审讯，草野龙一供认幼儿的身份为自己于上月三十一日以勒索赎金为目的而绑架的建筑承包公司员工平义光的长子小满。草野在绑架小满后立即将其扼死，随后给平家拨打电话勒索了五百万元赎金。警视厅以故意杀人及绑架勒索等嫌疑将其重新羁押，并计划做进一步调查。

经调查，嫌疑人草野再次供认自己通过小额贷款的方式欠下约三百万元债务，难以还清。偶然间遇到小满从平家院内走出，见平家富裕，便心生邪念，企图通过绑架的方式获得不义之财，于是迅速将小满带到车上并逃离现场，后因嫌小满哭闹而掐住脖子将其扼死，并将小满遗体放入自家冰箱。三天前警方对此案转入公开搜查，在社会上引起强烈反响，草野因畏罪而试图处理尸体，便驾车出门，将尸体抛弃于多摩川沿岸。

警视厅广域犯罪搜查科搜查主任南卓司表示："这是最坏的结果。我们感谢热心市民为案件提供信息，但思及父母之痛，又觉如鲠在喉。此后我们将继续对嫌疑犯草野加以审讯，尽力还原事件

全貌。"

如鲠在喉——这件事给人的感觉的确如此。没有什么比对孩子出手更为卑劣的犯罪了。

平满。

这个名字通常的读法是"Taira Mitsuru[1]",但也可以读作"Taira Michiru"。

小满（Mitsuru）被人掐着脖子勒死，他是被扼死的。

我回忆起那个把小满（Michiru）送回平家的早晨，当我提到"柳濑是被扼死的"时从屋内传出的那声惨叫；工藤咲对我提过的那件"不为人知的悲剧"；让女儿穿上男孩服装，把我和小满看作一对情侣的平贵美子；以及表示小满是美和的初恋，却又突然对此缄默不语的辻亚寿美。

可恶！开什么玩笑！

没来由地突然想抽支烟，于是我走到图书馆外。我劝说自己——这并不是我的工作，哪怕昨天收下平义光那个厚厚的信封也依旧如此。他不是为了让家里的秘密公之于众才会塞钱给我，而我也当然没法保证在一切方面都能将小满照顾好。

我只不过是一个调查员，一个拿钱办事的侦探罢了。

正当我坐在图书馆外的长椅上，一只手拿着便携式烟灰缸吞云吐

1　"Mitsuru"与"Michiru"分别为日本汉字中「满」的两种读法，前者常用于男孩名，后者常用于女孩名。

雾时，手机响了起来，是东都综合研究所的樱井打来的。

"叶村，太感谢了！托你的福中大奖了！"

这段时间里樱井给我打电话时声音总是细若蚊呐，今天的他却精神百倍。这让我一时间有些不知所措。

"中大奖了？什么意思？"

"牛岛润太的个人主页啊！今早我向熟悉这方面的同事咨询了一下，他说最后可能会迫不得已从终端服务器注册表入侵，但还是先用搜索引擎试一试吧。于是我用牛岛润太配合能够想到的所有关键词进行搜索，没想到只花三十分钟就有了大发现。叶村你的直觉可真够准的！"

"然后呢？是什么样的主页？"

樱井顿时不再那么激动，而是低声说道：

"这个嘛，怎么说呢，如我所料，不，应该比我预想中的更加恶俗。"

"能用来要挟他吗？"

"社长在和律师商量。把这些内容拿出来，甚至有可能以侵犯人权为由遭到反诉，当然不是被牛岛本人，而是服务器管理方。要是可以提起诉讼，就先起诉服务器，勒令其关闭牛岛的个人主页，然后警告其他服务器禁止允许牛岛再次开设此类主页。失去了自我展示的平台，或许他会老实下来——你的见解应该没错，同事们和社长也都赞同。"

"你说，这样能让我朋友得救吗？"

樱井低声嘀咕道：

"应该可以吧……对了叶村，我就不说什么脏话了，但他的个人主页，记得在椅子上坐稳，确保身边没有易碎品，做足心理准备之后再看。至于要不要告诉那位朋友，就等你看过后再做决定吧。"

樱井在说这句话时似乎在死死咬着自己的后槽牙，我能预料到自己将要看到的东西会相当糟糕。

把主页地址记下来后，我挂断了电话，但紧接着手机又响起来。

"叶村姐？"

打电话来的是小满。我想起方才读的报道，胃部顿时隐隐作痛。

"不是让我今天抽时间出来吗？我现在就有空。"

我看了眼时间，刚好下午一点半。

"才这会儿就下课了？"

"不是说过嘛，我们学校是自由选课制，选的课已经上完了。"

撒谎——这句话我没说出口。不管是什么课，也不会在一点半这种不前不后的时间结束。

真想狠狠批评她一顿，告诉她要认真上课，只可惜过去的我也是个翘课小能手。

"有不少话要说，你先回家换身衣服，然后咱们找个地方见面，地点就由你决定吧。"

"去叶村姐你家。"

小满话里带笑，我就知道会是这样。

三点，我去大江户线的中井站接到小满，随后返回家里。路上我在生活合作社[1]采购了一周的食材，现金不太够用，便花了些从所长那里拿到的泷泽美和的调查费。看来得找时间去一趟长谷川侦探调查所，把工作后的报酬结算一下了。本想找时间浏览一下牛岛润太的主页，但我还有些事要问小满；条件允许的话，我还打算去拜访泷泽在叶崎那栋别墅的管理员，为后续调查水地加奈的行动打个基础；除此之外，还要揪出那个在我门口把垃圾撒得到处都是的可疑人物……

要做的事多如牛毛，可无论哪个都不能让我赚到一分钱，真是令人大失所望。

要是平义光那个厚厚的信封如今摆在面前，我一定会毫不犹豫地接受下来。我一边想着，一边搬着食材和生活用品向家走去。刚登上楼梯的第二级台阶，一阵刺眼的亮光袭来，门灯的事儿我都忘了，差点吓得跌下楼梯。

小满也对这盏"传感器警戒灯"赞叹不已。

"真好玩！叶村姐不愧是侦探。"

"这与我是不是侦探无关。刚才我就注意到了，你带来的行李可真不少。"

小满把我见过的那个粉色手提袋换了个手拎着，继而微微一笑。

刚一进屋，她就好奇地四处打量起来，先是把包放在床边，接着又一屁股坐在圣诞节时实乃梨送我的大号坐垫上。

"房间不错嘛，比我想得要宽敞干净。嗯，这个坐垫归我了。"

"等等，谁说要给你了？"

1　一个区域的人为了提高生活水平，在区域内部自行生产、销售的组织。

"我不会带走啦，只是住在这里的时候用。"

"可以把话说清楚吗？"

"我想在这儿寄住一段时间。"

小满抬眼望着我，用爽快的语气说着。

"放心吧，我会老实上学的，还能帮你做些家务，伙食费从我自己的零用钱里出。爸爸妈妈知道我和叶村姐在一起，也不会抱怨什么的。"

"你是不是误会了？我没你想的那么好，一旦心情不好或是累了，就一句话都不和别人说。要是想找个保姆，还是请往别处吧。"

"谁也没让你照顾我呀。行啦行啦，当我是只跟着你回家的野猫就好。"

"你可不是什么野猫。"

"没关系啦，不会给你添麻烦的，我只是不想待在自己家里而已。"

"这样做不好吧？"

我的内心有些焦躁。恢复独居后才发现，我还是喜欢单身生活。即使是与各方面都已经独立的实乃梨生活，两人之间也难免有些摩擦。换成这个小满，更不可能和睦相处。

"我因为受伤，最近没什么精神，工作上也碰了壁，现在心情很差，这种时候会做出什么事来连我自己也不知道，保不准还会对你撒气或伤害到你。突然间介入别人的生活就是这么一回事，你懂不懂？"

小满用牙齿紧紧咬着嘴唇。

"叶村姐，你不要赶我走，不然会后悔的。"

"哦？为什么？"

"要是继续待在家里，我一定会杀了妈妈。到了那时叶村姐你肯定会感到自责，拒绝可怜女孩的求助，人家也会骂你是冷血的女人。"

尽管小满装出一副开玩笑的样子，但说话时下巴却在微微颤抖。

与她对视片刻之后，我首先挪开了视线。

"我才不在乎别人说我什么。但老实说，我遇到一点小麻烦，有个混账已经连续两天把垃圾撒在我家门口了，外面的门灯也是用来防着他的，所以……"

小满还在凶巴巴地瞪着我，我继续说了下去：

"所以到了晚上千万不许出门。在我外出的时候，哪怕门外有什么动静或是有人来访，也绝对不可以开门。还有，每天要联络父母，学校也得好好去上。"

小满点了点头，没有吱声，但过了一小会儿还是抬头说了句：

"我知道了。"

真够受的。

我就不该去图书馆看那篇报道。

2

"你认识水地加奈吧。"

铺床垫、摆牙具……折腾了好一阵子。忙活完后，我们端出奥利奥饼干和茶水稍作休息。听了我的话后，小满不禁惊讶地抬起头来。

"嗯……"

"最开始向你打听时，为什么要隐瞒她的事？"

"我不是有意隐瞒，只是觉得各方面都有些麻烦。"

"怎么个麻烦法？"

小满似乎有些难以回答，简直像是台计算机，不作出标准提问就无法应答。或许她正是这样的人。

"从头讲起吧。最开始美和与加奈、加奈与柳濑绫子分别是朋友对吧？"

"嗯，加奈比我们大三岁，她与绫子是在医院认识的。加奈的母亲住院时，绫子的祖母是她的临床。绫子和祖母特别亲，经常过来探望她，还总是为她哭泣，每当这时加奈就会去安慰绫子，渐渐地两人就成了朋友。"

"加奈的母亲在去年夏天去世了吧？"

"是的，绫子的祖母后来也去世了。前几天我不是和警察说，绫子是因为冬天和男朋友分手才开始乱搞的嘛。虽然那不是假话，但绫子的精神状态会变差，既是因为分手，也是因为祖母的死，还有和家人间的矛盾。当然也是因为她原本就有些好色。"

小满像个大人似的叹了口气。

"然后呢？加奈就介绍美和与绫子认识了？"

"嗯，美和不是被加奈的母亲从小照顾到大嘛。加奈与母亲生活

在一起后，美和也时不时过去探望。美和家里有钱，加奈的母亲连去
世时都在请求美和多多关照加奈。"

"原来如此。"

"所以加奈的母亲去世后，美和就出钱租了一间公寓给加奈住。
美和的臭老爹总是不经她同意乱扔她的东西，所以美和自己也希望能
有一个私人住处。两人成了室友之后，房租和水电煤气费都由美和从
零用钱里出。加奈是很感激美和的，可是……"

"可是？"

"加奈没能和母亲在一起生活多久，其间她的母亲还与美和一起
住过，中间的关系有些复杂，但总之加奈对美和说过自己不想欠她的
人情。我和绫子也觉得这种想法没错，但美和并没有仗着自己出钱就
在她面前摆架子逞威风过。"

我不禁回忆起自己在她们这个年龄段时，也有着一种特殊的精神
洁癖。

"也就是说在最近一年里你们四个关系不错，也经常凑在一起玩
是吗？"

"四个人全部凑齐的机会不多，不过美和与加奈经常泡在那间
出租公寓，加奈与绫子也偶尔结伴出门，至于我，在学校时与美和在
一起，到了晚上会和绫子去'橙色猫'一起玩，直到她开始勾搭男人
为止。"

"你和加奈呢？没怎么一起出去玩过？"

"是啊。"

小满的表情有些尴尬。

"我们没什么可聊的，倒不如说我根本就不太擅长与她交流，所以没跟她单独见面过。她像个大人，感觉很难聊到一起，动不动就劝我们这样那样的。"

"美和不也会劝你这样那样的？"

"嗯，不过我们从小就是朋友，被她教训会觉得教训就教训了吧，但加奈凭什么教训我呀？"

小满离开桌边，一屁股坐在床上，一边绷起脚背伸着修长的脚趾，一边继续回答我的问题。我得知在三月二十号左右，小满与绫子交换了邮箱地址，偶尔开始见面，与加奈没见过几面，与美和则是在学校见面，而且会听美和聊起另外两人的事。

"然后呢？后来怎么样了？"

"春假[1]刚刚开始那会儿，美和给我打过许多次电话，说加奈不见了。到了周日她去出租屋查看状况时，发现那里贴了张留言条，说是绫子给自己介绍了一份兼职，要离开一阵子，可三天后美和再过去时，发现加奈已经从那间房里搬走了，而且无论是房屋中介还是公寓管理员都一问三不知，急得美和都要哭了。"

小满从包里掏出一个小袋，又从里面拿出一小瓶指甲油。

"当时我没觉得是多大的事儿，还以为一定是加奈嫌美和烦了，所以才会跑出去做那份能赚大钱的兼职。"

1　日本的学生一学年有三个学期，因此也有三个长假，分别为春假、暑假、和寒假，春假时间通常为三月中旬至四月初。

"这个想法你跟美和说了？"

"说了啊。"

小满俯下身子，拧开指甲油的瓶盖，开始涂起趾甲来。

"结果美和生了好大的气——哎呀——狠狠说了我一顿，所以当时我也把心里话都说出来了。"

"绫子是被小岛雄二杀害的，她从小岛手里购买大麻的事你知道吗？"

"嗯。"

小满模棱两可地应了一声，继续涂着粉色的指甲油。

"到底知不知道？"

我打算伸手拿一块奥利奥，小满皱着鼻子说：

"叶村姐，你吃奥利奥的方式好怪。"

"怎么怪了。"

"你总是先拧开，吃掉里面的夹心，然后才吃外面的饼干。"

"反正是在自己家里，我爱怎么吃就怎么吃。你才是，指甲油的涂法太怪了吧？"

"我的脚趾很灵活哦，几乎什么都能抓住，算是我唯一骄傲的长处。"

我试着把话题拉回加奈身上。

"然后呢，你知道大麻的事吗？"

"还能翻书和按遥控器哦。"

小满别开视线，只是用脚对着我，脚趾一张一合的。我望着她说：

"喂，该不会连你也在用吧？"

"我可没说过。"

"你这副态度和说了有什么区别？真是的，我说你……"

"有什么的，只是在家里用上一点，又不上瘾，绫子也说过这比香烟健康多了。"

"她就是因为这个才被人杀害的！这玩意儿哪里健康了？"

"你不要这么说！"

小满气呼呼地把指甲油放回包里。

"你很喜欢绫子这个朋友吧？"

她用看傻瓜似的眼神看着我，随即还是叹了口气。

"……她非常喜欢讲那方面的事，像是在车里做、吸嗨了之后做或是3P之类的，说起来就没完没了。这些话我听得很烦，但在我决定离家出走时，也只有她一个人理解我。"

过了一会，她的情绪似乎平静了些。

"绫子死后我一直在想，自从加奈失踪后，整个事情仿佛就乱了套。美和固执地想要独自找到加奈，绫子又说自己没给加奈介绍过什么兼职……"

"等等，这是真的？"

"真的，我问过绫子，不会有错的。首先要是有那么好的机会，绫子肯定自己就去做了，她家也没什么钱的。"

这倒也是。

"可是美和不信，还私下调查绫子，结果发现了大麻的事，两人好像为此又是大吵一架。美和甚至表示绫子要是不肯戒掉，她就要去报警。而且美和认为加奈之所以会失踪也和大麻有关，问绫子是不是她把加奈出卖给了那个药贩子，整个人甚至都有些失常了。"

小满的脸上流露出苦涩的表情。

"那段时间正好赶上开学，最惨的是连我都受到了牵连。美和不肯跟我说话，妈妈也依旧神经兮兮的，绫子给了我些大麻，我试着用了用，结果头疼得差点吐出来。后来在杂志上看到剧团招人，打算进去试试，但还是一点意思也没有。"

将我侧腹刺伤的宫冈公平——他和小满应该是在那个剧团里认识的。我本打算再确认一次，但想想又算了。小满身上的问题有着更加深层的原因，不是随随便便就能够解决的。

我理了理各事件发生的顺序。水地加奈于三月十六日失去行踪；十九日无故缺勤电影院的工作；第二天——也就是二十日，一位自称是她叔叔的人给电影院打了电话；又过了一天，泷泽美和发现加奈"搬家"。因此"搬家"的具体时间恐怕是在三月十九日或二十日。

美和着眼于"绫子介绍的条件优渥的兼职"，并以柳濑绫子为中心进行调查，最后得知了小岛雄二这个人物。四月初她逼迫绫子与小岛二人取消交易……咦？

我不禁疑惑万分。既然已经进展到这一步，那么到五月三日失踪之前这整整的一个月里，美和究竟在做什么？

"你是在四月二十号离家出走的吧？"

小满望着半空点了点头。

"应该是那时候。"

"在那之前你跟美和、绫子接触过吗？"

小满一脸认真地放下了盛着红茶的茶杯。

"与绫子见过一次，找她谈了些事。"

"谈了什么事？"

小满耸了耸肩，我让步道：

"好吧，不问这个——那你们当时谈了加奈的事吗？"

"虽然没有美和的反应那么夸张，但加奈不见了，绫子也很疑惑。她们俩不是关系很好嘛，虽然美和有些讨厌她了，但还不至于和她绝交——当时绫子对我说她有些害怕。"

小满呆呆地望着远处。

"绫子说加奈没亲没故的，即使不见了，也只有我们会替她担心，一旦消失就真的消失了，她觉得这件事很可怕。那段时间里她甚至不去外面找新的男人鬼混了。后来她父母说黄金周要带她去夏威夷旅游，也让她非常高兴……"

小满的语气里满是羡慕，于是我直截了当地问道：

"所以你也离家出走了？"

本以为她会生气，但小满只是用鼻子哼了一声。

"也不全是因为这样。我的事情无所谓啦，总之绫子会感到害怕也很正常对吧？毕竟加奈的消失有些蹊跷。只有她本人也就算了，但连房间里的物品也全部消失了，里面还有许多美和的东西在呢。叶村姐你是不是也觉得这件事与大型犯罪团伙有关？"

只要犯人拥有足够的资金，同时擅长掩盖证据，那么肯定会记得处理掉行李。不过算上美和，两个人的物品加起来恐怕不少，应该不是任谁都能轻松处理掉的。

"所以当谈到加奈的话题时，我们都有些难以开口，等到美和失踪后就更是如此了。虽然绫子说她会寻找线索，但当时我已经不敢接触加奈与美和的事了。"

小满低着脑袋，仿佛在为自己的自私和懦弱而愧疚。

"你觉得美和之所以会消失，是因为去寻找加奈的行踪了？"

"因为美和确实一直在寻找加奈，直到我离家出走回来后才知道一件事。"

"什么事？"

"爸爸说多亏美和的臭老爹从中斡旋，我才能回学校继续上学，所以要我去向美和道谢。当时她的眼神直勾勾地，似乎有些怪异，我甚至怀疑她是不是吸毒了，结果美和……"

"美和怎么了？"

"美和笑了，是那种让人非常不舒服的笑容。"

小满歪着面孔，显得十分难看。

"她好像觉得我也找到那种待遇优渥的兼职了。"

3

临近傍晚，我到长谷川侦探调查所去结算调查费。我打算借事务

所的电脑做一份报告书，顺便浏览下牛岛润太的主页。

小满非要跟我一起过去。

"我不会碍事啦，正好也没吃晚饭嘛。"

"你自己会做饭吧？"

"什么是做饭？"

"做饭都不会，还说要帮我做家务？"

小满嘟着嘴巴说：

"你不教我，我怎么会嘛。"

我懒得和她争论，最后还是带她出来了。在商店街正中央我们偶遇了光浦功，我把小满介绍给他，光浦用一种近乎责备的眼神望着我说：

"叶村，找不到男人所以就当'那个'了吗？跟我说一声不就好了？我可以从房客里介绍小伙子给你呀。"

"你是故意误会的吧？"

光浦摆出夸张的动作抚着自己的胸口。

"不是对吧？太好了，看来我的眼光还是准的。我一直坚信叶村你是直的，要是看走了眼就是破天荒头一遭了，给我吓得够呛呢。"

我请光浦在我外出遇到特殊情况时照看一下小满，光浦点了点头。

"当然可以，交给我吧。你叫小满对吧？要是有什么怪叔叔敢跟踪你，立刻叫我就好。从叶村家出来直走，第六间有着蓝色房顶的就是我家。"

光浦拎着越南手工制作的手提篮，爽快地向我们挥挥手后消失在鱼摊的另一边。等到看不见光浦的身影了，小满瞪着圆溜溜的眼睛问我：

"那个人是同性恋？"

"不知道，就算是我也不意外。"

"为什么能够接受？难道你不想让他认清自己究竟是男还是女吗？"

"那个人是我认识的最好的房东，至少目前是的。只要知道这点就足够了。"

小满似乎想说什么，却又没说出口。

由于遇到光浦而分心，当发觉忘记某件事时，我们已经走过了时钟铺。走回去嫌麻烦，于是我想着下次再给手表换电池，随即去了站前的钥匙铺。我配了一把备用的房门钥匙给小满，并严正声明寄宿结束时要把它退还给我。但小满根本没有回我的话。

"连公平都没给过我备用钥匙呢！"

她的语气有些兴奋，随后从胸前拽出一个护身符袋，把钥匙放了进去。那个小袋看上去像是东南亚的手工艺品。我忽然想起武藏东警局的柴田要说过——他们凭借挂在脖子上的手工护身符袋得知了柳濑绫子的身份。

"那个袋子。"

"咦？"

"是哪里的？"

"泰国或者缅甸吧，不太清楚，我们一起买的。"

"一起买的？"

"美和、加奈、绫子和我，在下北泽一间杂货铺里买的，大家买的是一样的，为什么问这个？"

"没什么——大家都很珍视它吧。"

"或许吧。"

"你有加奈的照片吗？"

小满点了点头。

"有的，在相簿里。"

"过后能让我复印一份吗。"

"可以啊，你要用它来干什么？"

如果警方能够展开小岛雄二，即杀害柳濑绫子凶手的后续搜查，并着手调查泷泽美和与水地加奈的话当然最好，但美和暂且不提，警方是否会寻找水地加奈都值得怀疑。为防万一，我想提交一份失踪者的寻人申请——我在大江户线的电车上向小满说明了上述原因。

"美和与加奈不是被杀害绫子的凶手杀害的吗？"

小满瞪大眼睛问道。

"如果是说美和，倒还有这个可能，毕竟从小岛的房间里搜出了一份女生名单，上面有美和的名字，还被做了标记，但加奈就不一定了。"

"叶村姐会帮我寻找加奈吗？"

"不行，因为没有人提出委托。即使想以个人名义调查，我也不是什么慈善家，得有人付费才行——至少要出个成本价——否则我是不会行动的。有关美和的调查也是因此而中断的。"

小满陷入沉思，没有再说什么。

村木还留在长谷川侦探调查所的办公室里，看到小满，他挑起眉毛，显得有些疑惑。

"什么都别问。"

我抢先说道。

"我来结算泷泽美和事件的调查费，所长呢？"

"打弹子机去了，可真够痴迷的。"

我按规定的格式填了单据，又把收据贴好，急匆匆地写好了报告书。小满一开始惴惴不安地蜷缩在沙发上，隔了一会儿终于适应了办公室里的气氛，开口说道：

"叶村姐，雇侦探要花多少钱？"

"要看做什么调查了。"

村木拿出价格单来给小满看，她看过后一脸惊愕。

"这也太贵了吧？"

"已经很良心了"

"爸爸为了找我，花掉了这么多钱啊。"

不认识小满的村木再次向我挑起眉毛，我对他摇了摇头。

"都说别问了——小满，要是你想雇我，我不会答应的。"

"刚才叶村姐你还说付成本价就行。"

小满微微一笑，村木挥挥手说：

"叶村你和公司只是签了自由合同的关系，在外面接多少其他工作都无所谓。"

"得了吧，小满还是未成年人，有钱也是父母给的。我会找其他人，你就别多嘴了。"

"找其他人？还有其他人可找吗？"

"只收成本价我还是付得起的。"

小满插嘴进来，我瞪了她一眼。

"总之就是不行，否则昨晚我不就白白拒绝了你爸爸要给我的钱。"

"叶村姐真傻，不觉得可惜吗？"

"你就该接了才是。"

村木和小满一同说道。这一老一小倒是够默契的。

幸好就在这时电话响了起来，村木拿起听筒，接着瞪大了眼睛示意我过去。

"辻亚寿美打来的，找叶村你。"

亚寿美的声音从电话那头传来，听上去有些含混不清。

"叶村小姐吗？前一段时间谢谢你，我还是打算放弃调查了。"

"这件事所长告诉过我。"

"刚才有警察联络我，说犯人自杀了，最后他还提到了……提到了美和的尸体，尸体……"

我抽出一把椅子坐了下来。小满窝在沙发上抱住自己的双腿，抬起头用惴惴不安的眼神望着我。亚寿美像是精神错乱般，嘴里不停地叽咕着支离破碎的言语，片刻后我听到一个柔软的声音，似乎是那边的话筒被人用手捂住了。

"喂？亚寿美女士？"

"您是想寻找美和吗？"

只听亚寿美尖叫一声。

"人死不能复生，至少让他们把遗体送回来吧。所以叶村小姐那边就不要再……"

她的背后有人在说话，我竖起耳朵仔细听着，但话筒再次被人捂住。

"喂，能听见我说话吗？"

"……对不起，刚才我有些心慌意乱。"

"您需要我继续对美和进行调查吗？"

心中涌起微弱的希望，我用激动的语气问道。

"利用在小岛雄二家里搜到并扣押的物品，警方应该已经掌握了美和所在之处的线索，但还有一件事我想不通。之前提到的加奈我找到了。"

"加奈？啊，就是在美和隐蔽住处的那个女孩吧。"

"是的，如您所说，她是明石香代的女儿，叫水地加奈。她在三月二十号前后也失踪了，美和之前似乎就是在寻找加奈的行踪。"

"美和？寻找加奈？可是他说过……警察说过美和被杀害柳濑绫子的毒贩子杀害了。"

"奇怪的就在这里。无论是小岛雄二这个人，还是他与柳濑绫子

的关系，美和都是四月上旬才知道的，随后她逼迫两人解除关系。如果美和得知水地加奈也与小岛有着什么关系，而这件事又被小岛得知的话，他应该不会等到五月三日再去杀害美和，反过来美和也不可能一直放任小岛不管。因此我想，如果能查清水地加奈的行踪，就一定能找到与美和有关的线索。"

让亚寿美没有回话。话筒又被人捂住了——亚寿美似乎在与什么人进行交谈。

"亚寿美女士？"

"那个，叶村小姐，我明白你的意思了，但我觉得归根结底这还是警察的工作。非常抱歉，请您忘掉美和与水地加奈的事吧。"

"那亚寿美女士您为什么要给我打来电话呢？！"

我尽力让自己冷静下来。

"难道不是因为信不过警察吗？难道不是因为想替美和做些什么吗？"

一时间只能听见我粗重的呼吸声，我声嘶力竭地说：

"可以给我三天时间吗？如果三天里没有收获，我就不收报酬，但如果三天之内我找到水地加奈与美和失踪的线索……喂？亚寿美女士？"

"拜托你了，叶村小姐。"

电话被挂断了。我把听筒放回原处，村木问道：

"怎么了？"

"好像还有其他人在。她最后那句话像是从远处向话筒喊出的来的一样。"

"那算什么。"

拜托你了——这句话的意思是决定要委托我吗？还是想说"拜托不要再调查水地加奈与泷泽美和的事了"？最后我还是决定向对我有利的方向推测。

正在整理报告书的村木叫了外卖，我顺便也点了一份。既然决定要继续开工，我又多订了一份饺子和啤酒。看着我的样子，村木不禁连连摇头。

趁着等待外卖这会儿，我借用办公室里的电脑打开了牛岛润太的主页，此时我已经彻底把樱井的忠告忘在了脑后。

输入地址后，屏幕上出现了一行标题——《金牛座JUNTA[1]的猎手日记》。我点开最新上传的一段日记阅读起来。

五月十七日星期四

为了物色新猎物，最近我经常会去代田桥那家新开的文化宫，但是完全没发现值得一提的女人，反倒浪费了不少时间和精力，难道又是没有收获的一天吗？就在这时，突然发生了一件不得了的事！之前被我敲了不少钱的一个叫作五大路子（化名）的女人突然带着两个侦探出现在我面前！我没和她提过自己的住处和真名，但他们似乎多管闲事地查到了，并且让我还钱，威胁我说知道我有过婚姻诈骗的前科，还经常出入SM风俗店之类的事。

---

1 "润太"的罗马音。

　　我说钱可以还，但照片不会还，那些侦探就慌了神。他们以为我愿意留着五大路子（化名）那些多毛的下体照？但要是服个软就还回去也太没意思了。五大路子（化名）还歇斯底里的，之前缠着我要我娶她，还说为了我什么都肯做，所以才会让她摆了些比先锋派色情杂志里的女人还夸张的动作，这有什么的嘛！

　　当我要回家时，还恰巧遇到一件有趣的事。有个笨女人本来打算坐出租车，却被人撞倒在地上，我就和她搭了句话，没想到她居然是相场实乃梨（化名）的朋友！相场实乃梨（化名）是个固执又死板的女人，在图书馆做管理员。平时保守得连手都不让牵，上床的时候倒是怪能叫的……

　　"叶村姐，你没事吧？"

　　小满跑到我身边，我在村木和小满的帮助下站起身来，把翻倒的椅子重新扶正。

　　"笨死了，脚都受伤了，怎么还会从椅子上摔下来啊？"

　　他们俩疑惑地望着我。从椅子上摔下来时，我的脚莫名其妙地撞了一下，我在哭丧的脸上强装出一副假笑，继续浏览起主页来。

　　……这么夸张的叫床声倒是值得一录。她还喜欢在床上讲述自己过去的经历，她该不会觉得说了这些，对方会觉得高兴吧？她过去的未婚夫似乎因为什么事自杀了，不过摊上这种女人做未婚妻，估计是个人都会想自杀吧？

能遇上她的朋友倒是蛮幸运的。那种左拥右抱的双飞戏码可是玩上多少次都不嫌腻的，还请各位期待今后的故事吧！不过相场实乃梨（化名）的那个朋友戒心倒是很强，趁着帮她看伤时把她的脚摸了个遍，却一点反应也没有，估计是个性冷淡吧。

"王八蛋，谁是性冷淡啊。"

我对着电脑大吼一声，被他碰过的那只脚也顿时抬了起来，但问题不只如此。

"叶村，你到底怎么了？"

"什么怎么了？"

我猛地转过头去，只见村木、小满和拎着外卖的长谷川所长都站在我身后，每个人脸上是一副目瞪口呆的表情。

"还问我们，你刚才好像说了什么了不得的话啊……"

"呃……这个……没什么没什么。"

我强忍住摔电脑的冲动，继续浏览着网页。只见上方写着一行声明——本日记纯属虚构，与现实中存在的团体及个人无关——尽管只是胡扯罢了。对牛岛润太以实乃梨为首的那些女朋友来说，光是一句声明可不管用。他自己当然也再清楚不过了。

虽然可以让樱井和东都的员工们帮忙封掉这个主页，不过……

我咬牙切齿地把主页彻底浏览了一遍，发现这些下流无耻的文章内，甚至存在着其他令人发指的内容——

前一阵子，被我甩掉的那个叫藤木未子（化名）的女人自杀了，她是第二个被我甩掉后自杀的女人♥目标是十个人，加油！（笑）

这丫头傻透了，不停向身边的人炫耀自己要嫁给多金的牙医，对方的父母还出钱买了一间公寓。后来哭着给我打电话时，我对她说："白痴，像你这种头脑空空的女人还以为自己能得到幸福？谁给你的自信？脸皮真是厚到家了。"结果她就直接从楼上跳下去了，亏她还以为那里将会是她的新居，真是蠢得要死。后来她父母来我家里闹事，这时候老妈就很靠谱了，她告诉人家："少找借口了，别说订婚，我儿子甚至都没向她求过婚，只是你家女儿自作多情而已吧？这样搞得我们家也很为难呀。"

说得太对了。

女人犯起蠢来，一辈子也治不好（笑）。

我只觉得胃里一阵恶心，难得送来的饺子也吃不下了。

4

回家的路上，我一直在思索如何才能让实乃梨逃离牛岛润太的魔爪。让她看看那个主页的话，再牢固的感情估计也会破碎，但里面的内容连我看着都险些心脏骤停，实乃梨看了更不知会干出什么来。

走到商店街中间时，小满开口对我说：

"叶村姐，那是……"

只见我的住处前面停着一辆警车，红色的警灯一闪一闪地照亮了周围。

我拖着伤脚尽量快些走过去，拨开看热闹的人群后往警车后面看了一眼，只见被警灯照亮的光浦正坐在楼梯中段与警官谈话。

我让小满待在原处，然后走到光浦旁边。

"啊，叶村。"

光浦抬起头来，我看他正用手帕捂着耳朵，手帕上带着红色，感觉那不只是警灯的颜色。

"究竟怎么了？"

"刚才我去街口的邮筒那儿寄信，回来时无意间发现一个大块头男人正拎着一袋垃圾走在前面。我心想他会不会就是那个在叶村门口撒垃圾的讨厌家伙，于是就跟在他后面，结果……"

"结果被他给打了？"

我脸色一变，光浦气呼呼地说：

"不是，他上楼梯时被门灯吓到，脚下一滑跌了下来，我正好被他压在身下……哈哈。"

我顿时大跌眼镜。

"有什么可笑的，只有耳朵受伤了？真的不用去医院吗？"

"放心，我没事啦。就是搞得闹哄哄，怪不好意思的。当时我被吓了一跳，不由得喊了几声'杀人啦！'之类的话，于是就有人报警了。"

"你不用道歉，我可真的害怕你被杀呢，然后呢？那个男

的呢？"

"他肯定有精神问题！喊了句什么'少碍事，我要给那个臭女人点教训'之类的话，猛踹我一脚后就逃走了。"

原本惊诧地望着我们说话的几个警官，突然慌忙地纷纷坐上警车离开，我和小满把光浦抬到我房间里，所幸他只是耳垂处有些裂伤，除了出血之外并无大碍。

"我说叶村，你认识那个男的吗？"

光浦一边喝着小满泡的大概是这个世界上最难喝的咖啡，一边试探性地问道。大块头、爱骂臭女人、踹人——看来是世良松夫没跑了。我不愿让小满回想起她的心理阴影，但光浦功有权了解这件事，于是我还是向他讲清了来龙去脉。

"总之怎么说呢……是个很不像话的男人。"

听我讲完后光浦气呼呼地说：

"做了这么可恶的事，怎么还好意思记仇？要换我的话，肯定一脚踢爆他的卵蛋。"

小满面色惨白地坐在地上。我说：

"之前不能确定是他，所以才没把这件事说出来，但既然问题还没解决，小满你还是先回家的好。"

"我不回！"

她大声表示抗议。

"我是很害怕见到他，但我更怕回家。叶村姐，你就让我待在这儿吧。"

我说不出话了。光浦在我们之间来回看了看后，客客气气地说：

"叶村你担心她的安全对吧？没关系，你不在家的时候，我来帮忙照看她。我再跟房客与商店街上的街坊邻居们知会一声，在那个大块头落网之前都会留意着他的。"

倒不是责怪警察刚才没能在台阶那里抓住世良松夫，但他现在一定更加记恨我，也一定会继续上门纠缠。

那要怎么办呢？向东都综合研究所的久保田社长抗议吗？正当我觉得至少应该提醒一下他时，房门被敲响了，敲门的是方才与光浦交谈的那位警官。

"那个男人刚刚被逮捕了。"

小满与光浦顿时欢呼起来，但我还没法放下心来表示喜悦，向警官问道：

"光是因为从楼梯上摔下去就被逮捕了？为什么？"

"因为他把执行公务对他问讯的警官扔进河里去了。"

小满与光浦又异口同声地"咦"了一声，继而手拉手欢呼道：

"妨碍执行公务罪！"

"我觉得已经算是故意伤害罪了，对吧？叶村姐。"

"搞不好算是杀人未遂呢！太好了，这下他得有一阵子才能出来了。"

小满与光浦抱在一起跳了起来。

我连忙向警官赔礼道歉，警官紧绷着脸想请光浦去警察局做笔录，光浦兴奋地答应了，我和小满决定一起过去。

被扣押在新宿西警局的人正是世良松夫本尊。我向警察讲述了之前发生的事，小满也作了补充。虽然很同情那位被丢进神田川里，手臂骨折受了重伤的警官，但心里的一块石头总算是放下了。

正当我稍稍感到安心，催促着小满通过警局走廊的拐角时，恰巧遇上了东都综合研究所的久保田社长。一位年长的女性跟在社长身边，恐怕她就是久保田社长的姐姐，养育世良松夫的那个传闻中的女强人。

"叶村，这到底是怎么回事？"

久保田社长反倒抢先问我，我尽可能冷静地讲清了事情的来龙去脉。

"真是不敢相信！"

我把事情的经过讲完后，久保田社长撇出这么一句话。

"我已经严禁他接近你了，该不是发生什么误会了吧？"

"连我的房东都受伤了，这或许还能算是一场误会，但把警官扔进神田川里却是毫无疑问的事实。"

"那你怎么不拦着他呀？"

我回望了久保田社长一眼。或许我可以理解为他是看得起我才会这么说的，那我真是谢谢他了。

"事情发生时我不在现场。"

"那……那倒也是……"

久保田社长一时无话可说，这时一个尖锐的声音插了进来：

"你就是那个害得我们家阿松心里不好受的女侦探吧？"

令久保田社长也难以招架的那个女人，如今正气势汹汹地瞪着我。

"我不是说过吗，要教训教训她，让她知道要为自己做过的事负责才行！我不管她是长谷川的下属还是别的什么人物，惹了乱子还纵容她，事情才会变成这个样子！松夫被警察带走，吃了那么多苦头，这个女人却能优哉游哉地在外边闲逛，这太不公平了，难怪松夫会生气啊。"

住院两周，恢复治疗十天的经历到她嘴里就成了"优哉游哉地在外边闲逛"，言论自由果然是个好东西。

"都怪你，都是你的错！"

那位女强人歇斯底里般地喊着。

"给我向阿松道歉！你就该替他坐牢才对！走，现在就去警官面前下跪道歉，说都是你的错，让他们把你抓进去！"

"这个老太婆有毛病吧？怪吓人的。"

小满嘀咕道。我看了看四周，发现带我们过来的警官、光浦和其他人都在远远望着我们。只见"女强人"用尖锐的眼神盯着小满。

"这个小丫头是什么人啊？"

小满躲在我身后，只露出个脑袋顶嘴回去：

"我就是被你家阿松差点害死的那个小丫头，是叶村姐救了我，像他那种家伙就应该判死刑才对。"

"真是岂有此理，最近的小丫头都是这么自私又冷血吗？"

"你才自私呢，老太婆。"

"叶村，这是怎么回事？为什么那个小姑娘会在这儿？想要加重松夫的罪名吗？"

久保田社长逼问道。此话倒是不假，上次的受害者算在这儿凑了个齐活儿，也难怪他会这么想。

"误会而已，是她父母拜托我照顾她的。"

"为什么要拜托给你？太莫名其妙了，你该不会真的打算给松夫下套吧？"

"这还用问吗？肯定是她在搞鬼！"

"女强人"把假牙咬得咯咯作响，斩钉截铁地说着。

"阿松那么善良的孩子，会在外面惹事一定是有原因的。肯定是这个女人把阿松诱骗出来，然后指使警官去抓他的。可怜的阿松被她害得精神恐慌，才会做出那些不对劲的事来。"

久保田社长用怀疑的目光望着我，我觉得光是否认这件事情本身就够荒唐的了。

"我当然没这样做过。至于有没有指使，问问那位受伤的警官不就清楚了，更何况我要怎样才能指使他呢？人家又不是狗。"

我特地把最后这句话说得让周围的人都能听见。久保田社长涨红了面孔，似乎刚刚注意到我们谈话的地点。我又加上一句：

"我既不清楚世良松夫先生的联络方式，也不想深究他为什么会知道我的住址，不过……"

久保田社长干咳一声，抬了抬下巴说：

"到那边去说。"

我轻轻拉开拽着我T恤的小满，和他来到走廊角落。社长小声说：

"我承认松夫给人添了麻烦，但你就一点过错也没有吗？"

"我有什么过错。"

"怎么不提前通知我一声，直接就报警了呀？"

"报警的是附近的住户，当我回到家时一切都结束了。"

"那也通知我一声啊。"

我的忍耐也是有限度的。

"久保田社长，这次的事情是世良自作主张，既不是我挑衅，也没有其他原因。我的脚被他踩过之后直到现在还没恢复，怎么可能去招惹他自讨苦吃呢？"

"唉，叶村，给我个面子可以吗？我姐姐——就是她，她是松夫的祖母，要是松夫蹲了监狱，她搞不好会犯心脏病的。叶村你就随口附和几句，说是你逼他这么做的，这事儿就算是圆满收场了。"

我尽最大努力回想着他对长谷川所长的诸多恩情，才勉强克制住了一拳砸在他那张猴脸上的冲动，只是咬着牙齿说道：

"刚才那句话，我可以当作没听到。"

"叶村，我没打算怪你，就帮帮忙好吗？"

正当我们说着，"女强人"大摇大摆地走过来，一把抓住了我的胳膊。

"少在这啰唆了，赶快坦白自己做过的事，然后去向阿松道歉。做了坏事就得责任！"

我忍着胳膊上干干刺刺的触感，用只有她能听见声音嘀咕道：

"看来松夫是个大蠢货啊。"

"——你说什么？"

"女强人"惊愕地瞪大了眼睛。

"连他的祖母都觉得凭他自己的脑子判断不了事情，真是太可怜了。"

"你在胡说些什么！"

"女强人"仍旧死死拽着我，继而甩开拦着她的久保田社长，把我扑倒在地上。

"阿松是个善良的，天使一样的好孩子！他以前从来没犯过错，都怪你这个婊子。一定是，这个女人，和滥用权力的，警察，勾结，陷害了我们家，善良的，可爱的，阿松！"

她每喊一个词，都用手里的包向我脑袋砸来，警官很快过来把她拉开，"女强人"一边大叫着一边被他们带走了。

"给我记着！你们后悔也来不及了！尤其是那个女侦探，给我记好了！竟敢侮辱阿松，我一定会让你付出代价！"

即使身影已经消失，我依旧能听到她尖厉的声音从远处传来。久保田社长浑身无力，像是突然老了好几岁一样呆立在原地。我突然觉得他有点可怜。这种让别人代罪的做法固然卑鄙，但也是他姐姐逼他去照顾世良松夫的，算是值得同情。然而只要世良松夫继续赖在东都综合研究所不走，只会惹出更加让人可怜社长的事。想法可能不太阳光，但我觉得这种结果对大家来说都算是件好事。

"噫，叶村姐你没事吧？"

小满一跳一跳地向我跑来，歪着脑瓜低头看着坐在地上的我。

"那个老太婆居然发那么大的疯，你就该还手的。"

"在警察局里？"

"我的话肯定忍不了，为什么你能忍住呢？"

"我也没忍啊。走，回家吧。"

直到走出警局时，小满还在睁着圆溜溜的眼睛问我：

"叶村姐好厉害啊，你总会遇到这样的事吗？"

"要真是这样我可吃不消。"

"可事实就是这样啊！人家说了你那么多坏话，为什么还能心平气和的呢？"

"我也没心平气和嘛。"

"可是看着是这样的。"

"只是看着而已，都是我硬装出来的。"

"为什么你能做到？"

"因为是大人嘛。"

"唔……"

小满陷入了沉思。她或许从这件事中窥探到了世界的残酷，又或许会觉得刚才我那句"因为是大人嘛"说得还蛮帅的。正当我暗自苦笑时，小满抬起头来问了一句：

"对了叶村姐，什么是婊子？"

5

我让打着哈欠的小满躺在床上，将客人用的被褥铺在厨房后，打算睡在上面。小满张着嘴巴睡得死死的，看来是累得够呛。

我带着手机进了浴室，坐在浴桶里给长谷川所长打电话，所长接起电话，话语中带着困意。

"真是难为你了，那个老太婆总以为整个世界都得围着她孙子转，过去也因为这个闹出过麻烦事。世良松夫上高中时因为在书店里偷东西被训导，她硬说是松夫的同学逼他偷的，还打伤了一个女学生的脸，结果因为施暴被抓了起来。"

突然感到她那声"给我记好了"又在耳边响起，我不禁打了个寒战。

"叶村，没事吧？"

"我没事。"

"我会叮嘱久保田社长，让他看着点那个老太婆的。虽然不知道久保田是怎么想的，但那个老太婆才至于说猝死就猝死。"

"谢谢您。"

最后还是受到了所长的照顾。挂掉电话后，我顶着一副苦瓜脸，拿出警棍稍稍做了做挥棍练习。

这时手机响了起来，我接起电话，对面传来相场实乃梨的声音。

"晶，到底是怎么回事？"

这是实乃梨的习惯，生气时声音会低上八度。

"牛岛先生昨晚说在代田桥那边遇见我一个拖着脚走路的朋友，那个人是你对吧？不然也没有别人了。"

看来是抵不了赖了。

"嘻，因为看到他的名片被吓了一跳嘛。"

我打算用开朗的语气蒙混过关。

"本来是要打车的，结果被一个大叔撞倒在地上。刚好有个人把我扶起来，没想到他就是你提到过的那位牛岛先生，这可真是太巧了。"

"什么太巧了！"

实乃梨吼了出来。

"你觉得用这种借口骗得过我？知道东京有多少人吗？又不是在演什么低成本的悬疑片，怎么可能会这么巧？"

"可事实上就是这么巧嘛。"

尽管我们同时出现在代田桥这种地方并非巧合，但他会扶我起来却真的只是碰巧。我只得寻找借口勉强狡辩，实乃梨用鼻子哼了一声。

"少跟我打马虎眼，我太了解晶了，你肯定又在瞎操心，想跟踪牛岛先生，调查他的人品对吧？我希望你知道，就算你是调查员，也没有插手我私生活的权利！"

"我知道的……"

"那就不要再接近牛岛先生，也不要再管我，这些事情与你

无关！"

"实乃梨，你这样说，意思是你已经了解他了？如果不是因为听到了不好的传闻，我也不会插手你的闲事。"

"看吧，我就知道你是在跟踪他。"

实乃梨用得意的语气说。

"我就知道我想的没错，否则你也不会迷恋上那样的工作。"

"……什么意思？"

"意思就是，你天生就喜欢探头探脑，窥视别人的生活。自己找不到男人，也找不到什么正经工作，所以一辈子只能靠窥视别人过活，侦探就是这种工作！"

我顿时血压飙升，本想回敬几句，但还是默默在心里从一数到十，等到冷静下来才说：

"实乃梨，牛岛那个家伙都对你说了些什么？"

"可以在他的名字后面加上'先生'吗？"

实乃梨冷冷地回道。

"话说在前头，他还不知道你调查他的事呢。本来我想告诉他的，但怕他不愉快就没有说。他是个善良的人，在我面前还夸你来着，只可惜他看走了眼。"

"求求你冷静一下，你误会我了。"

"我误会你？少扯了。"

她反倒越发激动了。

"你听到的恐怕是有人告他婚姻诈骗的传闻吧？只可惜我知道这件事。正因为我知道他是个内心柔弱，容易被人欺负的人，才下定决心要一辈子陪在他身边的。我一定会保护好他。"

"他不会是向你求婚了吧？"

"和你有关系吗？放心吧，我不会邀你参加婚礼的。"

我顿时出了一身冷汗。

"实乃梨，你被他给骗了，冷静下来好好考虑一下，好吗？他是认真向你求婚的吗？他可是同时在与其他女人交往……"

"你闭嘴！"

实乃梨狠狠地说。

"晶，你明明一事无成，为什么总是自以为比别人更了不起？你是这个世界上最不幸的女人，太可怜了，我发自内心地同情你。"

我顿时哑口无言。

"值得同情的人是你才对，我敢打赌牛岛他不可能和你结婚。"

"是吗？为什么？因为他摸了你的脚，就觉得他看上你了？"

当回过神时，我已经用警棍敲起了洗脸池。

"你觉得我会看上那种臭男人？光是因为摸过脚后发现我无动于衷，就说我是个性冷淡，那个败类以为只要自己搭讪，是个女人就会迷上他吗？像他那种令人作呕的自恋狂，要是杀人不犯法，我早就把他和放射性废料一起装进铁桶，沉到日本海海沟里去了！"

"晶……"

话筒对面的实乃梨深深叹了口气。

"我没想到你的性格居然如此扭曲。"

"……什么？"

"牛岛先生说你性冷淡？一个人要阴暗到什么程度才会想出这样的话？他一直在说你给他的感觉很好，人也非常善良。看来他之前的话果然没错，他说闺蜜间的其中一个如果首先获得幸福，另一个人一定会变得乖僻而扭曲。当时我还笑话他说这都是男人的想当然，没想到会是真的。你居然不惜编出这种话来污蔑……"

"要是觉得我在骗你，自己去看看牛岛的个人主页就清楚了！"

我大声吼道。

"只要看上一遍，你就能清楚牛岛到底是个什么样的人渣！《金牛座JUNTA的猎手日记》，去雅虎上搜一下……呃。"

我慌忙捂住嘴巴，然而为时已晚，实乃梨用疑惑的语气问道：

"金牛座JUNTA的……什么？"

"没什么。"

我飞快地搪塞着。

"怎么可能会没什么？"

"真的没什么，总之千万不要放松警惕，他是个彻头彻尾的人渣……喂，实乃梨？"

电话被挂断了。我收起警棍，低头看着掉在陶瓷地砖上摔碎的牙杯。

杯子摔得很碎，看样子再也粘不起来了。

6

通往藤泽的电车几乎坐满了人，小满一言不发地望着窗外的雨。

小满说周六学校放假，所以非要跟着我一起去叶崎。我觉得与一个陌生的调查员相比，还是水地加奈的朋友更容易让对方开口，于是便带她过来了，但心里依旧空落落的，没什么底。

"小满拜托你照顾了。"

今早我打电话把这件事告诉给平义光，他只是有气无力地这样说道。

"带她出去的是叶村小姐，我们也能放心。"

要是知道昨晚在警局发生的纠纷，真不知道他还放不放得下心，但我没有多说什么。自从得知那起绑架案后，我便愈发能理解他身上那沉重的压力了。

"能给我看看水地加奈的照片吗？"

小满露出一副嫌麻烦的表情，但还是点了点头，继而从包里掏出一本相簿。那是将六本相馆的赠品相簿合订成一册的手工工艺品，封面用厚纸和布料制成，看上去相当精美。

"很可爱，你自己做的？"

"我喜欢做这些。"

小满羞答答地一笑，翻开其中的一页用手指着说：

"她就是加奈。"

那是一张带有泷泽美和的合影。

加奈人长得很漂亮，双眼细长，单眼皮，留着露额发型，或许是表情的原因，看上去规规矩矩的，但嘴唇又厚墩墩的，透出几分妩媚。美和开心地挽着加奈的胳膊，与其他照片里一样天真无邪地笑着。

照片下面贴着可爱的标签，上面用蓝笔标注着两人的名字与拍摄日期，是去年十二月十日。

"是我们仨一起看电影时拍的，最近一张带加奈的照片应该就是这张了。"

"能借我用用吗？"

"送给你了。之前丢过一次，所以就增印了，我有底片。"

"丢了？"

我还以为她非常珍视这些照片，可小满噘着嘴说：

"这么吃惊干吗，我也不知道什么时候突然就不见了。"

我翻了翻相簿，发现里面也有我从亚寿美那里借来的那张美和母女、柳濑绫子与小满四人的合照。这样的照片有好几张，她们在里面摆出许多种不同的姿势。

"这是？"

"美和妈妈叫我们去庆祝美和的生日，这是当时照的。"

"没叫加奈过去吗？"

"可能是加奈嫌自己'美和乳母女儿'的身份不太合适，所以就没来吧？我也不太清楚。"

光是看到亚寿美房间里的照片时，我还一心以为那是用延时拍摄功能拍出来的，但与其他照片比较后就能明显看出并非如此。

"这些照片是谁拍的？"

小满似乎十分困倦，迷迷糊糊地点着头。

"哦，野中叔叔拍的。"

我好像记得这个名字。

"你说的野中，是那个二八会成员，担任企业顾问公司社长的野中则夫吗？"

"嗯，是个从美国回来的'硬汉'派大叔，你认识他？告诉你一个秘密，他满口都是假牙喔。"

"我看他年纪还不算大啊。"

"不不，真的拔光了，换成了满口的陶瓷牙。他还很骄傲呢，觉得那是身份与地位的象征。所以我从不相信那些牙齿亮闪闪的人。"

我忍不住"噗嗤"一声笑了出来，小满噘着嘴说：

"说是搞什么企业顾问，经营建议之类的，其实都是骗人啦。爸爸也说过，他做的无非是以追求利润为名，建议人家的公司进行结构改革，解雇底层员工，要么就是让员工相互竞争，好不容易节省下来的利润却还是归了上层。这样一来，公司里剩下的就都是些除了溜须拍马之外一无所长的员工，长久下去对所有人都没什么好处。说到这的时候爸爸都生气了。"

小满会这么想，不禁令我大感意外。

"你和你爸爸经常谈论这些？"

"偶尔啦，偶尔而已。"

小满撇出这么一句，似乎觉得这种话题十分无趣。

我原本还想多问几个问题，但马上要到藤泽了，于是只问了最关键的。

"然后呢？为什么野中当时在场？"

小满耸了耸肩，好像在说"不必问"似的。

"因为他是美和妈妈店铺的合伙人吧。整天讲些无聊透顶又老掉牙的冷笑话、问我们那些不回家的女孩子们到底都在想些什么、还喜欢偷看别人的笔记和相簿，可烦人了。"

我们在藤泽乘坐巴士来到叶崎站站前。在小满的带领下，我们又搭上出租车前往泷泽的别墅。别墅里凑巧没人，但能看到叶崎海岸上有几个孤零零的人影。

叶崎半岛凸入太平洋内，泷泽的别墅就建在半岛末端的一座小山丘上。主人不惜重金用上好的石材建造了这栋别墅，但在一片雾雨迷蒙当中，它也只是显得格外凄凉。

管理员夫妇住在山丘下一座小巧而整洁的房子里，附近的人家看上去也都是一派别墅风格。面对我们的突然到访，管理员夫妇似乎没有过于惊讶，或许是已经习惯了陌生人的到来。夏日将至，整个叶崎在低矮的云层下显得充满倦意，我这个侦探的来访，至少为这里带来了一丝刺激。

"水地家和我母亲那边有远亲的。"

当那位姓东间的管理员问起来意时，我用的是"我们是水地加奈的朋友，她现在遇到了些麻烦，我们打算帮她的忙，所以想知道她的身世"这种牵强的理由，不过对方并未多加怀疑，一边把手肘支在桌上剥着花生，一边滔滔不绝地讲了起来。

"这间泷泽别墅的土地上曾经建着祭祀蛟[1]的神社，你们知道蛟是什么吗？"

"是龙的一种吧？又写作'鲛'。"

"知道得不少嘛。没错，就是类似于水神的神灵。担任神社神主的向来都是水地一族。传说中水地一族有位祖先是渔家的姑娘，一次她的渔夫父亲在暴风雨中失踪，为了祈求父亲平安归来，这位姑娘以身投海。几天后她的父亲平安归来，得知女儿的做法后，渔夫悲痛欲绝，整日叹息。然而有一天，一只鲨鱼[2]被冲上海岸，腹中有个玉石般晶莹的婴儿。父亲觉得这孩子一定是嫁给了蛟龙的女儿送来的，于是悉心养育着他。孩子长大后力大无比，非同寻常，而且无论遇到什么狂风暴雨，只要他一祈祷，海面立刻就会风平浪静，哪怕附近的其他海域长年打不到鱼，这片海域也始终鱼虾丰厚。据说直到明治维新过后，鲛神神社与前面的猫岛明神改为共同祭祀之前，那里都是渔夫们最虔诚、最重要的祭拜之处。"

本来是打听加奈的事，对方却滔滔不绝地讲起了历史传说，一时给小满听愣了，我则是拼命忍着不笑出来。

"总之因为这样，水地家在这一带算是名门贵族。我父母结婚时

1　日语中"蛟"音同"水地"。

2　"鲨鱼"在日语中为"鲛"。

也遇到了不少麻烦——水地家，也就是母亲的亲戚们觉得父亲这边代代都是平凡的渔夫，强烈反对这桩婚事。还说两家门不当户不对，母亲这样做是给水地家丢脸。不过母亲早在结婚之前就一直在当地的渔业行会工作，我倒觉得没有什么不般配的，而且不管怎样，那些传说都已经是很久以前的事了。"

东间太太为我们端来麦茶，一边打开我们在新宿小田急线乘车处买给他们的年轮蛋糕一边插嘴说道：

"嗨，现在不也是那个样子？前阵子水地的堂兄弟还发牢骚来着，说亲戚太烦了，这样下去让人怎么结婚。都快四十的人了，怪可怜的。"

水地加奈还有亲戚——这个消息让我打起了精神。但东间对自己的太太摇了摇头。

"事情得按顺序讲，不然这些外地的朋友怎么听得懂呢？"

东间太太微微一笑，轻轻向我们使了个眼色，仿佛在提醒我们这件事够他唠好一阵子的。

"加奈的父亲三郎，人如其名是水地家嫡系三子。当时水地家开了间小型干货厂，所以三郎初中一毕业就去了横滨汽车厂工作，过了二十岁与明石香代相识并结婚。香代的老家也在叶崎，虽然没有显赫的门第，但家里却拥有不少土地。毕竟是三儿子，所以家里在娶妻这件事上也没太为难他。"

伴随着清脆的声音，东间先生继续剥着桌上的花生。

"可是在加奈出生后不久，水地家的大儿子与二儿子遭遇车祸去世了，于是家人们赶忙把三郎叫回来，他就这样成了家里的继承人。本来香代完全有资格做三儿子的妻子，但婆婆却说她做继承人配偶是不够格的。唉，那个老太婆，真是个鬼见愁！"

"老公。"

"有什么不对吗？就这样，她以家世低下为由硬是撵走了香代。虽说未加反抗的三郎也够窝囊的，但要是违抗那个老太婆，也确实没好果子吃。这个水地家，以支持干货厂经营的名义卖光了香代从父母那里继承的土地，结果孩子刚一出生就把人家撵走，有这样做事的道理吗！"

"不好意思呀。"

东间夫人向我们赔笑道。

"他过去对香代有点意思，所以一提这事儿就忍不住发火。"

"年纪一大把还吃醋，我只是可怜香代而已。"

"觉得可怜，还不就是迷恋人家。"

东间太太插科打诨地说，东间不耐烦地挥了挥手，小满被逗得大笑起来。

"先不理我太太。"东间摸了摸脸，继续说道。

"香代和我母亲关系不错，因为母亲也吃了不少水地家的苦头——她与父亲结婚时也遭到了反对嘛。当时父亲的家人也很生气，骂他们不过是一群下三滥而已，装什么名门望族。甚至在婚礼上，母亲还被人说了不少坏话。所以她很理解香代，从没把她当过外人。香代被赶出家门时身无长物，只剩身上那套衣服，所以母亲就把她介绍

给泷泽老爷，帮她找了份照顾美和小姐的工作，香代就这样留在泷泽家里。"

"水地加奈知道这件事情的来龙去脉吗？"

"加奈刚上初中时，我母亲把这些事情告诉给她，于是她也思念起自己的母亲来。后来香代母女就瞒着老太婆，每年在这边的别墅里见两次面。香代盼望着将来能够和女儿生活在一起，好不容易愿望成真，却刚过一年多就撒手人寰，真是没有福分。"

"可不是嘛。"

东间夫妇说罢不禁相对而视。

"那个恶魔——哦不，是加奈的祖母和父亲也都去世了吗？"

"是的，已经死三年了。三郎是因为胰腺癌去世的，这也是那个老太婆恶有恶报。三个儿子都让她白发人送黑发人，就算是恶魔也吃不消吧，最终她也倒在了三郎的葬礼上。于是水地家的家产就过继给了加奈的弟弟……"

"等等，加奈有个弟弟？"

我望向小满，只见她一脸惊愕地摇摇头。

"三郎和香代离婚后，与一位老太婆认可的女人再婚，并生下一个叫哲朗的男孩。哲朗的母亲叫里美，是个精明强干的女人，她把干货厂改成了便当加工厂，专门生产叶崎有名的猫岛豪华便当，知道那个吗？"

"我知道哎！"

小满大声说。

"我在杂志上看过，是那个将便当盒做成猫脸形状摆成两层，由京都老牌料理店的板前研发出的便当对吧？每天只做三十份，过量不售，所以很不容易吃到。杂志上说就连便当盒都是珍贵的收藏品呢。"

"用文蛤煮的米饭，配上竹荚鱼腌泡汁，加上用叶崎本地农场养殖的牛肉做成的炸肉饼，一份能卖到两千八百块钱。多亏了这个，工厂的订单源源不断，所以即使三郎死了——当然他对生意也没什么贡献——水地便当加工厂依旧盛名不减，如今依旧生意兴隆。"

东间端起麦茶"咕嘟"喝了一口。

"后来呢，老太婆死后，加奈就提出要和香代住在一起，这件事在水地家里闹得满城风雨。有的亲戚在心里打着如意算盘，想让加奈继承便当加工厂，自己则在背后掌握实权，但加奈的性格也是既死板又耿直。虽然她与里美相处得不太和谐，但依然表示工厂是由继母一手经营起来的，决定放弃自己继承的那部分遗产后离开家门。"

"里美太太同意吗？"

"她在心里或许是巴不得加奈离开吧，但当着亲戚们的面总不能表现出要把她赶出家门的样子。一阵推让之后的结果是——加奈的原户籍不变，从父亲那里继承的产权折算成金钱，由里美和哲朗支付给加奈。于是这件事就这样尘埃落定了。"

"说实在的……"

东间太太又插嘴道。

"其实加奈离开家门，背后似乎还有隐情。如果不这样做，会有

亲戚强迫她嫁给别人。连那些动不动就计较血缘门第的家伙们，也在觊觎着她继承的那份财产，想让她嫁给表兄弟或堂兄弟之类的人呢。真可怕，都已经二十一世纪了哎。"

小满像是在听异世界发生的故事一样直翻白眼。

"刚才您说加奈拿到了产权折成的一笔钱……"

"是的，那些钱似乎都花在香代的治疗费上了。加奈三月份来这边时，还在因为没钱给母亲修墓而为难。"

"墓地？"

我和小满异口同声地说。东间夫妇用怀疑的眼神望着我们。

"是香代女士的墓地？"

"是啊，三年前，明石家的墓地被台风吹毁，如今连墓碑也没有，光是在上面铺了块石板。想修复的话要两百万元，但加奈根本出不起这笔钱，于是美和小姐就帮她出了……"

"美和？"

小满望着我再次大声说道。东间开始仔细地端详起她来。

"我说小姑娘，你是美和小姐的朋友、泷泽老爷朋友的女儿吧？我记得好像见到过你。"

"我是平义光的女儿，来过这边两次。"

小满稍显僵硬地答道。原本她还想说些什么，但我在桌子底下踹了她一脚。

"是美和介绍她与加奈做朋友的，但最近联络不上加奈，所以才想要寻找她。"

"联络过美和小姐吗？"

东间夫妇似乎对此次事件一无所知。于是我抢在小满前面说：

"美和在别墅这里吗？"

"没有，今年我们还没见过她呢。"

"是这样啊——那加奈后来呢？回来修缮过墓地吗？"

东间太太想了想说：

"不清楚哎，过年那会儿见过她一次，但后来就没见过了。三月过半的时候她好像与三东寺的主持见了一面，或许是过于忙碌，马上又回东京去了。"

"加奈她不在东京吗？"

终于连忠厚直爽的东间先生也开始起疑了，我瞥了小满一眼说：

"这个女孩之前与加奈吵了一架，想找她和好时才发现加奈已经从原来的住处搬走了。没能向朋友道歉令她十分难过，本以为到了这儿就能联络上加奈了……"

"……都怪我不好。"

小满低声说着，配合我一起演戏。

"哎呀，原来是这样子。那去水地家问问里美女士或是哲朗可能会更好些。"

我回道"我会的"，随后问清了水地家的住址。管理员夫妇热情地将我们送出家门。走到足够远的地方时，小满生气地说：

"为什么要骗他们？就不能老老实实地讲出实情吗？他们又不是什么坏人，这样我很不好受耶。"

"他们的确是好人，但是口风太松了。"

"多亏这样，我们才知道了许多加奈的事。"

"是啊，本以为加奈已经没有近亲，但其实她还有个继母与同父异母的弟弟，这下就柳暗花明了。"

"怎么柳暗花明了？"

小满快步向前走着，我追不上她，只能提高声音说道：

"加奈还有家人，只要问问他们，就能清楚加奈是不是真的失踪。但在问清情况之前，还是要对她消失的这件事保密。"

小满停下脚步，站在原地等着我拖着右脚走来。

"叶村姐……"

她开口说道。

"刚才他们提到了墓地不是吗？她会去做那个条件优渥的兼职，就是因为这件事吧？"

"或许是的。"

"美和是打算借钱给加奈修缮墓地对吧？"

"如果那个管理员的话真实可信，或许就是这样子的。"

"而加奈应该是决定把这笔钱还给美和，因为她不想欠美和的人情。"

"这种想法也是较为合理的。"

"可是三天能赚两百万的兼职，哪怕援交或贩毒也赚不到啊。"

小满趴在护栏上低头望着大海，丝毫不在乎会被上面的水滴沾湿衣服。

"虽然我觉得不太可能……"

"什么？"

"先不提绫子，加奈应该不至于去拍ＡＶ（成人影片）赚出演费，所以我想到的是……"

"想到什么？说来听听。"

"应该不会，我觉得应该不会是去卖了肾脏之类的器官吧？这种事不是来钱很快嘛。加奈或许觉得这样还能帮助受苦的人，就心甘情愿地去做了。"

小满的语气相当认真，但我表情严肃地否定了她的观点。

"贩卖器官是违法的，也没那么容易找到买家。而且听了你的描述，我觉得加奈还算是个思想正常的人。"

"是啊。"

"刨除那种'不立即拿出两百万就有人会死'的特殊情况，一般人也不会仅仅因为借了朋友的钱修缮墓地，就使用危险而违法的手段弄钱吧？"

小满的肩膀泄气般垂了下去。

"唉，也是。"

7

我们乘坐巴士又一次回到站前，在叶崎东银座商店街的一家咖啡厅里吃过午餐，随后打了辆出租车前往水地便当加工厂。

水地里美一开始不同意和我们见面，我们与员工多次交涉后，她才答应空出十分钟给我们。

出现在便当加工厂二楼会客室的水地里美，看上去只是个平平无奇的大婶。尽管是工厂经理，却没做过多打扮，身上只穿着朴素的罩衫和裙子，加上一件披在最外面的对襟毛衣。尽管整洁利落，但看上去依旧觉得脏兮兮的，她本人也给人以这种感觉。

"加奈行踪不明……可我也没什么辙呀。"

由于对方是家人，这次我直接讲述了真实情况，但里美却只是摆出一副为难的态度。

"姑娘家家的，或许是找到男朋友了吧？泷泽家的女儿也来问过加奈的事。"

"美和来过这里？"

"应该是上个月中旬吧，气势汹汹地跑过来问我知不知道加奈在哪儿。好像还说加奈欠她钱之类的……抱歉。"

一通电话打来，水地里美起身去接，小满小声对我说：

"她的意思是美和是来要钱的？美和才不会做那种傻事！"

"你别多嘴。"

里美打完电话后回到这边。

"我对泷泽家的女儿说，我虽然是加奈的继母，但最近她没来过这儿。上次见到她还是给她父亲做法事的时候，我根本不清楚她在过着什么样的生活。所以即使来这儿，关于加奈我也没什么可谈的。"

"加奈失踪的方式极不自然，她从三月十六号起就失去了联络，公寓管理员说她搬走了，但住民票上的住址却没有变动。还有，您知道发生在泷泽美和身上的事吗？"

与东间夫妇一样，水地里美也不知道美和失踪一事，看来因为她是未成年人，媒体只进行了匿名报道。

我将美和失踪、柳濑绫子遇害、凶手自杀以及美和有可能被同一凶手杀害的这些事依次讲给她听。

"意、意思是加奈也被牵扯进了这起案子里……？"

"这个还不清楚。不过至少请您报警，拜托警方进行搜查。"

"可是如果加奈遭遇什么不测，警方不是会主动联系我们吗？"

"犯人已经自杀，因此我认为警方很难判断他究竟做过什么或没做什么。"

里美保持着一手扯住毛衣下摆，一手扶额的姿势沉思良久。

"……我明白你的意思了，请给我点时间考虑一下。"

小满跳起身来，把我吓了一跳。

"还要考虑什么？向警方提交寻人申请需要考虑什么吗？要是有这个时间……"

"那我们就此告辞，加奈的寻人申请麻烦您了。"

我拽着小满走出工厂，她用力甩开我的手。

"不是说好了不能干扰我吗？"

"但她也太冷血了吧？就算加奈不是她的亲生女儿，也不能彻底不闻不问呀！"

"要是有人突然告诉你，你的继女被牵扯进了某起案件当中——

251

你会二话不说就相信吗？"

"我们显得紧迫些，才会让她着急呀。"

我叹了口气说：

"咱们俩谁是侦探？你还是我？"

"你是在逗我吗？"

"在你还上小学时，我就干这份工作了。不管任何行动，都要有一个恰当的理由才行。虽然这不一定是什么金科玉律，但调查员如果感情用事，大多情况下都会把事情搞砸——这是千真万确的事实。"

"看她那个反应，会提交寻人申请吗？"

"我觉得应该会。既然加奈与已经公开的案件有所牵连，若不提交寻人申请，传出去面子也不好看。"

"啊啊，真是气死人！什么面子，什么血缘的，我最烦这些东西了！"

我没应她的话。十七岁有十七岁的面子，成年人也有成年人的排场。

气呼呼的小满直到我们了了三东寺也没有开口。三东寺的主持不在寺内，等他回寺期间，我们俩在这儿闲逛了几圈。这座寺庙里供奉着国家重要文化财产——爱染明王[1]像，佛像被收纳在一个玻璃展柜当中。

1　爱染明王，梵名Rāgarāja。音译为罗哦罗阇。略称爱染王。为密教诸尊中，住于大爱欲与大贪染三昧之明王。外现愤怒暴恶状，内证则以爱敬而令众生得解脱。

"它的名字里带有'爱'字，为什么表情还会这么可怕？"

跟在我身后的小满把额头贴在玻璃展柜上问。

"它的爱可能是体现在'救人于危难之中'吧。"

"那又怎么说？"

"孩子要被车撞到时，哪个母亲会露出圣母玛利亚般的微笑呢？"

"唔……"

我撕下贴在柜子上的小满，漫无目的地向墓园走去。我在那里看到了几座没有墓碑的坟，但无法分辨出哪一个是明石香代的。只有几束枯萎的花朵与未燃尽的线香留在坟前的蒙蒙细雨中。

回到正殿后，我发现小满正与一位男子谈话。

"叶村姐，他说他是加奈的弟弟。"

"我叫水地哲朗，听说你们方才和我母亲谈过，于是就追来了。"

哲朗规规矩矩地打了个招呼。他是个与加奈同样肤色白皙的少年，戴着一副眼镜，身穿纯白T恤和牛仔裤，如今正端坐在榻榻米上。

"姐姐失踪的事，上个月我和母亲就从泷泽姐口中听说了。"

哲朗用成熟而稳重的语气讲述着。

"不过我们早在过去就不太了解姐姐的想法，所以也没怎么关注。泷泽姐提到借给姐姐钱买墓碑的事，但没太说到点子上，搞得母亲还以为她是来讨债的。直到后来我们才问清，根本不是这么

回事。”

“你最后一次见到姐姐是在什么时候？”

“三月十一日。”

哲朗干脆利落地答道。

“那天是星期日，姐姐打来电话，说她在这间寺院里，让我过来一趟。母亲与姐姐的关系一向不太融洽，所以她才没回家吧。因为我中考合格后发邮件告诉姐姐，所以她买了礼物来祝贺我。”

“加奈给你买了什么？”

小满兴致勃勃地问道。哲朗推了推眼镜笑道：

“名人传记的纪录片电影。我们都很喜欢电影，过去父亲常常会带我们去看。”

哲朗对小满可谓知无不言，多亏有她，我也轻松了些。

“当时加奈说过什么话吗？比如说想要改变生活，或是想换新工作之类的。”

“泷泽姐也问了同样的问题，不过姐姐似乎很中意在电影院的工作，说工资虽然不高，却能看到一些非常稀有的影片，还向我炫耀呢。”

“假设，我只是说假设，有人找你姐姐拍电影的话，她会二话不说，立刻就答应吗？”

“这个嘛……”

哲朗陷入了沉思。

“姐姐是喜欢看电影，也说过‘真希望能有人请我写观影随笔’

之类的话，但拍电影嘛……如果只是为了丰富阅历，或许她会参加，但前提恐怕得是有人正儿八经地介绍给她这种工作才行。姐姐虽然容易冲动行事，总的来说还是认真稳重的，她很清楚如果没有熟人介绍，这种拍电影的工作十有八九都是骗局。"

这话听着真不像是个高一学生能够说出来的。还没等我问出下一个问题，小满就插嘴道：

"这么说来，加奈曾经被人骗过？"

"是啊，不过被骗的不只姐姐一个。当时有人宣称要让我们家工厂做的便当在电影里出镜，还想借用工厂进行外景拍摄，父亲喜出望外，全力协助对方，后来他们又问父亲要不要当赞助商，母亲觉得可疑，调查了对方的底细，这才发现这是场骗局。"

"听说你妈妈是个手段高明的企业家？"

面对小满的揶揄，哲朗的语气依旧平静。

"手段高不高明不清楚，但能让我衣食无忧，也能把我送进私立学校读高中就是了。"

小满有些尴尬，于是不说话了。我强行扳回话题。

"加奈提过生母墓地的事吗？"

"提过，她说总有一天要给坟墓换上正经的墓碑，但是有一件事让她发愁。"

"什么事？"

"她说泷泽姐——当时姐姐还没提她的名字——一个有钱的朋友，催姐姐赶快把墓修好，钱由她来出就可以。可即使是有钱人，对

方依旧是个年纪比自己要小的女孩，不能让她出那么多钱。姐姐还发牢骚，说为什么她肯为一个外人做这么多，不过没关系，最近自己或许也能赚到一大笔钱。"

"怎么赚？"

哲朗拨了拨垂到前额的刘海。

"好像是游戏之类的。"

我和小满相互看了一眼。

"游戏？什么游戏？"

"不太清楚，我觉得是电视上那种有奖竞猜之类的活动。当时我问她'不是什么危险的游戏吧'，她却说'哪儿有绝对安全的游戏呢？'。我被吓了一跳，可她却边说边笑。"

哪有绝对安全的游戏？

"哲朗小弟，能仔细回想一下吗？有关这个游戏，你姐姐还说过别的话没？"

"嗯……"

哲朗摘下眼镜揉了揉眼睛。

"泷泽姐也这么问过，但姐姐好像没说别的，只提过这个游戏'听说是朋友介绍给她的'。"

"等等，听说朋友介绍的？"

"嗯。"

"也就是说，不是朋友直接介绍，而是有人对她说'你的朋友介绍你参加'？"

"应该是这样吧。"

水地加奈在留言条上写的是"绫子介绍给我的兼职",也就是说,有人假借绫子之名接近加奈,为了不引起怀疑而表示这是柳濑绫子介绍给她的兼职,而加奈也信以为真,所以才会那样写的。

然而小满与美和都一口咬定,柳濑绫子并没有为水地加奈介绍兼职。

给加奈介绍兼职——或者说那个游戏的人应该同时认识绫子与加奈。

"泷泽姐也很关心这件事。"

水地哲朗突然冒出这么一句。

"听我说完后,她变了脸色,一言不发地走掉了。究竟是怎么回事?"

"暂时还不太清楚……你还能想起其他加奈说过的话吗?"

"没有了。"

"与游戏没有直接联系的话也行,比如说意义不明,或是在说完后突然岔开话题的话。有吗?"

"……好像是有一句。"

"是什么话?"

"不过我觉得肯定没有什么意义。"

哲朗的脸上露出一副苦笑。

"我上初中时加入过历史研究社,所以和姐姐聊天时,我说真希望高中也能有类似的社团,这时姐姐突然提起了因幡之白

兔[1]的故事。"

"因幡之白兔？"

"都说了没意义……"哲郎快速地说道。

"就是那个兔子骗鳄鱼给自己搭桥，谎言暴露后被鳄鱼剥皮的故事。虽然《古事纪》[2]当中写的是鳄鱼，但在海里面的应该是鲨鱼吧？'鲛'，与'水地'发音相同，你知道吗？"

"算是吧……"

"鲨鱼（蛟龙）会变成兔子。"

---

1 "因幡之白兔"的故事出自《古事纪》，讲述的是——日本开国之神"大国主神"在未首册封之前有八十位异母兄弟，总称"八十神"。大国主神性情温顺，八十神则邪心极重。一日众兄弟出发向因幡国的八上姬求婚，八十神强迫大国主神当作随从，替众兄弟背负行李。当一行人来到气多海岬时，发现一只全身皮毛被剥掉的兔子在海边痛哭。原来白兔想从淤歧岛前往因幡国，但两地之间是茫茫大海，中间没有桥梁，于是白兔想出一个主意，它对海里的鲨鱼说："你们想知道是鲨鱼的数量多，还是兔子的数量多吗？只要在海中排成一列直到对岸，我在你们背上数数就知道了。"于是鲨鱼排成长列，兔子踩在鲨鱼的背上渡过了大海，但离海岸仅有一步之遥时，兔子得意忘形地说："笨鲨鱼，你们被我骗了！"鲨鱼听后大怒，剥掉了它的皮把它扔在海岸上。恰巧八十神路过此地，便假意说道："太可怜了，你只需去海里洗洗，再让风吹干，伤口就会愈合。"白兔照办后更加痛苦不堪。此时落后于众兄弟的大国主神赶到，忙向白兔建议道："你先到河里用淡水洗身，然后在河边的香蒲絮里滚上一圈，就能恢复原状。"兔子照做后果然长出新皮。白兔为了报恩向大国主神许下祝福"八十神求婚必定失败，而你即使背着包袱，八上姬也会选你作为夫婿。"后来果然八上姬对大国主神一见倾心。

2 日本第一部文学作品，包含了日本古代神话、传说、歌谣、历史故事等。

258

"……什么？"

"这是姐姐说的。她说'鲨鱼（蛟龙）会变成兔子'，我完全没听懂，不过姐姐从前就偶尔会说些莫名其妙的话，所以我也没怎么放在心上，仅此而已。"

8

三东寺的主持是个乐天而洒脱的人，但对调查没能起到什么作用，我只从他口中确认了水地加奈与泷泽美和在三月中旬和四月上旬分别拜访过三东寺的事。

分别时水地哲朗与我们约好，即使母亲不向警方提交寻人申请，他也会提交的。我建议他到时候尽量告诉警察这件事可能与柳濑绫子遇害有关。尽管不清楚武藏东警局的柴田要针对水地加奈一案会怎么做，但即使过去未加调查，这样一来也该有所行动了吧。

我们返回东京时先到横滨，再乘坐东横线直奔涉谷。途中我多次试图与实乃梨取得联络，但她既没去图书馆上班，往家里打电话也只有留言。

来到涉谷后我对小满说要去柳濑绫子家里看看，因为我想向她的家人打听一下那个水地加奈与绫子共同的熟人，还有自称是加奈叔叔的那个人。

"你怎么办？要不先回家吧。"

"我和你一起去。"

小满咽了咽口水后斩钉截铁地说。我带着怀疑的语气问：

"没关系吗？会很不好受吧？而且我也不抱期望能有什么收获。"

"没关系。而且叶村姐，你不觉得有我在更加合适吗？毕竟我真的是绫子的朋友。"

我往柳濑绫子家打了个电话，说想过去给她烧一炷香，对面的女声敷衍了事般地将住址告诉给我。原来沿着泷泽喜代志宅邸前的道路笔直走上三百米，位于拐角处的住户就是柳濑家。绫子的葬礼早已办完，各个电视台的采访也已偃旗息鼓，住宅街恢复了往日的宁静。

柳濑家的门厅处弥漫着除臭剂与芳香剂混合在一起的味道，绫子的母亲在那里迎接了我们。

女儿遇害，生前与凶手有过毒品与肉体交易的事被搞得人尽皆知，随后又遭遇了媒体狂轰滥炸式的采访，尽管如此，这位母亲在见到我们时依旧衣衫整齐，头发也一丝不乱，甚至能在她身上闻到淡淡的香水味。

"感谢两位特地过来看望小女，请进。"

她熟练地摆好拖鞋，将我们请进房间。当我们走进客厅时，发现里面仿佛一片花田，有带着花朵图案的窗帘、带着花朵图案的坐垫、用干花做的花环以及放置在各处的薰衣草芳香剂。

布置成少女风的客厅一角摆放着坐垫、骨灰坛、灵位与遗像。遗像中的绫子看上去完全不像小满相簿里那个浓妆艳抹，顶着一头华丽卷发开怀大笑的少女，倒像是只被薅了毛的鸡，目光也死气沉沉，显得呆里呆气。

我点上线香，对着遗像双手合十。小满也学着我的样子正坐在带有花纹图案的坐垫上，只不过她胳膊长腿也长，动作显得有些僵硬。我替小满讲清了她与绫子的关系，但绫子的母亲只是安静地坐在地上摆弄盆栽，甚至让人怀疑她究竟有没有听我讲话。微风吹进窗户，将薰衣草的香气带入了我的鼻腔。

等我把话说完，绫子母亲看着小满说：

"我听警察说，绫子遇害之前和朋友约了出门。"

"是的，那个人就是我。"

小满用细微到几乎听不见的声音回道。

"是吗……"

绫子母亲又摆弄起了带有鲜花图案的连衣裙下摆。

"我们做父母的，根本不知道孩子平时在和谁交往。绫子出事后我们联络过她学校里的同学，但没能联络你，真是不好意思。"

"哪里……"

"介绍你和绫子认识的人，叫水地加奈是吧。"

"是的。"

"泷泽美和那个孩子我也见过，她家离这儿不远。而且在她失踪后她父亲来过这里，所以我还记得。听说杀害绫子的凶手对美和也下了毒手？"

小满嘴唇颤抖，说不出话。我在一旁帮腔道：

"美和曾经对绫子伸出过援手，所以得知她失踪后，绫子一定是想要寻找她。"

"要是绫子没有去多管闲事就好了。"

绫子母亲用呆滞的眼神望着我。

"光重视朋友，对家人就不管不顾，现在的孩子们为什么都是这样？与父母说半句话都嫌多，跟朋友打电话就一谈几个小时，这是为什么呢？"

最后那句话是问小满的。

"最担心孩子安危的是父母，可为什么孩子就只担心自己的朋友，为什么呢？"

"柳濑阿姨……"

"对我们不屑一顾，自顾自地跑出家门游荡，又自顾自地丢了性命，给我们添了那么多麻烦，却连对不起也没说过一句就这么走了。就这么讨厌妈妈吗？为什么一定要讨厌我？我究竟做错了什么？"

绫子母亲轻声地牢骚着，但盯着小满的目光却像极了一条乞食的野狗。我慌忙打招呼准备告辞，但小满打断我的话，并对绫子的母亲说：

"绫子总是抱怨父母啰唆、烦人，可提起全家要一起去夏威夷旅游时，却又显得满心期待。之前她嘴上和我说'爸爸只能放四天假，这年头只去夏威夷玩四天两夜，也太小气了吧'，可是却满脸都写着高兴。"

"……是真的吗？"

绫子母亲殷切地问道。小满别开视线，站起身来。

"真的，当时我真是打心眼儿里羡慕着她。"

直到我们离开时，绫子母亲依旧呆呆地坐在地上。

走出柳濑家后，一张熟识的面孔向我们靠近过来。

"哟，叶村，你来这儿干吗？"

原来是武藏东警局的柴田要，他依旧摆着张臭脸，但或许由于背后就是速见（失聪）刑警，所以语气还算没那么冲。

"我来看看这孩子，给她上一炷香……"

没等我说完，柴田就打断我的话。

"你强迫泷泽美和的母亲，逼她让你继续进行调查了吧？你就这么想工作，不惜做出这种事？"

"我说，柴田……"

"借着人家女儿遇害的事为自己捞钱，真是差劲透了。"

"是吗？看来警方已经找到泷泽美和了呢。"

柴田一时无言以对，退了下去，换成失聪警官走上来问：

"你对柳濑绫子的母亲说了些什么？"

"没说什么，以她的心理状态，我顶多只能表达一下哀悼之情——我倒是想和你们谈谈水地加奈的事。"

柴田似乎顿觉不妙，速见没有察觉到他的反应，只是惊愕地回望着我。

"水地加奈？小岛雄二的名单上也有这个名字。她与柳濑绫子的关系似乎非同一般。"

看来柴田要似乎从未向速见刑警提过我早已关注水地加奈一事。

权衡利弊后，我还是毫不犹豫地决定：与其在同事面前揭露他的疏失，享受复仇的快感，不如卖他一个人情，方便以后行事。

"泷泽美和、水地加奈与柳濑绫子，三个人是关系亲密的朋友，这件事没人和你提过吗？"

"没听说过。"

"警方也没有对名单上的女孩子们进行追踪调查？"

"这个……"

速见不说话了，只是咳嗽几声，附近几个好奇地望着我们的居民都走开了。看来柳濑绫子家在案件发生后成了个小小的名胜，站在她家门口谈话，自然也会吸引不少视线。

随后我们上了速见的车，速见坐在副驾驶席上直截了当地说：

"如你刚才所说，我们还没能找到泷泽美和。她与小岛有所关联的地方就只有那张名单，至于她的物品更是完全没有发现。"

看来我没猜错。

"小岛自杀一事让我们颜面尽失，局内现在也是人心动荡，根本无法完成细致周密的调查。小岛杀害了泷泽美和——这种推测的依据只有那张名单、柳濑绫子以及在美和失踪一个月前与小岛会面的目击证明而已。"

速见刑警说完，捋了捋头上花白的头发。我突然想起他似乎与长谷川所长有所往来。

"如今局里的倾向是——无论什么坏事，总之先都推到小岛身上，让他背着这些黑锅进坟墓去——但我无法接受这种观点。"

"喂，速见！"

柴田大张着嘴巴，速见却只是抿着嘴笑了笑。

"我听长谷川说你很想看那张名单，要是我说可以给你看呢？"

"你有什么条件？"

"快人快语，不愧是长谷川的秘密武器。条件就是提供你现在掌握的信息吧。"

"成交。"

我当即答道。

"不过你们得先告诉我一件事。柴田刚才说我强迫泷泽美和的母亲让我继续进行调查，这件事是听谁说的？"

速见向柴田示了个意，柴田不太情愿地开口答道：

"是一个男人代替辻亚寿美来向我抗议的。我答应了他，并表示会妥善处理罢了。"

"名单上那些女生们的追踪调查做得怎么样了？"

"基本都是女高中生，也有两个男生，虽然还没确认过全部，但至今还没有人表示自己与小岛雄二、柳濑绫子或泷泽美和有什么关系。"

"水地加奈呢，联系到她了吗？"

柴田板着脸摇了摇头。速见从副驾驶席上探过身来。

"这个水地加奈到底是什么人？为什么你们如此重视她的行踪？"

"想知道这个……"

我微微一笑，伸出手来。

"先把名单给我看看。"

"速见，我不是说过吗！她就是这种胡搅蛮缠的女人，跟她做交易，想不吃亏都不行。"

速见没有理会他喋喋不休的抱怨，直接从西服内侧的口袋里掏出警察笔记，把夹在里面的一张复印件递给了我。我打开那张纸，发现纸片不大，只有A6[1]尺寸，上面记录着二十人左右的姓名、住址、电话号码和邮箱地址。与其说是名单，不如说更像是电话簿的其中一页。

名单的最下方，美和、加奈与绫子的信息挨在一起。美和的名字旁边画着一个圆圈形的印记。

"我也看看。"

小满抢过复印件，盯着它看了看。

"能看出什么来吗？"

"能。倒不如说，这不就是我电话簿里的内容吗？"

"……什么？"

两位刑警顿时大跌眼镜。

"嗯，这是我用电脑做的，上面的人都是我的朋友。"

小满一边说"你们看"一边从包里取出一个小小的笔记本。笔记本是大学生常用的那种款式，做了可爱的封面，上面还扣了印章，与小满的相簿一样都是手工制作。她打开第一页给我们看了看，贴在上面的正是与"小岛雄二的名单"完全相同的纸张。

---

1 规格为105×148mm，文库本便采用此规格。

我们这几个大人顿时哑口无言，面面相觑。

"那它为什么会出现在小岛雄二的房间里？"

"这谁会知道啊？"

"小满，你见过小岛雄二吗？"

我突然想起绫子给过小满大麻，而小满也稍微用过一些的事。但小满极其自然地予以了否认。

"没有，怎么可能会见过嘛。不过……啊，对了！"

"怎么了？"

"我给过绫子同样的纸张。"

"什么时候？"

"不久之前，那天绫子喝得醉醺醺的，把电话簿给弄丢了……"

小满突然捂住自己的嘴巴不再说了，但无论速见还是柴田，此刻都没有闲心去追究未成年人饮酒的事。

"然后呢？"

"……所以她就问我要美和、加奈她们的联络信息，正巧我的笔记本上有记。当时是夹在口袋大小的透明文件夹里，但绫子嫌麻烦，就只拿走了那张纸。回家后我拿电脑里的文件给自己又复印了一份。"

看来当时柳濑绫子把这张纸直接装在包里。后来小岛杀害她后拿走了她的包，这张"名单"也就顺理成章地出现在了小岛的房间里。这事情的来龙去脉可真够简单的。

刚刚还哑口无言的速见突然仰天大笑起来。

"我们警察可真是误会大了，就这么死脑筋地把柳濑绫子遇害与泷泽美和失踪这两件事儿硬是牵扯到了一起，可没想到这两件事居然毫无关联！"

真的是毫无关联吗？案情尚未水落石出，会感觉到异常也是理所当然，但我还是希望警方能对泷泽美和的失踪进行重点调查。

随后我将自己查到的内容依次讲给他们听。

速见刑警立即驾车带我们向三鹰市下连雀赶去，富山公寓的管理员见了警察证，态度立马发生了一百八十度的转变，极尽殷勤地讲出了事情的原委——

原来在三月十九日星期一那天上午出现了一位自称是水地加奈叔叔的人，向公寓提出了解除租约的申请。至于为什么要解约，"叔叔"的解释是加奈被跟踪狂盯梢，而且行踪是她的朋友泄露给跟踪狂的，所以才会打算偷偷搬离这里。他还请管理员不要将加奈搬走的事透露给任何人，而管理员对房屋中介的老板——即加奈的房东也是这样叮嘱的。

那个"叔叔"开了一辆面包车过来，与随行的另一个男人一同搬走了加奈的行李，并委托管理员处理掉包括大件垃圾在内的其他许多垃圾。由于同情加奈的不幸，管理员痛快地答应了这件事。

"当然，也是因为他们付了我一笔丰厚的报酬。"

面对速见锐利的目光，老人浑身发抖。我不禁在心中大呼痛快。

"处理大件垃圾费钱费力，我又同情那个被跟踪狂骚扰的小姑

娘，打算帮她一把，所以前一阵子那位女士过来问时，我才没告诉她
的呀。"

管理员眯起眼睛垂下视线，速见没有理会他的借口。

"你看过他的身份证明吗？"

"没，没看，我看他不像撒谎的样子……"

"那个男的长什么样？"

"年纪在五十岁上下，穿着举止都很大方……"

"有什么特征吗？"

"发型是三七分，穿西装，戴眼镜，看上去非常有钱。"

"这也能算特征？"

速见连珠炮似的问着，丝毫不给对方喘息的机会。

"您就饶了我吧，当时那个人一副心神不安的样子，诉苦说自己
的侄女遇到了跟踪狂，而且打包行李之类的活儿也没让我来干。"

"你刚才说面包车上还有另一个男的，他长什么样？"

"他穿的像是工作服，戴着一顶棒球帽，帽檐压得很低，模样记
不清了。"

"什么样的工作服？"

"像快递公司驾驶员那样的橙色服装。一般对方穿着那种衣服，
都不会有人特地去注意长相吧，不过他的皮肤晒得黝黑，看上去不算
年轻。"

"面包车是什么样的？"

"白色，纯白色的，看不到车牌号。"

"处理掉的垃圾都有什么？"

"装着衣服或布制品的袋子、厨房用具、碗碟、桌子、暖风机，还有椅子之类的。"

"个人物品一点也没留下？"

"是的，带走的东西相当多。"

"她被没被跟踪狂盯上我不知道，但你觉得会有人在搬家时把家具都扔掉吗？"

"我还以为是现在的年轻人不懂珍惜……"

"过来搬家的不是个年纪在五十岁上下的男人吗？"

"我以为有钱人也是这样……"

速见叹了口气。

"然后呢？垃圾你全都处理掉了？"

"我觉得扔了可惜，所以看着还能用的就卖到废品处理店了。"

"我问的是这里还有没有。"

"这件事都过去两个月了呀……唉，真是倒霉透了，早知道是这样，当时我肯定立马报警。"

管理员大声吸着鼻子，摆出一副可怜巴巴的模样来。

房屋中介老板的证词和管理员的也差不多，说是那位"叔叔"过来还了钥匙，付了一个月的房租，谎称有跟踪狂，博得了老板的同情。那个男人年纪在五十岁上下，称自己的侄女被跟踪狂盯梢，随后便立即走掉了，因此没能记清他的长相。至于面包车的特征，他没把人送到店外，所以也不清楚。

"看来你的推测是正确的。"

问完话后回到车上，速见刑警对我说道。

"水地加奈极有可能被牵扯进了某起案件当中，但重点在于，究竟是什么案件。关于那个'游戏'，你有什么头绪吗？"

速见望着小满，后者只是慌张地把头摇得像个拨浪鼓。

"完全没有，美和只提过那是个待遇优渥的兼职。"

"是在年轻女孩之间流行的游戏吗？"

"能赚到两百万的游戏，我连听都没听说过。"

"也是。"

速见说着，把太阳穴挠得"咔咔"直响。

9

为了讲清那份"名单"的归属，速见让小满去了趟武藏东警局，看样子这段时间里我们要天天遭到警察的电话轰炸了。在等待小满时，我给实乃梨打了个电话，但依旧没人接。本想录几句留言给她，又想不到该说什么才好。

我放弃联络实乃梨，转而给长谷川所长打了通电话。所长难得在办公室，他说已经读过了我的报告书。

"难得你调查得这么深入，干得不错。"

"既然这样，可以顺便帮个忙吗。我想知道辻亚寿美与野中则夫两个人之间的关系。"

所长一边"咔嚓咔嚓"地嚼着仙贝，一边漫不经心地说：

"这个我早就调查过了。"

"调查过了？为什么？"

"要是连委托人的背景都不预先调查，我怎么配做侦探事务所的所长？"

所长乐呵呵地说道。

"大约两年前，亚寿美将濒临倒闭的珠宝店重新开张起来，并与野中签订了经营顾问方面的合同。很快，野中得到让亚寿美的信任，并参与到经营工作中来。有传闻说野中是亚寿美的榻上之客，事实上野中也的确经常泡在亚寿美的公寓里，所以那未必只是无凭无据的谣言。"

真了不得。

"别看野中明面上身为企业顾问公司社长，对外摆出一副'为公司健康发展添砖加瓦'的形象，实际上所做的却只是想尽理由怂恿公司裁员，已经有好几万人被他害得丢掉工作了。就算是经济不景气，迫于无奈大量裁员，管理层也要为此承担责任，然而他们却只是漠然置之。简而言之，他们信奉的就是金钱至上、弱肉强食。"

所长很少用这么严肃的语气说话，看来觉得野中则夫狼心狗肺的人不是只有平义光和小满而已。

"内部人士说亚寿美的珠宝店现在也不赚钱，野中会对她施以援手，多半是为了谋夺她的财产。但毕竟野中名声在外，亚寿美本人似乎还没能察觉到这件事。"

野中夫人曾对平贵美子得意扬扬地说"亚寿美名义上的海外旅行只是为了筹措资金",看来在二八会内部早就有着"泷泽喜代志硬充有钱人""野中则夫与亚寿美有一腿"之类的传闻。这样一来,野中夫人会在话里贬损亚寿美也就不足为奇了。

"为什么那位'内部人士'会这样认为呢?"

"野中刚成为合伙人,就将首饰店的合作银行换成了山东银行,而他与那里的一位领导是老相识。大约一年前,亚寿美以店铺和库存为抵押,向银行进行了为期一年的贷款,目的是举办一场首饰展览会。展览会以失败告终,但野中却夸下海口,表示就算到了还款日他也会想办法解决。然而如果这一切都是野中的诡计呢?策划展览会与介绍银行贷款,两件事都是他干的。别看现在的房价跌了,好歹也是在赤坂黄金地段上的商铺,再加上宝石店的库存,肯定价值不只好几个亿。要是能得到这些,银行就赚大了,当然野中本人也能吃到不少回扣。"

我忍住没有吐口水,毕竟我不敢在警局的走廊里干出这种事来。

想着应该报个平安,于是给平义光打了电话,不过接电话的是贵美子。

"哎呀,是叶村小姐,小满还好吗?"

贵美子用开朗的语气问道。

"小满正是爱玩的年纪,虽然把她放在叶村小姐身边我是放心的,但太久不在家里,我还是有些挂念。"

"我会让小满多往家里打电话的。"

"可以吗？太好了，年纪大一点的就是让人放心，玩的时候也能帮我注意着些。还有一件事，叶村小姐。"

"您说。"

"前几天一起用餐时，外子突然发火，真是不好意思。当时小满不是说了二八会的坏话嘛，一有人提到这个，外子就有些神经过敏，他不喜欢人家拿这群大老爷们凑到一起玩的事儿开玩笑。加上大家都挺忙的，最近也没什么机会见面，今年他只在三月那会儿参加过一次，所以怪寂寞的。结果害得叶村小姐你也跟着不开心了。"

"没关系，我不介意，令爱的事也请放心。"

对方用来道歉的一大段话说完后，我也适当地客套了几句。想想小满在昨天和今天遇到的事，恐怕算不上让人放心，但我也只能这么说。

电话对面的平贵美子突然放声大笑起来。

"叶村小姐可真讨厌，什么叫'令爱'呀，不会是累着了吧？那也别把我家的儿子当成女儿呀。"

自从读完小满（Mitsuru）绑架案的报道之后，我就隐约明白是怎么回事了。不过当它赤裸裸地展现在眼前时，我还是感到无比诧异。

"从前人家提到小满就总是'令爱令爱'地叫，真是为难死我了。被外人半开玩笑地当成女孩儿，连小满自己都有些介意，甚至跑出去和男生住在一起，所以我才会把她交给叶村小姐你的。只有这点必须说清，可别连你也把我家儿子当成同性恋呀！"

"平太太，您听我说……"

我咽了咽口水说。

"那件事情……我知道的。我为令郎的事深深感到遗憾，尽管如此……"

"遗憾？您真会开玩笑，小满他有什么事吗？"

"没事，小满很好，不过我说的不是女儿小满（Michiru），而是您过去被绑架的儿子小满（Mitsuru）。"

"我不懂你究竟在说什么。"

对面传来贵美子冰冷的声音。

"连叶村小姐你也说起这些莫名其妙的怪话了，难道说你和那些人一样，也想让小满变成同性恋吗？"

"我完全没有那个意思。"

我斩钉截铁地说，当然这并非虚言。

"是吗，那就好。"

我感觉贵美子之前对我的信任感突然烟消云散，只好拼命为自己辩解，又自认是她的女友，又自责说工作太忙累糊涂了。这种做法还是起了些作用的，在挂断电话时，贵美子总算再次表示出对我的信任。

"叶村小姐，你刚才真是吓了我一大跳。我当然能把小满放心托付给你，不过为防万一我要说上一句，我打算把儿子培养成一个顶天立地的男子汉，要是你从中作梗，我可保不准自己会干出什么事来。"

别人也就算了，贵美子恐怕真的能干出来。

小满苦恼的症结毫无疑问在她母亲身上。但即便如此，我也不指望光靠一通电话就能纠正贵美子那种病态的思想。如今小满待在我这儿，总比回到家里要强——我只能这样安慰自己。

突然感到一阵疲惫，我重重坐在长椅上。一罐果汁突然递到面前，原来是柴田要，他顺势坐在我旁边。

"前阵子不好意思了。"

他的道歉丝毫没有诚恳的感觉。

"还有，谢谢你没仗着水地加奈的消息踩我一脚。"

"不客气。"

"怎么了，看你无精打采的，不过也难怪。"

柴田的脸上露出了心怀叵测时独有的笑容，我发自内心地感到一阵疲惫。

"还有什么事吗？"

"你没有听说吗？"

柴田抢过我手中的果汁罐，拉开拉环后重新递给我。

"听说你的男朋友被人给偷袭了。"

听了这句话我跳起身来，果汁一下子洒在牛仔裤上。

"你说什么？"

柴田递给我一块手帕，乐呵呵地继续说着：

"牛岛润太遇袭受了点伤，不算严重，但还是来报警了。我当时就明白是怎么回事了。"

难道说是实乃梨看了那个主页后……她何苦干出这种事啊？

我感到一股血气直冲脑门，也因此没能听清柴田刚刚说过的那句话。

"……刚才你说什么？"

"我说，昨晚村木让我给他讲讲牛岛润太的事，结果没过几个小时牛岛就遇袭了，就算不用我这种探案高手出马，你也该知道是谁干的了吧？"

我茫然地望着柴田那张晒得黝黑的侧脸。

"村，村木，你指的是长谷川侦探调查所的村木义弘？"

"除了他还有哪个村木？"

"村木为什么要做这种事？"

"说不定是幸福的青鸟要飞到你身边了吧？"

柴田戳着我的侧肋，说着惹人厌烦的话。

"你这个人哪，也不看看自己是什么条件，自不量力地想找个绝世好男人，结果遇上骗子了吧。我劝你还是多看看，多挑挑身边的好男人吧，我敢打赌像这种爱管闲事，在你被骗后肯为你报仇的男人，就算等上一百万年也不会再次出现了。你就别犹豫了，这种话我可不是对谁都肯说的。"

柴田高声坏笑着离去了，我再次重重坐回长椅上。

……这，不会吧。

10

在小满的强烈要求下，我们去吉祥寺的一家牛排店里吃了晚餐。在肉铺旁边狭窄的楼梯上排了三十分钟队后好不容易吃到的牛肉，确实让人觉得既柔软又美味。

"做侦探就是容易肚子饿呀。"

小满吃得很香，至于一旁的我，大部分的食物都是硬塞进肚子里去的。家里有姐妹四人，我是最小的那个——而且是不受宠爱的么女。在我出生那会儿，三姐才是家里的掌上明珠。她霸占着公主的位置，凭借百般任性得到了大家的宠爱与娇惯。如果我是男孩，情况可能会有所不同，但最后当我懂事的时候，已经成了被家人遗忘般的存在。而我不剩饭的习惯，也是这样被培养出来的，毕竟我亲身感受过生存竞争的严苛。

我付过饭钱后，小满又想去吃甜品，并且表示由她请客。于是我们又去咖啡馆吃了些蛋糕，最后心不在焉地喝起了咖啡。

"刚才我给你妈妈打了个电话。"

小满紧紧攥着咖啡杯问：

"她让我回家？"

"没有，算是应付过去了，不过我有事要问你。"

"什么事？"

"你妈妈接受过正规治疗吗？心理咨询之类的。"

"你的意思是我妈妈疯了？"

小满虽然面带笑容，说话时却撇着嘴巴。

"我看过你哥哥小满（Mitsuru）的那篇报道了。"

我平静地说。

"五岁的儿子被绑架杀害，内心难免受伤，而且不是随随便便就能够愈合的那种。"

小满用门牙"咔嗒咔嗒"地咬着杯子边缘。

"原来你知道呀，叶村姐。为什么要调查这个？因为你是侦探吗？"

"我可不记得接到过调查你和你家人的委托，只是自己好奇。"

"为什么呢？这件事和你又没什么关系。"

"因为你爸爸让我照顾你。"

"这句话真多余。"

小满说了句父亲的坏话。

"好啦好啦，我告诉你。妈妈没看过精神科医生，你想问的是这个吧？可不管她疯了还是怎样，和叶村姐你都没关系吧？"

"但和小满你有关系。"

"为什么？你觉得我也疯了？担心睡觉的时候被我把脑袋砍下来？"

"别把这种连自己都不信的事情强加给别人。"

我正颜厉色地责备了她。

"母亲的心病与女儿的精神状态是两码事。"

"嘴上说得好听，可你心里想的还不是血缘之类的事？母亲有问题，所以女儿也不对劲，因为她们是有血缘关系的母女。哼。"

"你的妈妈……"

我深吸一口气说。

"由于儿子被杀害的心伤过于严重，才会紧紧抓住你和你爸爸不愿撒手，咬紧牙关承受着内心的痛苦。为了缓和你妈妈的痛苦，你们也在拼命忍耐。然而无论是谁出于什么理由，都有其忍耐的极限所在。"

小满一时间沉默了，依旧在用门牙咬着杯沿，但不一会儿就注意到自己干的事情，粗暴地把杯子放到一边。

"……最开始发觉不对劲，是在我上幼儿园的时候。"

小满讲述着，

"我穿着妈妈给我做的校服去幼儿园，西莫尔学园在小学前是男女混读。老师问我一个女孩为什么要打扮成男孩的样子，妈妈就很惊讶，对老师说我们家的小满是男孩子。我不知道这件事最后是怎样处理的，但后来我就一直穿男孩的校服上幼儿园了，还因为这个经常被大家嘲笑。"

原来如此，难怪美和的初恋会是小满。

"在这件事发生之前，年幼的我就经常觉得奇怪了。我最喜欢甜食，可妈妈却说'小满不喜欢甜食'；我想留长发，妈妈不理睬我；我想要布偶，妈妈也说'小满喜欢汽车'，然后给我买玩具车。等到上学后，我终于注意到妈妈是在把我当男孩子养，但有时她也会恢复

正常，注意到我是个女孩，每当这时她就勃然大怒，骂我为什么要投
胎成女孩。"

"这种时候你爸爸会怎么做？"

"每当这时，爸爸就像患了牙痛似的苦着脸不说话。我一直以为
自己是个坏孩子，才会惹得妈妈生气，但爸爸说不是这样，并在我上
初中之前讲了我哥哥过去被绑架的事。他说小满哥哥遇害后，妈妈变
得像行尸走肉一样，既不说话，也不吃饭，直到肚子里有了我后，精
神才终于恢复了些。"

小满叹了口气。

"妈妈硬说我是小满哥哥投胎来的，所以连名字都没有改。爸爸
好不容易才把名字换成了女生也能使用的片假名。不过妈妈始终觉得
我就是过去的小满哥哥，所以一旦我的做法与小满哥哥有什么不同，
在她眼中就一定是错的。当我来初潮时，她甚至带我去医院看病。美
和送过我带玻璃珠的戒指和儿童用的化妆品，但都被她给扔掉了。"

可孩子是会长大的。年龄始终停留在五岁的男孩小满，与渐渐长
大的女孩小满，两个截然不同的人格与身体，无论如何也不可能永远
同等看待。

"在爸爸告诉我那件事前，我一直以为是自己的错，得知真相后
虽然松了口气，但又觉得妈妈十分可怜。于是我下定决心：要是妈妈
希望，我愿意在她面前装成小满哥哥——装成男孩的样子。所以我每
天早上都打扮成男生出门，在车站厕所里换上女生校服。为了妈妈，
我一直是这样做的，可是……"

恶意的兔子

小满开始撕起嘴唇上的起皮，我光是看着都觉得疼。

"每个人都有忍耐的极限。"

"我只是觉得不开心而已。在学校，大家当我像恶心的病菌一样，除了美和与两三个朋友以外，根本没人和我说话。不小心撞到了人，她们就骂着'变态、恶心'将我一把推开。有人产生了莫名其妙的误会，把我当成男生对待。还有人说我有性心理认同障碍——可我并不想变成男生，我只想做一个女生。"

"于是就离家出走了？"

"爸爸也没帮助过我！"

小满似乎有些激动。

"爸爸总是忙着工作，很晚才会回家，偶尔放假也是去找二八会的人玩。虽然之前也带我们一起去过，可妈妈在二八会的那些人面前唠唠叨叨的，又是说这个年纪的男生不好管，又是指责美和诱惑我什么的，从那以后爸爸就再也不带我们了。今年三月——后来想想，那正是加奈失踪的时候——我实在受够了。之前我的衣服都是自己买的，我不喜欢妈妈给我买男生的衣服，就以老土为由拒绝。没想到她在参加大甩卖时，居然给我买了男用的内裤！"

我惊讶得无法合上嘴巴。

"那次我生气了，真的非常生气，就当面把内裤褪下去对她喊'看啊，我有小鸡鸡吗？我是女生，是你的女儿，不是你的儿子！'结果妈妈顿时面色苍白，还问我说'难道小满你要当同性恋？'"

小满的嘴唇上渗出了鲜血。

"所以我让爸爸管管她，他却不让我说妈妈的坏话，还说妈妈因为那件事心里难过，让我对她好些。他总是这样教训过我后，拎着猎枪继续去和二八会的人玩，有时间猎杀动物，倒不如干点该干的！"

小满继续撕着嘴唇上已经沾血的起皮。

"那件事过去后不久，爸爸告诉我，妈妈以为我变成同性恋，因此犯了癔病，需要观察一段时间。意思无非就是让我再装一阵子男孩，可'一阵子'到底是多久？爸爸始终强调'就一阵子'，我说我已经累了，爸爸却吼了我，说难道他就不累吗。这是他第一次吼我，所以我决定再撑一阵子，但也真的撑不了多久了。"

小满舔着嘴唇，看上去似乎很痛，但手上的动作依旧未停。

"有天我从学校回来，发现房间前面摆着一摞色情杂志。一开始我疑惑为什么门口会出现这些，但立刻想到这一定是妈妈干的好事，这下我连发火的力气都没了，只是把它们拿给下了班的爸爸看。我让他带妈妈去医院，说妈妈有问题，她病了，和叶村姐你刚才说的一样。爸爸却说唯独这个不行，因为妈妈在哥哥遇害后住过一次院，当时她是个药罐子，也正因如此才会变得像是行尸走肉一样。还说妈妈不是病人，她也在正常的生活，只要我们继续照顾她就好了——可恶！"

我隔着桌子伸出手去，抓住了小满的手腕。她的手腕是那样纤细，以至于我用拇指和食指就能环住。我把她的手按下去，又递过一张餐巾纸。

"出血了，别那么激动。"

小满把餐巾纸按在嘴唇上，吸了吸鼻子，继而微微一笑：

"所以我对爸爸说，既然妈妈是个药罐子，那我也当个'药罐子'好了。所以就在客厅里明目张胆地用起了绫子给我的大麻，但爸爸只是一声不吭地走出了房间。我就是在那时决定要离家出走的。"

打算和男人上床估计也是那时产生的想法吧。小满似乎看穿了我的想法，耸了耸肩膀说：

"是啊。所以我决定豁出去，让自己做一个女人，绫子也鼓励我来着。本来觉得对方是谁都无所谓，而且宫冈公平也没差到哪儿去，但最后计划还是落空了。当时我一心想的是——既然妈妈说我是同性恋，那我就当'同性恋'给她看。不过这样毫无意义，甚至还闹了大乱子。"

或许是想起了被世良松夫反剪双臂的感觉，小满突然浑身打了个寒战。

"那不是小满你的错。"

"当然了，不过真没想到你们会带那种怪物过来。而且我本以为发生这件事后爸爸妈妈会有所改变，但一切都还是老样子。妈妈依旧疯疯癫癫，爸爸一到黄金周又以工作为名溜出去了。我真的受够了。"

尽管小满的声音没有变成哭腔，但听得出音调还是高了一些。

后来我们俩相对无语，一直坐到咖啡厅关门。过了十点，我们终于踏上了回家的路。

迈着踉跄的脚步回到家里，小满冲了个澡后钻进被窝，抱着强行据为己有的坐垫没多大会儿就进入了梦乡。由于睡得太熟，我甚至担心她是否还在呼吸。

反倒是我久久无法入睡，无论村木还是实乃梨都联络不上。总不能让小满一直在我这儿待下去，可在这么一小段时间里，平贵美子的毛病也不可能治好。而且总有一天，贵美子会要求小满回家的吧。

——要是继续待在家里，我一定会杀了妈妈。

我在床上翻来覆去，把被窝捂得闷热无比，于是起身倒了杯麦茶喝。接着我又掏出最近在节制的香烟，打开一条细细的窗户缝吸了起来。吸着吸着，不禁想起我在自己家里拘谨什么，既觉得荒唐，又感到一丝焦躁。不喜欢别人进入自己的地盘——从这方面来讲，我与泷泽喜代志如出一辙。

当我点燃第二根香烟时，伴随着"咔嗒"的声音，窗外一片明亮，但紧接着又暗了下去。

我立即明白是传感器警戒灯有反应了。

我急忙去枕边抽出警棍，继而来到门厅看了看情况。外面似乎没什么人，灯光应该是小猫或乌鸦触发的吧。我擦了擦额头上渗出的汗水，看了眼时钟，刚好十二点，是个不招人喜欢的时间。

我拿过手机，给村木与实乃梨各打了一遍电话，但都没能打通。我不清楚自己为什么要对他们这么担心，不由得越想越气。是因为被世良松夫踩伤，或是因为被宫冈公平所刺伤吗？不，自很久以前起我就霉运缠身，深受专司"不讲理"之神的青睐，用不着求着拜着，也

能得到他的恩赐。

攥在手里的手机突然响了起来，给我吓了一跳。

"喂？"

"嗨，叶村晶小姐，还记得我吗？"

我觉得自己的心脏顿时沉到了尾椎骨，继而慢慢回到原位。我记得这个爽朗的声音，是牛岛润太。

"你，你是哪位？"

"已经把我忘了？唉……我是牛岛润太，相场小姐的朋友呀，咱们在代田桥的出租车停靠点那里不是见过一面吗？"

"你怎么知道我的电话号？"

"当然是相场小姐告诉我的……才怪啦，她只肯对我说你的名字。不过嘛，我稍微偷看了一眼她的电话簿，我从小就很擅长记忆数字。"

"找我有什么事？"

"咦？干吗这么冷淡嘛。只是这会有些寂寞，想听听你的声音而已，不可以吗？"

"不怎么让人高兴就是了。"

"欸——第一次有人这么说。"

牛岛在电话对面演得无比欢脱。

"你这样的女生好有个性，突然对你有兴趣了。"

"但我应该做不了猎人日记里的素材。"

牛岛突然不吱声了。

"我觉得读过那个，了解过你个性的女人，应该不至于还会和你这种渣男交往。"

"你……"

"本来你的那个主页也快要完蛋了。如今的网民都很重视网络道德，而且无论哪个服务器管理员都不会乐意吃官司吧？可惜你自我展示的平台马上就要完蛋了，反正从一开始就没人看得起你那可怜的品性。"

电话那边传来一声怒吼，但随即又变成笑声。我抿住了嘴巴。

"你这个蠢货。"

牛岛从喉咙里发出一声讪笑，随后说道：

"就算主页关了，日记还是能写，也不耽误我继续发表。就算名字被拉黑对我来说也无伤大雅，换个ID就完事儿了。那些眼高手低的剩女成天妄想着和我结婚，干些丢人现眼的事，我要把它们通通都写上去。你休想阻止我，叶村晶！"

心中猛然涌上一股杀意。我很想痛骂他几句，每当想到实乃梨对这个渣男万般信任，为了他甚至对我心生嫉妒，最终内心却被他伤害得支离破碎，我就忍不住想替她出一口恶气。

但我最后还是忍住了，因为即使这样做，也无法伤到他分毫，他反而会把这件事写进日记并以此为乐。既然如此要怎么做？要说些什么才能狠狠打击他那种令人作呕的自恋情节？

我心念一动。

刚刚我说过一句话——反正没人看得起你那可怜的品性。

"那样也无所谓。"

我装出一副漫不经心的态度。

"……你说什么？"

由于我的反应出乎意料，牛岛一时无语。我用极尽柔和的语气对他说：

"我的意思是，就算你的主页继续开着也无所谓。看来你不只个性差劲，耳朵和脑子也不好使。"

"脑子不好使？你说谁脑子不好使？"

听着牛岛粗重的喘息，我只是平静地回道：

"我来告诉你《猎人日记》的读者们究竟是怎么想的——这个作者恐怕是臆想成狂吧？玩弄女人的文章写了一篇又一篇，这种人在现实生活中肯定没有人爱。要是真受女人青睐，怎么会写出这种东西呢？一定是交不到女朋友导致欲求不满，才会写这些玩意儿发泄一下。真可怜呐……"

牛岛不解地吼道：

"你，你在胡扯什么！老子女人多得是，什么样的女人没上过？老子是万人迷，那些登录主页去看日记的人开心着呢！我在聊天室里看到过他们的评论！"

"喔，是吗？然后呢？"

"什么然后？"

"评论过你日记的会是什么样的人？会是女人缘很好的人？会是生活如意的人？恐怕未必如此。我想只会是那些欲求不满，急于发泄的Loser吧。"

牛岛不吱声了，我竭尽全力用理性控制着说话的语气。

"既然有你这种大件垃圾，自然也会有那些小型垃圾。就算偶尔有那些小型垃圾捧你臭脚，依然改变不了你是个大件垃圾的事实——不过都无所谓，毕竟这些要建立在日记内容都是事实的前提下。"

"当然都是真的，都是事实！"

"净瞎扯，开头不是写着纯属虚构吗？"

"哼，那只是为了避免承担法律责任而已。写在里面的全部都是如假包换的真人真事，老子上过的女人数不胜数，还说什么欲求不满？"

牛岛歇斯底里地吼着，我从鼻子里冷笑一声。

"谁会相信你的胡扯。一般人看到那种满是炫耀的疯话，只会觉得恶心反胃而已。所以请你千万千万要继续写下去，你写得越多，就越是在国内的网民面前丢人现眼。真是既可怜又可悲，求求你撒泡尿照照自己那副淌着馋涎的模样吧，你不过是一只没有女人肯爱的丧家犬——只有遭人厌烦的份儿罢了。"

"该死的性冷淡，臭女人！"

牛岛咬牙切齿地吼着。

"老子不是什么丧家犬！老子是精英，是强者，所以才有资格把那些蠢女人玩弄在股掌之中，你的朋友相场实乃梨也是其中一个！想试试吗？信不信老子有办法让她从屋顶上跳下去！老子不要她了，老子要玩死她！"

"OK，多谢你了。"

胸中的怒火已经令我眼前一片漆黑，但我还是用最最平静的语气对他回道。

"你，你说什么？"

"我说，多谢你了。刚刚的话已经统统录下来了，一旦她出了什么意外，我会立刻带着录音报警，而这就会成为牛岛润太杀害实乃梨的证据。"

"臭女人，你说我杀了人，警察就会相信？"

"实乃梨没跟你说过吗？我在工作中经常要接触警察，所以清楚得很，他们可是很乐意提升拘捕率的，因为这样能让局里获得更多预算。与自杀的善后工作相比，能侦破杀人案才是他们求之不得的事。而且犯人这么好找，在搜查上根本花不了几个钱。对我个人而言，又能还认识的警察一个人情，真是求之不得。"

这一连串的弥天大谎要是让柴田听见，恐怕能让他气昏过去，但牛岛却彻底上了勾。

"有能耐就试试！老子会告你冤枉好人！媒体还不是最喜欢拿警方的冤假错案搞大新闻！没错，你试试吧！真遗憾啊，你和警察会成为冤枉好人的恶魔，而我则会成为可怜的受害者。我会得到赞赏，备受瞩目，而你们就看着我尽情后悔吧！"

"等你的主页被公开，这段对话也在电视上播放时，相信你的确会备受瞩目，只不过不是以可怜的受害者，而是以精神病病患的身份吧。到那时，估计你会被记者采访上两三次，在网上火个一两天，随后就被人彻底忘记吧。只不过到时候你的名字就会在社会上传开，今后再也不会有女人上你的当了。"

"你这个臭婊子！"

牛岛润太突然用像被恶鬼掐住脖子般的声音尖叫起来。

"昨天晚上在背后偷袭我的人就是你吧？对不对？不会有错的！有错也无所谓，我要去报警！告诉警察你就是袭击我的犯人！"

背后突然感到一阵寒意。

"你不是早就报警了，当时有说过犯人是我吗？你觉得天底下有那么好的事，你去和警察说'我想起犯人是叶村'，他们就会相信你吗？等读过《猎人日记》后，他们又会怎么看待你？"

"我有身份有地位……"

"你只是个撒谎精……"

"父母有钱……"

"自恋狂、幼稚鬼……"

"人们会相信的是我！我钱多、地位高、头脑好，比你们更值得信任！"

"是啊，还有婚姻诈骗的前科，人们只会觉得你是个天生的神经病和诈骗犯，还想让警察和人们相信你？门都没有！"

牛岛润太粗重地喘着气，好一阵子里，我只能听到冰箱发出的嗡嗡声。我屏住呼吸，只听牛岛润太小声说了句：

"你给我记着。"

电话随即被挂断。而我已经全身大汗，膝盖也止不住颤抖。我把

手机从攥紧的左手中拽出来放在餐桌上，有些得意的同时不禁也厌恶着自己，同时心情差到了极点。

我重新冲了个澡，又喝了杯加了糖的麦茶，等待着血糖值渐渐恢复。片刻过后，那种令人不愉快的感觉仿佛退潮般消散，但此刻的我已经筋疲力尽。现在我只想抛开一切琐事，安心静养上两三天。

刚倒在被褥上，餐桌上的手机又响了起来，我只觉得世界上没有什么比这种催促声对心脏更不好的东西了。我捂着胸口站起身来，以几乎是趴在桌上的姿势接起了电话。

最开始没有任何动静，我皱着眉头仔细听了听，才听见一个微弱的声音。当我辨认出那是什么声音时，再次冒了一身冷汗。

那是一个女人的抽泣声。

我吸了几大口气，才终于得以用微弱的声音问道：

"喂，喂，实乃梨是你吗？你在哪儿？"

"抱歉在半夜打扰您，我是辻。"

我顿时四肢无力地瘫软在地上，原来是辻亚寿美。

"……啊，您好。"

"冒昧打扰了，有件事想和你谈谈。"

亚寿美的声音压得很低，话也说得断断续续。

"什么事？"

"虽然已经很晚了，但方便见上一面吗？我想当面把事情告诉你。"

看了一眼时间，已经将近一点，我的体力也消耗殆尽，因此没能立刻答复。

"啊……不好意思，是我提的要求太离谱了。"

亚寿美慌忙小声嘟哝着，中间还夹杂着吸鼻子的声音。

"不好意思，我只顾自己方便……那个，请你忘了这件事吧。"

与之前那个精明干练、凛若冰霜、词锋犀利的亚寿美相比，如今的她显得无依无靠，像是把自己裹在被子里说话一样。

真是没辙。

"亚寿美女士，您这会儿在家？"

"是，我，我在家。"

"我这就过去。"

"可是……"

"没关系。"

"太谢谢了，我等着您。"

我梳了梳头，换了身衣服。把钱包、纸巾和手机从平时背的大挎包转到小挎包里，将警棍别在身后，又将手帕揣进后兜。往床上看了一眼，小满一动不动睡得正香。于是我写了张留言条，说去辻亚寿美那里，略加思索后又把时间写在上面，将它放在餐桌上，把门锁得紧紧的，继而离开了家门。

想打出租车只能先去山手大街。尽管心里着急，右脚却依旧活动不便。伤处的疼痛已经消退，但局部肌肉的疲劳却扩散开来，使我的腿像灌了铅一样沉重。活了三十多年，我终于对自身有了新的发现，要是不疼这么一下，我都不知道某些部位也存在着肌肉。

恶意的兔子

当走过西武新宿线平交口，来到苏铁庄附近时，我下意识地回了回头。这既不是因为听到了什么，也不是因为感觉到了什么，至于为什么要回头，连我自己也不清楚。微凉的夜风轻抚着发热的头脑和身体，令人感到舒适。我感到一丝倦怠，脑袋也有些迷糊。突然间我抽出警棍——不，应该是正打算抽出警棍。

紧接着肩膀上一热，我的脸猛地撞上了一扇原本停在路边的汽车侧窗，我顿时疼得清醒过来。身体沿着白色的车身向下滑落，我伏下身子惊叫一声，然而声音马上就消失了。后背上狠狠地挨了一下子，让我没能继续叫喊。紧接着又一下，又一下……

意识离我而去。

后

半

战

04

恶 意 的 兔 子

1

　　昏迷期间，我隐约听到一个男人的低语……下个瞬间，伴随着一声巨响，我恢复了意识。

　　我一边不住咳嗽，一边挣扎着起身。感觉难以呼吸，像是嗓子眼里被什么东西堵着一样。我下意识地抬起手，把什么东西从嘴上撕了下来，继而喘个不停。紧接着在撕下来的那东西上传来一股酸不拉几的味道，我用鼻子呼吸着，把胃里能吐的东西几乎全部吐了出来。随后我久久趴在地上，只觉得面部一阵麻木。过了一会儿，胃里终于不再难受，呼吸也平稳下来。我用手挪动着身体，最后捂着肚子横躺过来。

　　究竟发生了什么事？

　　肩膀根与脖颈处依旧残留着钝痛，每当我试图移动身体时，后背也有一阵剧痛传来。虽然谈不上致命，但我非常清楚自己受到了严重的伤害。就在这时，我的呼吸一顿，感觉喘不上气，看来心脏也受了伤。

　　我尽量不去想这些事，而是深深吸了口气。继而尝试着不用身体感受，而是用头脑去思考现状。既然能够呕吐，至少证明我的脑袋和身体还在，能够趴在地上移动身体，也证明了我的四肢还连在身

296

体上。

真是个温暖人心的消息。

过了一会儿，心跳平稳下来，冷汗也不出了。我轻轻抬起手来，试探着疼痛的程度。接着我又尝试了起身、站立和行走。这些原本不算艰难的动作，由我做来却简直像是在参加《2001宇宙之旅》[1]中类人猿一角的试镜会一样。

重新打量过四周后，我发现自己被关在一个小房间里，尽管无比昏暗，但从顶棚与墙壁交界处的缝隙中却有微弱的光线照射进来。这里狭小逼仄，是一个金属制房间，而且有些倾斜。

眼睛适应黑暗后，我终于看清了自己所处的地方，但也因此感到一阵毛骨悚然。

这里是货车的车厢。

从大小来看，应该是承重两吨的厢式货车车厢，我最开始倒地的位置就在车厢门正面。车厢门关得紧紧的，里面空无一物。

我用双手推门，砸门，大吼着去踹门，但连一个小缝都没打开。

我被严严实实地关在了这里。

心中顿时升起一阵怒火，这是一种堪比走投无路时所感到的愤怒。为什么我会被人这样对待？

我将这股愤怒发泄到车门上，反复不断地用身体去撞，但在撞到第五次时，脖颈上蔓延的剧痛让我理解到这样做只会白白耗光体力

1　由斯坦利·库布里克执导，根据科幻小说家亚瑟·克拉克小说改编的美国科幻电影，于1968年上映，被誉为"现代科幻电影技术的里程碑"。

而已。

我瘫坐在地上，发不出任何声音。过了一会，疼痛消退，我意识到像这样感情用事对自己没什么好处。

决定理性思考后，我在车厢内一边踱步一边观察。顶棚与墙壁之间的裂缝处由于积水而锈迹斑斑，恐怕这辆货车早已报废。车厢门是外部上锁，从内侧无法打开。即使侧耳细听，也听不到人声和任何其他喧闹声，不过也有可能因为现在还是早晨。希望如此。

至少这里还有微量的水和空气——得知这件事后我稍稍放下心来。也多亏这样，我得以专心思考。

犯人究竟是怀着怎样的想法把我关在这里的？打算杀了我？又或是误以为已经杀了我？

我立刻排除了后者。虽然不知道对方是个什么菜鸟，但总不至于连呼吸和脉搏都不确认一下，就把一具"尸体"搬过来扔在这里吧。

反之我倒是比较认可犯人打算杀我这一推测。之所以会把我关进荒郊野外的卡车车厢，恐怕正是因为放置不管的话我迟早会死在这里。

我走到自己那摊呕吐物旁，从地上捡起了胶带，刚刚我就是差点被它给憋死的。从前的确有过受害者被强盗在嘴上贴了胶带后窒息而死，导致普通抢劫案变成了抢劫杀人案的先例。但如果对方是想用胶带贴住嘴巴让我窒息，一定会把我的手脚也紧紧捆绑起来。

既然如此，对方的目的究竟是什么？

答案已经显而易见了，是为了折磨我。

为了让我在这个狭小的空间里丑态百出、暴露出惊慌失措的模样，声嘶力竭地呼救，在绝望与痛苦中哭号——想象着这副场景并以此为乐。又或者说……我不由得打了个寒战。

犯人就在附近，等待着近距离享受我的惨叫和悲鸣声。

说起来虽然很恐怖，但若果真如此反倒是件好事。如果对方真的在观察我，听到我刚才砸门和踹门的声音，应该知道我已经醒来。如果后面我始终悄无声息，犯人应该会为此感到焦急，从而做出什么动作——可能会从外部敲打车厢，甚至把门打开。

那就比比谁更有耐力吧。

我坐了下去，小心着不让车厢产生晃动。嘴巴里十分难受，喉咙也极其干渴，于是我在嘴里积攒了些唾液再咽下去。我不知道距离脱水症状出现还有多久，希望犯人能够在此之前失去耐心。

大脑逐渐感到昏沉。我想躺下，又怕错失难得的机会，于是靠在侧壁上思考起来。我不禁感谢犯人为我带来了这个值得思考的疑问——

出手袭击我，并把我关在这里的人究竟是谁？

有可能做出这种事的人，我能想到的实在太多了。

首先是泷泽美和、水地加奈失踪一案中的重要嫌疑人——"叔叔"；

其次是那个在离开前叫嚣着要让我为侮辱"阿松"的行为而付出代价的，世良松夫的祖母；

还有同样放话过"你给我记着"的牛岛润太；

以及表示过为了让小满成为自己所期待的样子，不惜做出任何事情的平贵美子。

唉，没想到在短短一周时间里，叶村晶就成了个大红人。

我挨个思考过去，感觉可能性最低的是平贵美子，但毕竟她的母爱如此扭曲，在特殊情况下谁也保不准会干出什么事来。或许她原本并没打算对我出手，但接到我在警局打的那通电话后，由于担心而来到我家附近监视。到了深夜，我留下小满独自外出，她便没来由地怨恨起我，觉得我和外面的野男人鬼混，丢下她的宝贝儿子去了其他地方。虽然这种猜测堪称荒唐透顶，却也未必完全没有可能，只能说是一言难尽。

可能性其次低的是那个"叔叔"。或许他——加上那个与他一起搬走加奈行李的男子——他们两个是袭击我的犯人。但如果他们认为我揪住了他们的尾巴，企图对我实施封口，应该不会用这种费事又不靠谱的办法，把我直接杀了埋在山里不是更方便吗。

尽管如此，如果真的是他们杀害了美和与加奈，那么"游戏"这个词所暗示的或许就是"愉悦杀人"。即牺牲者越是痛苦，他们便越是高兴，可能他们觉得光是简单的封口太过浪费，因此打算多享受一次杀人的快感。

至于谁是最有嫌疑的人，我始终无法确定。

与牛岛润太打完那通电话后，我立刻遭到了袭击。如果世界上没有手机这么方便的、对不在场证明诡计来说有如噩梦般的发明，牛岛的嫌疑铁定会被立刻排除。

不过或许他真的知道我家住址，而且那通电话也是在我家附近打过来的。他连八位数的电话号码都能记住，想记住五位数的住址就更加容易了。毕竟他是个自恋狂，完全有可能自以为说上几句"我始终没法忘记你，这会儿我就在附近"之类的话，我就会巴巴地把他请进家里面去，便在附近给我打了电话。被我数落一顿后正怀着怒火在附近转悠，恰巧赶上我走出家门，于是……

这种想法的漏洞是，万一果真如此，牛岛就是在仓促之间袭击了我，又在仓促之间想到把我搬到这台废弃卡车的车厢里。那我只能表示他的确是个出类拔萃的变态。不过尽管他过去以欺骗与鄙视女性为乐，但也仅限于言语暴力，很难想象他会有监禁女性的想法，且拥有恰到好处的监禁场所。

这样一来，嫌疑最大的还是世良松夫的祖母了。任这位"女强人"再怎么力大无穷，也难以想象她会亲自动手袭击，并把我搬运到这儿来，不过要是雇人就可以做到了。接到牛岛润太的电话前我的门灯闪过一次，或许就是她雇来的人在门外查看动静。后来在我家附近监视的人凑巧看到我出门，觉得这是个机会，便打晕我将我带走。如果他们原本就是干这行的，自然也会事先准备五六个用来监禁的地点。

从这方面来讲，世良松夫祖母的嫌疑确实最大。如果真的是那个老太婆，光是雇人袭击我必然不能令她满意，她最想做的一定是听着我的哭号，将胸中闷气一吐为快。不过这种推测也有一个漏洞——这个世界上真的会有肯一整晚监视我家，对工作如此热心负责的打手

吗？而且世良松夫的祖母又真的拥有短时间内雇到这种专业人士的渠道吗？

我是在昨晚招惹到那个"女强人"的，无论怎么算，安排人手的速度都太快了。

一番苦思冥想，最终得出的结论还是：搞不清犯人究竟是谁。

我叹了口气，感觉浑身上下疼痛难忍。此时我不禁羡慕起那些即使在每次工作中后脑勺都挨敲，但过上半小时左右就能跟没事儿人似的那些男同行来。侦探本身就是个要求体力的职业，许多时候也要干力气活，因此我上过防身术的课程，伸展体操和长跑（不过不会跑到脚痛）也从未懈怠。可是一旦工作，经常会从早到晚闲不下来，筋疲力尽地回到家后就更不可能做什么运动了。要是因为勉强锻炼而导致心脏骤停，那可就闹大笑话了。

而且我想应该没有哪种锻炼，能让我这个体力处于三十多岁平均值的女人在被痛揍一顿后还能安然无恙。

我把腿伸出去，调整了一下坐姿。可能是由于身体过于疼痛，脚伤反而是没那么痛了。只能说我那守护神的性格过于刁钻促狭，我想为了养好脚伤休养一段时间，他便以这种方式替我实现愿望。

我仔细听了会儿外面的动静，但除了一声鸦啼和叶子的摩挲声外，就只剩下一片死寂。车声、人声，一切我希望听到的声音都没出现。

似乎也没有谁在倾听这里的动静。

脑袋突然一垂，我苏醒了过来，原来不知何时又失去了意识。我抬起沉重的脑袋查看着周围的动静。

从隙间透过的光束来看，时间已经过了蛮长的一阵子。之前望向那边还会觉得刺眼，但现在已经不会了，不过周围很热，感觉手指胀胀的，整个喉咙也干透了。

我用舌头舔了舔喉咙，又揉了揉下巴尖，感觉嘴巴里渐渐有唾液分泌了，我把这些唾液分两次咽下去。身体比第一次醒来时更加沉重，我小心翼翼地按摩着自己的小腿肚子和肩膀，让手指不断屈伸，脱掉鞋子，以同样的方式活动着脚趾和脚腕。

尽管喉咙干渴，却有一阵尿意袭来，我尽可能忽视了它。

查看了全身上下的物品——其实这本是最先该做的事，但在第一次苏醒时没能想起——T恤、牛仔裤、运动鞋都还是我从家里穿出来的那些，但身上的小挎包不见了，牛仔裤后兜里的手机也不翼而飞。本已平息的怒意再次涌上心头，不过仔细想想，要是害我吃了这种苦头的犯人会蠢到忘记拿走手机，我岂不是要更加生气。

虽然手表还留着，但兜里的手帕没了。

尽管犯人袭击我，把我打晕，还抢走了我所有的物品，但似乎没打算剥掉我的衣服，可能是还保留着一丝同情心吧，不过我丝毫不觉得感激。如果事后对方以此为借口要求减刑，我一定会大发脾气。

没有任何方法与外部取得联络，甚至连钻来钻去的老鼠或家猫都没有一只。只有叫喊才能让别人知道我在这里，但从现在的情况看来，能听到叫喊的可能只有外面的乌鸦和犯人。

而且我才不要让对方听到我的叫喊。

尽管这样想着，我却依旧心急如焚。这样下去，再过不久我就会丧失体力，因脱水症而动弹不得，最终死于饥渴。在这种事发生之前，呼救或许是更好的选择。即使是世良松夫的祖母，应该也不至于非要将我杀之而后快吧。要是高声叫喊，哭着乞求原谅，就能让对方放我出去的话……

我下意识地站起身来，跑到车门旁边就要开喊。

但发出声音之前的一瞬间，我强忍着打消了这个念头。

从战略角度上讲，这并非明智之举。如果犯人就在外面，这样做只会让他感到愉悦，更加不想放我出去；如果犯人不在外面，这么做只是白白消耗体力罢了。

在搞清车厢外是否有人之前，一定不能轻举妄动。

即使对方叫我，也不要有任何行动。

要忍耐下去，忍到对方打算进来确认我的状态。

即便如此，想要高声叫喊的冲动依旧难以抑制，我只好轮流咬住两边的胳膊进行忍耐，舔着皮肤上渗出的盐分，把手指浸到积蓄在天棚缝隙处的少量雨水当中，然后吮吸那蘸来的，带着铁锈味道的水。

在这个过程中，我逐渐冷静下来。

然而在冷静下来的同时，早已忘却的尿意却又开始复苏。

我静坐在地上想着现在的时间，感觉已经过了正午。小满现在怎样？或许她睡醒后读了我的留言，发现我从半夜一点直到现在还没回家，正在大发脾气，或者是无比焦虑。要是这样的话，她会……啊。

猛然间清醒过来。

我忘了最重要的一个人。

辻亚寿美。

引诱我在那个时间出门的人正是辻亚寿美，可我之前却彻底忽视了她。如果要问谁最方便对我出手，毫无疑问就是她了。失去了女儿——当然只是或许——的女士哭着打来电话，任何人都会产生恻隐之心，即使勉强自己也会选择与她见面。而那通电话的目的，或许只是引诱我走出家门。

但是原因呢？

为什么亚寿美一定要袭击我？要是不想让我插手这件事，只需要告诉我，让我收手就可以了。我承认自己在泷泽美和与水地加奈的案子里插手过深，也过于固执，尽管亚寿美不够坚决地撤销过一次委托，但我仍不打算放弃调查。而且即使我停手了，武藏东警局的速见刑警也会追查下去。

只不过亚寿美对此并不知情。

辻亚寿美当时表示有话要对我说，而且还在哭泣，难道这些都是装出来的？

我希望不是这样，并在心里寻找着为她开脱的理由。没错，如果她是犯人，只要在赤坂的公寓里等我过去后再出手就行。但我又咂了咂舌头——不，不行。那栋高级公寓既有保安看护，又装有监视摄像头，如果我只是进了公寓却没出公寓，一定会招人怀疑。停车场的摄像头也有可能拍到犯人搬运我的画面。依旧不能否认辻亚寿美是犯

人——或是共犯的可能性。

思想始终在同一处打转，让我渐生困意。我用呆滞的大脑思考着之前就想到的一件事，我是看到美和生日派对的照片以及听了小满的话后开始心生怀疑的。

那个所谓的"叔叔"，不就是辻亚寿美的合伙人、二八会成员野中则夫吗？

同时他也是在赤坂的公寓里偷窥谈话，以及亚寿美和我打电话时在她身边的人。

生日派对上的那些照片是野中则夫拍的，所以他至少认识柳濑绫子；既然与美和的母亲关系密切，那么他也一定有许多机会见到美和；至于水地加奈，可能是他从美和口中听说的，或许美和对他提过想把钱借给一位打算给母亲修墓的朋友。

如果野中想找一个缺钱、好上钩，而且没有家人关心的年轻女孩，水地加奈可谓是极其完美的人选。实际上加奈还有个同父异母的弟弟，但听说一个年轻女孩要"修缮母亲的坟墓"，很容易让外人误会她已经举目无亲。既然连小满都不知道加奈有个弟弟和继母，美和与绫子一定也不知道。而且野中还看过小满的相簿，知道加奈的长相。

泷泽美和从水地哲朗口中听说"游戏"的事，又得知加奈要去干那份"听说朋友介绍"的兼职后顿时变了脸色。是因为美和一定跟我一样察觉到这个"叔叔"同时认识水地加奈与柳濑绫子两人，想到了那个人的身份就是野中则夫。而对于这个"游戏"，她或许也知道些内情。

还有一件事，就是野中则夫企图夺取辻亚寿美珠宝店的传闻。虽然不清楚所长的消息来源，但如果美和也听过这种传闻又会如何？这样一位在大家眼中正义感极强的少女，一定会毫不犹豫地试图解开加奈失踪之谜，揭发那个把母亲逼到绝路的男人的恶行。

我的身体微微颤抖起来。

那张从小满的相簿中"不知道什么时候突然不见"的加奈的照片……

小满看过我的留言条后究竟会怎么做？千万要去找住在附近的光浦功啊——我在内心里拼命祈祷着。如果光浦得知这件事，一定会立即找长谷川社长商量我突然失踪，以及写下留言条的事情。但如果小满直接去亚寿美那里找我……

这下该怎么办？

要是小满出什么事的话……

之前的自己太过张扬了——如今意识到这点，内心不禁更觉苦涩。激怒世良松夫的祖母，成功让警察把她赶走；对牛岛润太冷嘲热讽；顺利完成光浦功的委托；引导小满说出心里话；劝辻亚寿美继续委托调查；向警方提供信息，让案件的走势柳暗花明……这都是我，一个籍籍无名的自由调查员叶村晶所做的事，怎么样，很了不起吧……

但其实我真正应该做的，只是整理在失踪事件中发生的事实，仔细考虑如何解决眼前的问题，并在辻亚寿美给我打来电话之前，尽可

能详细地查清她的背景而已。

要是这样，我就不会大半夜的轻易离开家门，即使出门也不会疏忽大意。像是身体疲惫，或是麻烦不断、难以应付之类的话根本不能当作借口。如今即使我死在这里也是活该，幼稚与傲慢所导致的苦果只能由自己咽下。

可是小满……

即使察觉到那个"叔叔"就是野中，她也不可能想到野中会将我囚禁在这里。如果犯人就是野中，那他毫无疑问会杀了我。哪怕我落到其他人手中，小满依然会去辻亚寿美那里找我。如果她的行动激起了野中的戒心……不，即便并非如此，小满也是个比水地加奈与泷泽美和更加可爱的女高中生，要是野中那个混账对送上门来的小满产生什么非分之想……

我站起身来，走到车厢门边又是砸，又是踹，又是怒吼，大声叫喊着"放我出去！"

没有任何反应。

2

再次睁开眼睛时，四周已经又是一片昏暗，伸手不见五指。

没有风声和鸟鸣声，更没有其他人的气息。

很冷，却又觉得闷热。

无论闭上还是睁开双眼，面前都只有一片昏暗。

氨水的味道与呕吐物的酸臭在鼻子底下飘过，但我并不觉得有多难闻，或许是已经适应了的缘故。而且即使待在这股臭气之中，我依旧无比饥饿，想吃东西。

除了犯人以外没人知道我在这里，甚至连我自己都不知道自己究竟身在何处。

被抛弃在这种地方，究竟什么时候才会被人发现？大伙究竟什么时候才会得知我被关在这里，身处在一片令人不安的恐惧之中？到了那时，他们又会怎样怀着怎样的心情来想象我的模样？

一具腐烂的尸体，谁也不会多看一眼，只是单纯地不复存在……

不要这样，我无法接受这种结果。

当回过神来时，我已经疯狂地挣扎起来，在一片黑暗中疯狂地伸着看不见的双手，蹬着看不见的双腿，甚至快要忘记呼吸。但这都无所谓，我只是挥舞着双臂，希望能感受到什么。

就在这时，我碰到了自己的手表。

我把它按在耳朵上，耳边顿时响起了心跳般有条不紊的指针跳动声。这种声音帮我找回了理智。

不要慌张，慌也没用，反而会让状况愈发糟糕。

我打算想象些什么，比如说柔软的牛排、香醇的咖啡、与所长和村木之间互相挖苦的对话以及其他美好的事物。

实乃梨现在怎么样了？是否和我一样正在绝望与希望的交界处徘徊？

不——实乃梨的内心一定比我更加痛苦。

她现在一定难过得夜不能寐，觉得生不如死。

因此我绝不能死，绝不能在这种地方慢慢腐烂。

我摸索着一点点靠近车厢门边，把耳朵贴在上面，发自内心地呼唤着犯人的到来。

快过来吧，好仔细看看我是不是奄奄一息，是不是在瑟瑟发抖。

从天棚的缝隙中照进来的光线十分微弱。我听到一阵动静，重新站起身来。

原来是下雨了，雨水打在车厢顶部，发出"啪嗒啪嗒"的声音。

我把手指伸出缝隙，一次又一次舔着蘸来的水滴。总共喝到嘴里的或许连一口都不到，但可能是由于太冷，尿意再次出现在大脑中。我知道排泄出来总比得尿毒症要好，而且之后再憋就没那么困难了，但我依旧忍耐着，在车厢里踱来踱去。

尽管躺在冰冷又坚硬的地面上，身上的伤却没有昨天痛了，或许是因为痛感已经扩散到了全身。不过唯独后背的瘀斑还在鲜明地彰显着自己的存在。

我仔细倾听着雨声背后是否还有其他声音，只要能听到意味着有人的声音，哪怕是刺耳蹩脚的音乐声、几百个熊孩子的吵闹声、暴走族开着违法改装车辆的炸街声或是右翼宣传车的广播声也无所谓。雨水滴落在不同的地方，发出混乱而有序、音阶各不相同的声音。滴答，滴答，稀里，哗啦，听上去显得有些嘈杂。

这些声音开始慢慢侵蚀我的大脑。

我无数次把雨声听成了别人的脚步声，每当这时，我就会伸手敲门，把车厢底跺得通通直响。

没有任何反应。

雨声化作嘲笑声、惨叫声、继而又化作耳边的低语。我仿佛听到有人在车厢门后面对我低声絮语，却听不清具体在说什么。我把耳朵贴在门上，敲打着，叫喊着。

没有任何回应，只有接连不断的低语。

嘀咕着，嘀咕着……

在说什么？你们究竟在说什么！

伴随着怒吼，我的神志清醒了过来。

不，那并不是谁在说话，只是我听错了雨声。这些只是我乐观的预测，不，是乐观的幻觉、幻听。

不，这不是幻听，有人知道我在这儿。是犯人，他回来了，他来确认我是否还在这里。

对方不可能彻底忽视我的存在，不可能把我遗忘在这里，所以他回来了。

我把脸贴在门上等着，但无论等待多久，听到的都只有雨声在低吟。

不可能，那不是幻听，有人在外面，他不可能把我忘在这里，那是不对劲的，因为我就在这里，这是毋庸置疑的。

我把指甲扣进两扇车门之间，但它们又被门缝给挤出来。一阵刺痛传来，我终于察觉到自己的疯态。但与此同时，我肝火上升，血压

升高，体内的肾上腺素一口气分泌出来，剧烈的心跳声连自己都能听见。我急促地喘着粗气，将周围恶臭的空气不断吸入、呼出，继而再次吸入。

我被自己呛了一口。

我一屁股坐在地上，继而不断后退，退到车厢的最深处。

我告诫自己用头脑思考，不要在心里乱想。

但是无法做到。

很正常，不过没关系，你不是还有其他特长吗？

要忍住，一定要忍住，他一定会来，会来确认我的生死。

睡睡醒醒地反复了好几次，又是一阵晕眩袭来，让我倒在地上。

如今究竟是什么时候，我被关到这里之后又过了多久？

浑身散发出惹人厌恶的恶臭，那是一股腐臭的气息。

头上和身上都黏糊糊的，摸上去简直像要溶解。

我想看看自己的胳膊，却根本看不到。在一片黑暗中，我甚至怀疑自己的胳膊是否还在，事实上可能连我的身体都早已经不复存在了。

只不过是我的灵魂附在这具早已腐烂的尸体内部，就像掉进蜂蜜里的一只苍蝇罢了。

不不，冷静下来。

我缓慢地眨了眨眼。

有些人在大地震后被困在崩塌的建筑物下动弹不得，只能等待救援，与他们相比我已经好多了，有雨水可以喝，有空气可以呼吸，也有足够的活动空间，甚至还能绕上几圈。

然而因地震而被困在废墟里的人们，至少还拥有得到救援的希望，而我，而我……

我摇了摇头，要是我没猜错，这一定只是卑鄙的恶作剧而已。一定会有人来查看我的动静，来救我出去的，到那时我一定要保持正常才行。

我做起了伸展体操，在一片昏暗中，只能听到我粗重的喘息声。我站起身来，来回挥舞着双手。

千万不能死心，千万要活下去，可是……

万一小满遭遇了什么不测。

我顿时膝盖一软，整个人如坠冰窖。之所以没人过来，难道是因为小满落入了谁的手中？所以才会没法找人救我？

冷静！

我下意识地喊出声来，但连那声音也被吸入并消失在一片黑暗之中。

一切事物仿佛都被吸入并消失在黑暗之中。

我一边颤抖，一边拼命地寻找着，什么东西都好，只要能让我保持理智，让我支撑下去就好，能让我感受到自己依然活着就好。

我用指甲抠着自己的手腕，自然而然地感到一阵疼痛，尖锐而清晰的疼痛。

我感受着这阵疼痛，但它仿佛从远处传来般朦胧。

　　我咬住自己的手指根，下巴不断用力。一阵钝痛扩散到全身，然而依旧没用，连疼痛都仿佛被吸入一片黑暗之中。

　　回过神时，我已经再次挣扎起来。我想起了手表，手表上秒针的声音，那种仿佛心跳般的声音。

　　我急吼吼地把手表按在耳朵上，死死闭上双眼等待。

　　等待着，不断等待着。

　　我觉得自己失去了全身的血液，甚至连耳朵都出了问题。

　　没有声音，听不到任何声音。

　　不可能，不会这样的。手表坏掉了？不，不是这样，是电池没电了。之前本来想换块新电池，但是没能抽出时间。

　　真的是因为这样吗？

　　不是电池没电了，只是因为我丧失了听觉。而且不只听觉，我丧失了一切，连自身的存在也早已丧失。

　　冷静，冷静一点。我把手表摘下来用力摇晃着，一次又一次，摇过后贴在耳朵上，就能再次听到那个可靠的、有条不紊的声音——

　　挥舞的手一滑，手表顿时飞了出去，掉在地上发出"当"的一声，随即再次安静下来。

　　我哀叫着趴在地上到处摸索。没有，没有，能够摸到的只有冰冷的地面。

　　啊啊——

　　再也无法忍耐，我向车厢门的方向伸出胳膊，跌跌撞撞地走过去。

314

没能把握好距离，我的手狠狠撞在了上面。

"开门，放我出去。"

我惨叫着敲打着车门。

"放我出去，卑鄙小人，快点放我出去，把门打开！"

没有回应，更没有任何声音，只有一片令耳根隐隐作痛的死寂。

"把门打开，不要这样，我什么都肯做，求求你救救我。"

我高喊着，却又倒吸一口凉气。只有这句话是绝对不想说出口的，明明已经下定决心，想过唯独这种丢人现眼的话是绝不能说出口的。

但我已经站不住了。

我蹲下身子，一边抽泣着一边敲打着墙壁，同时不断的叫喊着：

"不要这样，求你了。放我出去，饶了我吧，救救我吧，求求你了。"

3

时间究竟过了多久？

从天棚与侧壁的缝隙处，再一次照进了稀薄的光。

我筋疲力尽地把脑袋靠在墙上一动不动。曾经的我觉得自己是个足够坚强的人，也相信自己头脑明晰，拥有应对各种状况的能力。

如果一定要死，我多么希望自己能保持着这种误会幸福地死去。

真是丢人现眼，真是惨不忍睹，只能忍受着无知与傲慢所招致的

祸患。如今我这个可怜巴巴的家伙，只想向那些依旧在担心我的人道一声歉，但即便是这种小事，也快要无法如愿了。

忽然我听到一阵汽车声，还有说话声。没想到在这种时候，我的大脑仍然没有舍弃空虚的希望，依旧制造着无谓的幻听，我真替自己感到悲哀。

然而伴随着"磅当"一声钝响，卡车也跟着晃了晃。我不由得猛眨双眼——难道连刚刚的感觉也是幻觉？

又一次听到说话声，既有男人的，也有女人的，两个人似乎在对话。

我站起身来，拼命敲打着车厢门大声呼救，继而仔细倾听着对方的反应。

对话声一时停住，外面恢复了安静。我咬紧牙关，险些哭出声来。

就在这时，突然响起"咚咚"的敲门声，是从外侧被敲响的。同时传来了一个模糊的人声——

"喂，里面有人吗？"

我简直怀疑自己的耳朵，但依旧声嘶力竭地叫喊着：

"求你了，救救我！我被关在里面出不去了！"

对面再次响起了说话声，我衷心祈祷着。

片刻之后，一阵金属摩擦声传来，那扇关得死死的门终于打开了。我甚至怀疑这是不是我的错觉，或是什么陷阱。

眼睛深处感到一阵钝痛，泪水模糊了视野。但千真万确地沐浴到外界新鲜的空气后，我终于意识到这不是梦。

正当我要从车厢边缘摔下去时，一双有力的大手把我撑住，将我扶了下去。土地湿润的气息传来，我身体一软坐在地上。揉揉眼睛打量四周，发现一对中年男女正惊讶地低头望着我。

"你怎么会在这种地方？遇到什么事了？"

嗓子眼儿里像是堵着什么，让我无法发出声音，连呼吸也难以办到。用力喘了几口气后，我终于说出话来。

"这里，是哪儿？"

大嫂抓着大哥的胳膊，仿佛想躲在后面一样，只见她先打量打量我，又打量打量卡车。

"这儿是铜仓。"

"铜，铜仓？"

"栃木的铜仓，听过吗？你怎么会在这种地方呢？"

"我被别人带来后关在这里……"

大哥发出"咦"的一声。

"什么时候被关在这儿的？"

"应该是二十号的凌晨两点左右。"

两人目瞪口呆地对视一眼。

"那你岂不是整整两天都被关在这里？太可恶了，是谁干的？"

"也就是说今天是……"

"周二，二十二号早上五点。没事吧，站得起来吗？"

大哥伸手拉我起身，但我注意到他别过了面孔，可能因为我身

上正散发着一股恶臭。于是我稍稍站远了些，一边喘息一边打量着四周。

我们位于一片脏兮兮且毫无生气的杂树林里，四周散落着无数大件垃圾。如我所料，囚禁过我的卡车是一辆被抛弃在这里的废车。卡车的四个轮子早已消失不见，表面的涂料几乎剥落殆尽，车身凹陷还倾斜着。

我还不小心瞟到卡车旁边有一台翻倒的冰箱。尽管它十分破旧，却没有被雨淋湿。我先是直勾勾地望望自己的救命恩人，又直勾勾地望了望停在旁边的一辆黑色皮卡。

"得去警察局报警吧？"

大哥小心翼翼地问。

"这算是案件吧？是不是该去趟警察局？"

被牵扯进麻烦事里，他的语气明显有些为难。不过这也难怪，毕竟他是违反家电回收利用法，跑到这里抛弃废旧冰箱来的。要是在取证时被警察问到为什么要在大清早来这种地方，他也不好回答。

一种奇异的感觉涌上心头，回过神时我已经捧腹大笑起来。

"妹子，你没事吧？"

大嫂好像被我吓到，往后退了一步问道。

"总之还是先去趟医院吧。"

笑到直不起腰来的我摆了摆手，我的救命恩人耐心地在一旁等着我发完了神经。

"不用去警察局。"

好不容易冷静下来后，我擦了擦眼泪，又用T恤的袖口抹了抹鼻涕。

"医院应该也不用去，我给朋友打电话让他来接我，能拜托您把我送到附近的公共电话亭吗？还有，求您借我点电话费，我一定会还的。"

"这个倒没什么。"

两人像放下心来般对视一眼，但大哥马上又有些内疚地说：

"把你关在这里的人不会再来袭击你吗？要是这样我们会良心不安的。"他抽了下鼻子后又说，"那个，不介意的话我们可以送你回家。"

"是啊，没关系的，上车来吧。"

听到大嫂略显生硬的话语，干涩的眼角又渗出泪水，但我还是摇了摇头：

"我是从东京来的，您二位载我去公共电话亭就好了。"

"东京？"

两人异口同声叫道。

"为什么要把你带到这儿来？"

"应该是恶作剧吧。真是的，一定是把我扔在这儿就忘了。您只要让我坐车斗就行……"

"那怎么行，你被人害得这么惨，快坐到车里来。"

推让了半天，最后我还是坐进车斗，被他们载离了这片杂树林中的垃圾场。其实这儿离公路不远，只有四十多米。汽车开出去后，外

面是一片开阔的田地，再远处似乎是新兴住宅区，能看到一片人家在晨曦的照耀下熠熠生辉。

下车的地方看上去曾经是一片巴士停车场，这里有一排简易棚屋，前面安了长椅，侧面还有绿色的公共电话亭与自动贩卖机。

"真的没关系吗？我们陪在这儿等到你朋友过来吧。"

"不用了，没事的，谢谢你们。"

大嫂摇摇头笑了。

"天亮了就没坏人了。沿着这条路往前再走一阵子就是东北纵贯道，来来往往的车辆很多，要是遇到什么事，大声呼救就可以了。"

"拿着这个吧。"

大哥递给我一些钱，我道谢之后收下了，接着请他写给我一张带有姓名和住址的便条。

"拿去吧，不用还了。"

"可是……"

我低头看了看手里的钱，千元的钞票足足有好几张。

"太多了，承您好意，有一张就够了。"

"不用客气，都拿去吧，说不定用得上。"

我无力继续推辞，只好鞠了一躬，想问清救命恩人的名字，但大哥依旧摇了摇头。

"别问啦，还是不知道的好。那我们走了，你自己小心点。"

皮卡开走了，我数了数手中的钱，千元钞票共有五张。我忍俊不禁——有这些钱，应该足够处理掉那台废旧冰箱了。

在自动贩卖机上买了一瓶运动饮料之后，我把零钱投进公共电话，拨通了唯一记得的号码，电话那头传来长谷川所长一如既往的仿佛没睡醒的声音。

"什么，栃木？卡车车厢？真是的，我还以为你人间蒸发了。"

"……非常抱歉。"

"总之你留在原地，不要乱走，把那台公共电话的号码告诉我，我让村木过去接你。"

"小满……平满她没事吧？"

"轮得到你担心别人吗？光浦照看着她呢，放心吧，我会向她报平安的。"

听所长的说法，似乎没有发生什么坏事。我坐在长椅上小口喝着运动饮料，心中既困惑又好笑。仅仅两天。有人能够承受数十天的拷问，然而我却败给了仅仅两天的囚禁。

更令人惊讶的是在这两天里，世界似乎安适如常，丝毫未变。

大约两个小时后，村木义弘开着自己的4WD出现在我面前。见到我后，他顿时愣住了。

"……唉。"

"真的有那么难闻吗？"

"不是这回事。真是的，白借你警棍了。"

"唉，是吗。抱歉，身上的东西都被抢走了。"

村木叹了口气。

"我会赔你的，不要怪我了。"

"行了行了，快上车吧。"

我打开车窗，在副驾驶席铺好报纸后才坐上去，但我身上散发出的异味还是立刻充斥了窄小的车内，呛得人眼泪直流。我又将车窗开到最大，随后尽量一动不动。村木也一言不发地开着车，时而侧目瞥我一眼，随后突然把车往另一个方向开去。

"来这儿的路上我看到有家二十四小时营业的情人旅馆。感觉你不太自在，还是先去冲个澡再回去吧。"

"还是很臭吗？"

"是有点味道，但我没你那么介意。"

"虽然你的同事被人算计，倒了大霉，但不用跟她客气，她也知道自己身上很臭。"

村木咂了咂舌。

"谁会跟一个明明被敌人环伺，还敢在大半夜里毫无防备出门的笨蛋客气啊。"

我们走进那间情人旅馆，里面花里胡哨的装修让我直起鸡皮疙瘩。挑了个最便宜的房间后，我直接走进浴室，在镜子前甩掉衣服，我看到自己后背上带着深蓝、深紫与绿色的大片淤青。

不想看自己的脸，因为那必定是一副惨相。

我用旅馆自带的沐浴露打出许多泡泡，毫无死角地抹遍全身，继而在莲蓬头下面冲掉。接着又放热水冲洗身体，放松肌肉，直到心满意足为止。最后拧干湿漉漉的头发，拿过浴巾擦拭身体。然而在做完这些后，我立刻"哼"了一声。

因为还是很臭。

我回到莲蓬头下，在头发里打满洗发露，连耳朵眼儿里都洗到了，冲澡的过程中还大刷了一通牙齿。

然而依旧很臭。

洗着洗着，装有沐浴露的瓶子已经空了。我把它摔到墙上，在热水下面猛力搓着自己的胳膊。

"喂，叶村。"

浴室门开了一条小缝，外面传来村木的声音，我焦躁地回道：

"怎么了？"

"还问怎么，你要在里面待多久？都已经一个小时了。"

"味道洗不掉，我有什么办法……喂。"

村木冒失地闯进来，我连忙一把拽过浴巾。村木也不客气，抓起呆立在原地的我的头发，用鼻子凑上去闻了闻。

"味道好重。"

"我不是说过吗！"

泪水顿时涌出眼眶。村木松开我的头发，将两只胳膊交缠在胸前：

"不，我是说沐浴露的味道很重。"

"你不用安慰我……"

"看看你的胳膊。"

我看了一眼，发现自己的手臂已经擦伤，微微渗出血来。

"那只是幻嗅，错觉而已，想通了就快点出来吧。本来就体力消耗严重，再长时间洗澡，会心跳骤停的。"

村木背过身子走出浴室，又很快返回，把衣篮放进来。

"里面是我的T恤和短裤，新洗过的，先对付穿着吧。内衣我已经帮你买好了，袜子要吗？"

"不要问我这些！"

我大吼着关掉淋浴，急匆匆地换好衣服，擦着头发走出浴室。村木正躺在床上，见到我后坐起身来，帮我在胳膊上涂抹了消毒药。村木手指的触感让我产生了某种冲动，为了按捺住它，我耗尽了早已所剩无几的耐力。

"还有其他伤吗？"

村木问着，却不望向我的眼睛。

"没……没事，只有身上几处瘀斑。"

"把这个喝了，会有用的，至少上面写着有用。"

我从他手中接过一个镇得拔凉的小瓶，瓶子上贴着红彤彤、金灿灿的标签，上面写着"中华五千年魔幻药材调和·大蛇传说·跨越银河的剧烈能量"。

"不准笑！"

村木摆出一副严肃的面孔，嘴角却也忍不住微微抽动。

"总之我得把你平安带回东京才行。"

"连银河都能跨越，东京只是小意思而已吧。"

尽管人在饥饿时吃什么都香，但我依旧觉得"大蛇传说"的味道不敢恭维，光是嘬了一口就反胃了，最后也只是勉强喝了两小口。我不想再刺激极度虚弱的身体，于是便不喝了。

虽然没有宣传语上写得那么夸张，但还是起了些作用。回去的路上尽管已经累到瘫软，我的眼睛却依旧睁得像个铜铃。

4

小满与光浦功热烈迎接我的归来，尽情宠溺了我一番。他们给我喝热乎乎的汤粥，用毛毯把我裹成球后端来热水让我泡脚，还抚摸着我的脑袋柔声安慰，搞得我像是条被抛弃后追寻几百里地，只为找到前饲主的流浪狗似的。

小满睡醒后发现我人不在，而且留了字条。她以为我只是有事回来晚了，便去附近的店里买早饭，结果偶然遇到光浦，便和他说明了情况。

"当时我立刻觉得不太对劲！"

光浦像使用自家东西一样用着我的厨房，同时露出一副得意扬扬的表情。

"始终没有联络，直到早上还没回来，实在太奇怪了。而且说是早上，其实当时都快到中午了。小满说你留了字条，要去那个叫辻的大婶家里找你，但我拦住了她。我问小满——要是她抓住了叶村，你该怎么办呢？于是我联络了长谷川侦探调查所的那位大叔，听说这件事后他也吓了一跳，赶忙亲自联络那个叫辻的大婶，得到的消息却是

你没有去过那里。"

"美和的妈妈很生气，说你根本就没有去。"

小满插嘴说道。

"他们大吵了一架呢。我还以为肯定是她撒谎，但所长大叔联络保安公司后，得知叶村姐你根本没进出过那栋公寓，大伙一下子都慌了，昨天和前天一直在到处找你。"

别说表示谢意了，大家为我所做的事甚至让我深深厌恶自己。我一声不吭地点点头，村木换了个话题问道：

"然后呢，究竟是谁干的？"

"我是从背后遇袭，没能看清对方的脸，可是……"

我将被困在车厢里时所想到的依次讲给他们听。

全部讲完后，村木小声嘀咕着什么，小满激动地喊道：

"是野中叔叔带走了加奈与美和？不会吧？"

"这种推测合乎道理，但欠缺一点儿说服力。首先还无法确定那个'叔叔'就是犯人，而且如果野中是犯人的话，为什么不杀死叶村呢？"

"不知道他为什么没有杀我。就我所知，这两天内没人来查看过我的状况，所以也有可能是从一开始就想错了。也就是说，犯人并非为了取乐才将我关在那里的。"

"或许是想把你彻底累垮后再出现。"

村木抛出这句话后，光浦皱着眉头说：

"真瘆人，你们平时总是这样子谈话吗？"

"排除其他嫌疑人的理由，还有别的吗？"

村木没理会光浦，自顾自地继续问着。我点了点头：

"这是后来才想到的。那天在走过平交道后，由于后背遭到殴打，我向前打了个踉跄，脸也撞到一扇停在路边的汽车侧窗上。由于当时周围太暗，我没能记清那是辆什么样的车，但只有一点能够确定——那是一辆白车。而我能在站立状态下撞上侧窗，也说明它有一定的高度。"

"难道它就是'叔叔'给加奈搬家时所用的那辆白色面包车？"

村木摸着下巴分析道。

"原来如此。无论时间多晚，那里毕竟是城市的住宅街，即使大半夜也可能有人出门闲逛。既然如此，就等你靠近汽车时袭击，这样可以立刻把你塞进车里，也能避免被人目击。只不过要把车停放在一个绝妙的位置才行。"

"那么晚的时间，想要去赤坂只能坐出租车，而要打到出租车，就必须前往山手大街。虽然也可以选择走一段上坡路后去东中野站打车，但如果'叔叔'和他的同伙一直在监视我，就能注意到我因脚伤行走不便，继而推测出我不太可能选择那条上坡路。而且在明亮安全，女性更愿意走的道路上，即使听到惨叫，附近的居民也要花上一段时间才能醒来——而那个地方正是绝佳地点，会选择那里铁定不是偶然。"

"他们预先做过调查？"

"不清楚是否是为了袭击我而做的，但我觉得他们至少在附近

预先调查过许多次。距离那辆面包车最近的人家门前有一辆三轮自行车，说明他们家里有小孩子，而这样的人家通常不会熬夜——我猜他们连这点也算进去了。毕竟那天是周六深夜，熬夜的人比平时更多，所以也更加危险。”

小满一直默默听着我们讲话，这时突然噘嘴说道：

“可是白色的面包车到处都是，会不会只是巧合呢？”

“小孩子不要掺和”这句话险些蹦出口来。我不愿意一一回答这些麻烦的问题，这会让我心生焦躁。

“叶村当然知道。她是把偶然因素考虑进去后才这么说的，外行不用质疑。”

村木训了小满一句。光浦不失时机地把一碗姜汤递到我面前，

“来，把这个喝了。”

“我已经一肚子汤汤水水的了。”

“我还帮你叫了大夫。”

光浦毫不理会我的抗议。

“打上一针也没什么坏处——明明说很快就到的，磨蹭死了。到底在搞什么呀，那个庸医。”

说曹操曹操到，话音刚落，大夫就敲响了房门。他个子很高，身材瘦削，是个冷淡的老头儿。光浦把我遇到的倒霉事大张旗鼓地向他描述了一遍，但对方连眉毛都没动一下。

“这根本算不上病人。慌里慌张地叫人过来，还以为是什么了不得的重症。”

"行了行了，她现在精神不好，想办法帮她提提神吧，下个月房租我给你打八折。"

"不要慌，对她来说休养比提神更加重要，还是先让她睡个三天左右吧。"

老大夫在诊疗包里"哗啦哗啦"地翻找着，我慌忙跳起身来。

"等等，我有着急要办的事，暂时还不能睡大觉。"

老大夫哼了一声，表示不想吃安眠药就得看诊。不容分说地把光浦和村木赶出房间后，他检查了我背后的瘀斑，随后不屑一顾地说：

"给你开几张膏药吧，应该能够缓解疼痛，再打上一针营养剂。"

"真的只是营养剂吗？"

"再抱怨一句，就让你永远睡过去。我这儿还有不少药没做过人体实验呢，想为人类的未来做点贡献吗？"

不愧是光浦的房客，真是个要命的大夫。

他以熟练的手法给我打了一针，随后便默不作声地离开了。小满又帮我在后背和脖颈处贴上了膏药。泡脚的时候出了一身汗，我脱掉那件被汗水湿透的村木的T恤，换上自己的运动衫。

"我不在的时候，你一直待在光浦家里？"

"嗯。"

小满点了点头。

"光浦哥说可以把二楼带锁的房间借我住，还说有没有锁都无所谓，他对女生不感兴趣，但这样能让我更加放心。他真是个好人。"

"和家里联络过吗？"

"咱们说好的嘛，所以每天都有联络。虽然没把叶村姐的事告诉他们，但既然你平安归来，我又可以寄住在你家了。"

"不好意思。"

我忍着反胃的感觉说：

"能让我单独住一阵子吗？"

小满的脸上笑容僵住了。

"这是什么意思？"

"和你没有关系，只是因为……我太累了，没有足够的精力顾虑你。"

"你不用顾虑我，这是叶村姐你自己的家，你愿意怎么做就怎么做。"

"有另一个人在，就不可能不顾虑到对方。听我说，等我干完了手上的工作，并且恢复状态之后，你再来也完全可以，但现在不行，光是想着这件事都让我觉得头大。"

"为什么？"

为什么为什么为什么，我顿时觉得体内好像有根弦崩断了。

"不是说过了吗，我光应付自己的事情就已经焦头烂额，更没有闲工夫去保护你。我连自己都保护不好，更不想再多担心一个你。我不会说什么坏话，但你还是先回家吧，至少这样可以安全一点。"

"叶村姐觉得还会有人来袭击你？"

"不知道，但我害怕会是这样。"

"两个人或许比一个人要更加安全呢，而且不是约好了让我在待在这里的嘛，不遵守约定也太赖皮了。"

"上学的事呢？"

小满仿佛刚刚想起什么一样，把脸别了过去。

"……今天是建校纪念日放假。"

"胡说。你也说过会乖乖去学校上学，自己不履行诺言，还好意思让我守约。"

"没办法，事态紧急嘛。我还把和你一起打听到的事告诉了长谷川所长，也派上用场了，才不是只会拖后腿呢，真的，所以……"

"总之……"

反胃感愈发严重，甚至令我有些眼花。

"不要再纠缠我了好吗。不知道怎么跟你解释，但我想独处一阵子，也必须这样做才行。"

"我希望能帮到叶村姐的忙。"

小满委屈地说着，而我只是下意识地回道：

"得了吧，你根本帮不上我的忙。"

小满愣住了，片刻之后站起身来。

"你神气什么。"

她的面孔因愤怒而僵硬。

"蠢不蠢啊，平日里一副了不起的样子。才被关了两天就这副熊样了？哼，我真是看走眼了。像你这种人，动不动就装出自己无所不能的样子，实际上只是虚有其表而已。喊，什么嘛，无聊透顶的女人。亏我还和你好，对你有所期待，现在真替自己觉得不值！"

小满从裤兜里掏出钥匙向我扔来。

"这种玩意儿还你好了！我走，我走还不行？像你这种人就活该孤单一辈子！"

说完这番话，小满便摔门而去，整个房间似乎都被震得摇晃起来。

从噩梦中醒来时，从西边的窗户里射进一道红彤彤的光芒。村木回过头来，阳光似乎刺痛了他的眼睛。

"哟。"

完全不记得自己是什么时候躺在床上的。我坐起身来向村木问道：

"现在几点了？"

"五点多了，你睡得够久的。"

"本来没打算睡，忽然就失去意识了……啊，难道说是那个大夫。"

"别抱怨了，能醒过来就不错了。"

我无言以对。

"村木你一直在这儿？"

"是所长让我暂时陪着你的。"

感觉像个玩笑一样，但这些就等过后再提吧。已经浪费了八个小时，现在最优先的是整理案件的现状。

我又冲了个澡，痛饮了一杯麦茶，虽然知道一会儿会胃疼，但还是忍不住这样做了，那种冰凉的液体大量通过喉咙的快感是无可替代的。

"我失踪的事情，你们该不会已经和武藏东警局的速见、柴田他们讲过了吧？"

"他们知道，因为你的物品被人送到警局去了。"

"什么时候，在哪儿捡到的？"

"是在星期日傍晚，由北区的小学生送到警察岗亭去的。它们似乎掉落在公园的灌木丛里。虽然你本人不亲自前去就没法认领，但不提警棍，手机钱包之类的东西基本都在。还有一件事……"

村木"咔吱咔吱"地挠着额头。

"今早栃木的警察接到一通匿名电话，对方说在铜仓附近杂树林的垃圾场内，有个女人被囚禁在一辆卡车的车厢里，去救她出来吧。"

我倒吸一口凉气，村木也眉头紧皱。

"犯人葫芦里究竟卖的是什么药？至少他应该并不打算杀你，但既然如此，又为什么要把你关起来呢？"

这我也想知道。

"我打算找让亚寿美谈谈。"

一番考虑过后，我决定了接下来的行动。

"她现在在哪儿？还在店里吗？"

村木突然不作声了。感觉他莫名其妙有些紧张，我放下杯子问道：

"辻亚寿美……出事了？"

"是的。"

村木说完，绕过餐桌走到我这边来。

"她自杀了。"

我一时无语。村木别过头飞快地说：

"她是在星期日的深夜里死去的，当时你已经被人囚禁了。她服下大量安眠药，在浴室里割腕自杀，被人发现时已经来不及抢救了。"

"为什么……"

"详情不太清楚，所长也在暗中调查此事，有什么发现应该会联络我们……喂，你没事吧？"

我用双手紧紧抓住餐桌边缘，村木赶紧按住我的肩膀。

"原来你是做过激烈的心理斗争后，才决定告诉给我的吗？"

我想起辻亚寿美最后的电话，以及她的抽泣声。

可恶。

桌上的玻璃杯微微晃动，那是因为我在颤抖，连村木搭在我身上的胳膊也跟着颤抖起来。

"你还是老样子，把过错都揽到自己身上。"

村木在我耳边说。

"这不是叶村你的错，就算赶过去也来不及了。虽然不知道辻亚寿美有什么难言之隐，但也不至于必须要你这个局外人来承受。"

村木的手上传来一丝温暖，这份温暖拯救了我。

但同时我又感到一丝危险，于是离开他身边，坐到对面的椅子上，用胳膊肘支着餐桌，深吸了一口气沉思起来。

"……我听所长说过，野中则夫一直企图将让亚寿美的珠宝店转让给银行。"

"这件事啊。"

村木也坐在对面的椅子上。

"还款期限为一年，据说她开始贷款的时间差不多也在一年前……啊，原来是这样。"

"我想会不会是——亚寿美之所以会想在周六晚上见我，是因为还款日就在周一。周六深夜，让亚寿美已经确定无法筹够资金还贷，于是野中则夫向她宣告了自己的阴谋。"

"看来需要查一查她的还款日期了。"

村木始终保持着冷静。我继续说道：

"亚寿美委托我继续调查美和的事发生在星期五晚上，当时她的身边有一个人，恐怕就是野中则夫。"

"哦？"

"对亚寿美来说，她无论如何也无法料到既是情夫，也是经营珠宝店的核心人物，甚至还起着与银行牵线搭桥这种重要作用的野中竟然会背叛她。不过野中应该也是到了最后关头才向亚寿美露出自己的真面目。毕竟一旦稍有差错，让亚寿美真的筹到钱款就完蛋了。比如泷泽喜代志那种人，在耐心劝说下也是有可能借钱给她的。"

"或许是这样吧。不过亚寿美的自杀与那些女孩的失踪之间又有什么联系？"

"我说过，亚寿美是在周六深夜把我叫出去的。"

我起身在厨房里踱起步来，

"周五我和亚寿美通过电话，当时她说了这样一句话——'他说过……警察说过美和被毒贩子杀害了'。"

"那个'他'指的就是野中则夫吗。"

"恐怕是吧。我向亚寿美指出这种想法有问题后，她捂住话筒跟一个人谈了几句，先是让我不要再调查下去，但最后又喊了一句'拜托你了'。"

"她想表达的究竟是什么意思？"

村木叼上一根香烟，我从碗架里拿出烟灰缸来。

"那个时候亚寿美跟野中还是一伙。由于生杀大权都掌握在对方手里，所以尽管她心里觉得不太对劲，或许也没办法反抗。然而周六深夜野中突然摊牌，于是过去她始终有意忽视的怀疑终于彻底爆发出来，那就是——美和的失踪是否也跟野中有关。"

"倘若果真如此，这一消息就是足以对付野中的王牌了。这样一来她就可以威胁野中延长银行的还款期，或者干脆让他本人出这笔钱，否则就把他与女儿失踪有关的事情揭发出去。"

我略微犹豫了一下。村木说得没错，但如果表示认同，就好像自己彻底接受了在亚寿美眼里，店铺远比女儿重要的观点一样。

我更愿意认为亚寿美自杀的原因是无法承受同时失去店铺与女儿的打击。因为对她而言这二者就是一切，我不愿意深究她究竟能否舍得将女儿的生死与去向当作用来威胁别人的砝码。

至少我希望自己能这样想。

"总而言之，亚寿美之所以会在周六深夜打电话给我，既是为了得到逼迫野中的砝码，也是为了找到美和的下落。其实那时我已经得知这起案件与一个同时认识绫子与加奈的人物有关，如果我们能够见面并交换手头的信息，或许真的可以瞬间破解这道谜题。"

"然而你却被人绑架监禁，没能与亚寿美进行交谈。"

"我请亚寿美至少再让我调查三天，或许正是这句话让野中感到了危险，因为在珠宝店到手之前，我与亚寿美见面会对他不利。"

"咦？等等。"

村木把吸过的烟头扔进烟灰缸里。

"那就有点不对劲了。"

"哪里不对劲。"

"要是让人知道野中与失踪事件有关，他的处境就非常危险了。"

"当然了，毕竟……"

"无论在夺取珠宝店之前还是之后，被人当作失踪事件的嫌疑犯都一样会很不妙吧？不是吗？"

他说得没错，我思索着应该怎样辩解。

"会不会是因为野中也不清楚我究竟对他有多大威胁，所以才会觉得不用非得杀了我呢？"

"有可能杀害过两个女孩子，却独独放过了叶村你？野中则夫会是这么善良的人吗？"

"可能他知道我从卡车里逃走了，为了让人觉得他并不打算杀我

才会给警察打电话之类的……"

村木又点燃了一根香烟，也递给我一根。

"你不觉得应该先冷静下来，重头思考一遍吗？——先试着把监禁事件放到一旁，只考虑失踪事件。叶村你怀疑野中则夫的依据是什么？因为野中与泷泽美和关系接近，同时认识加奈与绫子两人，以及与那个'叔叔'的背影相似，就只有这些？"

好久没吸过劲儿这么大的烟了，我一边吸着，一边拼命让大脑运作起来。

"嗯……算是这样吧。"

"算是？"

"因为我觉得还有一两个怀疑野中的依据。"

"只是觉得而已吧。"

正当我冥思苦想时，村木的手机响了起来，他接起电话讲了几句。

"是所长打来的，袭击你的人似乎不是野中。"

"怎么回事？"

"他有不在场证明。从周六晚上起，他就带着家人与泷泽喜代志等其他二八会成员，一起去了其中一人位于轻井泽的别墅。直到星期一早上辻亚寿美的讣告传来，他才回到东京。"

我一屁股坐在椅子上。

"既然野中没有袭击过你，想要证明他与失踪事件有关就更加困难了。要暂时解除对他的怀疑吗？"

那可不行。我也不清楚自己为什么会这样想，我只是固执地认为，美和与加奈的失踪与野中一定脱不了关系。

连我都好奇自己为什么会如此坚信。

5

之前所长与武藏东警局的速见刑警取得联络，决定将野中则夫的照片拿给水地加奈所住公寓的管理员及房屋中介老板进行确认。因此在我失踪的这两天里，速见刑警始终扎实稳健地进行着调查——尽管如此，能确认到的却只有加奈真的彻底失去行踪的这件事。速见后来也联络我，说叶崎警局不会将水地加奈的失踪当作单纯的离家出走看待，同时也派人向水地哲朗询问了状况，但最重要的那个"游戏"究竟是什么含义，与什么人有关，依旧无人知晓。

所长做了野中则夫的人身调查，但暂时称得上与他有着情人关系的就只有辻亚寿美。他本人既没有天天晚上出去找女高中生陪睡，也从未陷入过聚众淫乱之类的风波当中。

有可能袭击我的其他嫌疑人还未完全排查清楚，世良松夫的祖母那天由于过度激动而心脏病复发，被救护车送到医院，如今还没出院。牛岛润太似乎始终待在家里，平贵美子也一样。至于世良的祖母是否在医院雇人来袭击我，或是牛岛与贵美子是否真的一直没出过门，都还没有得到确认。

我坐上村木的车前往北区警察局取回了我的挎包。除了那根警棍以外，连零钱都没少一分。幸好我将案件的调查笔记留在大包里面没

带出去，要是对方看到那个，恐怕真的会杀了我。

"不是说了嘛，先别管野中了。"

村木在驾驶席上有些不耐烦地说着。

"过度钻牛角尖，可能会漏看掉其他线索哦。"

所长在长谷川侦探调查所的办公室里等着我们，他将我从上到下打量了好几遍，继而笑眯眯地说道：

"嘻，叶村你可真是个大忙人。"

"害您担心了。"

"毕竟这也是工作嘛。"

办公桌上的资料堆积如山，所长把放在最上面的一个信封随手扔来。我伸手接住了它。

"昨晚送到的。"

寄信人是辻亚寿美。信封里好像装过东西，应该是小盒子之类的。

"里面装的是贵金属首饰。信上说手头没有现金，请把这个当调查费。不愧是珠宝商，在黑市上应该能卖到好几百万吧。"

我用信封垫着信笺，读起了信里的内容——

我决定离开人世。

叶村小姐或许已经得知了我被野中则夫欺骗的事。星期六晚上他在电话里对我讲清了一切，说他从一开始接手店铺时，就打算要夺走它了……

信中如我和村木所推测的那样，详细地记载着野中夺取店铺的全过程。亚寿美彻底上了野中的当，最终导致自己失去了一切。

她之前从未怀疑过美和的失踪与野中有关，或者说她根本不想怀疑。但在野中露出丑恶的嘴脸后，她思考了许多，也回忆起许多。

包括美和曾经固执地追问野中什么问题，野中最开始不停回避，后面却又背地里和她谈了许久。而在我拜访亚寿美的那个晚上，藏在隔壁房间里把我们的对话听了个一干二净的人，以及后来阻止亚寿美委托我继续调查的人也都是他。

读到这里，我非常失望。这样一来对野中的怀疑就失去了最合理的依据。

信笺最后写着一段令人意想不到的话。

——我想了一遍又一遍，终于想出一个办法，一个既能向野中复仇，又能找到美和的办法。

已经别无选择，我只能这样做。

叶村小姐，后面的事情拜托了。

"这是什么意思？"

我向所长问道。所长耸了耸肩膀说：

"辻亚寿美的珠宝店并非公司，算是她的私有财产。而向银行贷款的对象恐怕是辻亚寿美本人。"

"所以说？"

所长那张胖乎乎的猫脸上浮现出笑容。

"如果她在还款日之前去世，那么债务、店铺和库存该怎么办？"

我猛一拍手。

"对了，这些都会先由她的女儿美和继承。但是美和现在下落不明……"

"甚至生死不明，没法完成继承手续。"

"如果野中则夫与泷泽美和的失踪有关，又知道她的下落……"

"那么无论是生是死，他都得让美和重新出现在大众面前。"

村木侧着脑袋总结道。所长清了清嗓子说：

"当然依旧大意不得。我已经向东都借来了樱井和其他几名员工，打算对野中则夫进行全方位的监视。其实……"

社长拿出一张纸来。

"野中则夫的公司同样向银行借过高额贷款，而放贷给他的人也是那个二八会成员之一。野中大概是为了减轻自己还款的负担，才会与那个人合伙陷害辻亚寿美的。"

但由于亚寿美自杀，他们的如意算盘没能打响，反而被逼到了绝境，估计这会儿野中同样心急如焚。

"也就是说他会有所行动，对吧？"

"我想是的，至于会如何行动，现在还不好说。"

"我打算明天早上直接去见野中。"

所长坐在沙发上，眯着眼睛问：

"你打算去激一激他？"

"辻亚寿美的丧事怎么处理了？"

"不举办葬礼，遗体似乎被泷泽喜代志领走了。"

"泷泽喜代志？"

为什么会由前夫处理。

"亚寿美的近亲只剩下一个音信不通的姊姊，因此遗体在经过司法解剖后，就送到泷泽那里去了，似乎会在明天进行火化。"

"司法解剖？"

"毕竟连遗书都没有留下，算非正常死亡。"

我看看亚寿美的信，再看看所长，感觉他也怀着一丝愤懑。所长是个彻头彻尾的懒蛋，然而就连经营这间侦探调查所都嫌麻烦的他，如今却也对野中产生了厌恶。

于是我尽量把话题转移开来：

"所长你怎么知道要在明天火化？"

"泷泽预约了明天十一点的武州火葬场。武藏东署的速见对辻亚寿美自杀一事感到怀疑，如今掌握的消息我已经全部告诉他了。"

尽管对速见（失聪）警官没什么意见，但我不希望自己的事情被他横插一脚。我皱着眉头问：

"明天早上野中也会去火葬场吧？"

"是的，不知为何据说他也要去。"

决定了明天的行动后，我们三人一起吃了顿饭。由于好久没吃过正经的固态食物，咀嚼时我把自己的下巴都嚼麻了。随后村木开车

恶意的兔子

送我回家，我在路上买了点东西（便携式除臭剂），接着又去了光浦家，如我所料，小满就在那里。

"听说你们俩大吵了一架？"

光浦穿着粉红色的拖鞋在门厅迎接我们，随后小声问我。

"她大发了一通脾气，说对叶村你很失望。"

"给你添麻烦了。"

"哪里，我无所谓的。而且小满非常勤快，既能做体力活又擅长计算。刚刚还在帮我核查预付税金的材料呢。可她之前明明那么黏你，到底发生什么事了？"

"应该是看清了我的本性吧。"

"哦？我倒觉得你没什么见不得光的本性呢。"

几天前我也是这么想的。

"等这件事解决后，我会找她好好谈谈，想办法跟她和好的。真是不好意思，在这之前介意我先把她寄托在这儿吗？"

"呕。"

光浦活泼地装出一副反胃的样子。

"别张口不好意思，闭口介不介意的，恶不恶心人呀。当然可以啦，完全不介意，你就放一百个心吧。"

我向光浦道谢后回到了自己的房间。眼前浮现出平贵美子知道这件事后大吵大闹的样子，因此本想联络小满的父母，想想后还是觉得算了。

忙这忙那的，不知不觉间已经过了十一点，村木已经在强忍哈欠了。

　　"抱歉让你陪了我一整天，村木。我已经没事了，要不你回去睡吧？"

　　村木显得有些惊讶。

　　"我没关系的，至少今晚得有个人陪着你吧。"

　　"谢谢你的担心，但至少今晚我得一个人住。"

　　我不想解释原因，但村木似乎觉察到了什么，他板起面孔说：

　　"我觉得偶尔向别人求助也没什么不好。"

　　"不行！"

　　我下意识地大喊出来，连自己都被吓了一跳，只好语无伦次地搪塞着：

　　"我的意思是……你已经帮我很多忙了，过去我也从来没这样向人求助过……所以……那个……"

　　"算了，既然叶村你这么说，我会走的。"

　　村木冷冷地说，拿起之前随手放在餐桌上的香烟，继而穿上外套。

　　"……对不起。"

　　"用不着道歉，我理解你的心情，但有句话我要说清。"

　　我低下头去，不敢直视村木僵硬的面孔。只见他穿好鞋子，回过头来。

　　"叶村，你——"

　　我做好了心理准备。村木仿佛宣誓般抬起右手，继而严肃地说：

　　"——你身上已经一点也不臭了。"

村木离开后，一阵强烈的饥饿感袭来。尽管依旧害怕夜路，但过了一会儿，饥饿感越来越难以忍耐。磨磨蹭蹭地只会让时间更晚，因此我还是拿起钱包走出房间。当我跑下楼梯，脚尖刚沾到地面时，传感器警戒灯熄灭了。

视线顿时暗了下来，紧接着我的脉搏猛跳，口腔也一瞬间变得干燥，只觉得呼吸异常困难，与此同时，身上还起了一层密密的鸡皮疙瘩，眼前一片晕眩，腋下的冷汗也滑落下来。终于我膝盖一软，跪在柏油马路上剧烈喘息着。最后我挣扎着爬上台阶，门灯"啪"的一声亮了起来。

我颤抖着坐在台阶上，在灯光里抱住双肩，让自己缩成一团。

黑暗令人恐惧。

我告诉自己，这不过是种常见的精神障碍。在一片黑暗中被囚禁了整整两天，经历过如此恐怖的体验后，在周围突然变暗时自然会感到恐惧。这毫不奇怪，毕竟我也仅仅是一个普通人。

但我依旧无法鼓起勇气走下楼梯，离开家门。

我回到房间，开着所有的灯光睡着了。

终盘战

05

恶意的兔子

1

天亮了，我一晚上都没怎么睡好。

洗了洗衣服，打扫了一通房间，接着又吃了个早饭。背上的淤青淡了不少。多亏那两天的"安心休养"，脚背也已经不痛了。虽然依旧不清楚是谁干的好事，但至少现状值得庆贺。

八点多时，我给相场实乃梨打了个电话，本以为早上她会在家，但依旧只能听到录音留言。不愿意说话可以不说，但至少也给我发个邮件啊。

带着几分郁闷，我装好随身物品，开始选择衣物。考虑到要去的地方，我抽出一身黑色西装。奇妙的是，尽管不是为了这种场合而买，但只要穿着这身衣服参加过一次葬礼，以后就再也不想在日常生活中穿它了。时隔半年穿上这身衣服，感觉腰部松了不少。我刚面露喜色，就觉得小腹上勒得难受，看来是上面的肉垂到下面去了，只能说重力真了不起。

外面是个大晴天，过会儿估计会很热，因此我里面穿的是一件灰色短袖。至于鞋子，总不能再穿运动鞋去了，但穿高跟鞋又嫌烦。我翻出所有的黑色皮鞋正苦苦挑选着，房门突然被人粗暴地敲响了。

我把门打开。武藏东警局的柴田要刚走进门厅就哇的一声叫了出来：

"像你这种不修边幅的女人，居然还会有这种鞋？"

"工具而已。进来吧。"

速见刑警跟着柴田走进屋内，只见他花白的头发在晨曦下熠熠生辉，他像是没见到我和柴田拌嘴一样打量着我的房间，尤其仔细地看了我的书架。我一边端出麦茶，一边和善地对他说：

"我的书库里有马克思·列宁全集与各种灵异书籍，最深处甚至还藏着谋杀与炸弹制作的教学书呢。"

"真有意思。"

柴田无精打采地应和着。

"一大早就跟我们这些为了世界和平而辛勤工作的刑警开玩笑，看来被人关了两天，还是没把你那别扭的性格纠正过来啊，叶村。要不要去号子里蹲个三年试试？"

"要用什么罪名？"

"当然是伤害罪了。牛岛……"

突然意识到速见也在，于是柴田含糊其词地转换了话题。

"呃，关于你被人监禁的事，似乎并不是野中所为。"

"因为当时他在轻井泽的别墅，还有与二八会成员在一起的不在场证明对吧。"

"这一点是错不了的。位于轻井泽的那栋别墅是山东银行董事儿玉健夫的房产。儿玉夫妇、泷泽喜代志、律师丸山宽治以及别墅管理员夫妇，所有人都能为野中作证。"

"是吗，泷泽喜代志也在啊。"

"那又如何？"

我怀疑野中在周六深夜给亚寿美打电话，向她挑明了自己的阴谋，如今更是确认了这种想法。之所以野中会跟着泷泽，恐怕也是为了防止出岔，避免让亚寿美从前夫那里借到钱吧。

"不，没什么。"

"没什么表情还那么严肃，真不好看。"

"还不是因为见到你们。"

速见刑警插嘴道：

"我把野中的照片给加奈那间公寓的管理员和房屋中介老板看过了，这次是来告诉你结果的。"

"结果怎样？"

"回答模棱两可的。他们说虽然看着像，但又不能肯定就是野中。"

这也算是目击者的典型说法了。

"所以野中则夫已经确认无罪了？"

"目前还在观察。"

"我知道怀疑野中则夫的依据力度不足，虽然野中的确认识柳濑绫子……"

速见轻轻打断了我在昨天强调过许多遍的"理由"。

"不仅如此，他后来还与柳濑绫子有过多次接触。"

我顿时来了精神。

"是发生在美和失踪前的事？"

"之后的事。这个月的七号、九号、十号、十四号，他们之间至少通过四回电话，通话记录都还留着。"

"是柳濑绫子打给他的？"

"没错。"

野中后来还在与柳濑绫子接触？我不禁望向速见，他立刻领会到我想问的话，随即摇了摇头。

"不，你别误会，杀害柳濑绫子的人毫无疑问就是小岛雄二。我们在柳濑绫子的遗体上找到了小岛的指纹，在池边发现了他的鞋印，除此之外，他的供词中也没有疑点。"

"小岛雄二与野中则夫有什么关系吗？"

"怎么可能会有。"

柴田立刻否定了我，速见也点了点头说：

"至少没在小岛的房间里找到过任何与野中有关的物品。"

唉，这倒也是。要是真的发现了，反而会让人觉得太巧，要小心被误导的可能了。

不过可不可以这样认为？泷泽美和失踪后，柳濑绫子始终怀疑着野中则夫，说不定野中还对她暗示过那个"游戏"的事。于是她联络了野中，不停追问美和的下落。

野中的老本行是企业顾问，想要哄骗年轻女生简直小菜一碟。他打听到小岛雄二这个人物，于是给她吹了歪风，说小岛雄二这个人十分可疑，于是绫子便转而纠缠小岛，最终在夜晚的公园里因为想问出

美和的下落而惨遭杀害。

柳濑绫子曾与多个不同的男人交往，冒险心理极强，但危机意识差。即便如此，大半夜在无人的公园里约小岛单独见面——小岛的供词是这样说的——也未免太过冒失鲁莽了。

绫子会不会认为小岛是野中的帮凶，才会与他见面的呢？当然从野中的角度来说，小岛无论对绫子做出什么事来都无所谓。尽管他应该想不到绫子会被杀死，但肯定能预想到绫子会受到小岛的伤害。不，或许他期待的正是这种结果，于是指点绫子要追问、逼问小岛才行……

万一绫子真是因为这个原因而死，那么加奈、美和的失踪与柳濑绫子的死亡在短时间内发生的理由就能解释通了。

两个刑警盯着一言不发、陷入沉思的我。我交叉着食指说道：

"公寓管理员提到过那个'叔叔'还带着一个男人，他的身份弄清了吗？"

"没有。"

速见愁眉苦脸的，像嗑了个臭虫一样。

"我还盼着你能有什么突破呢。"

"如果只是搬运货物，根本不需要与野中有关的人，只需要几个跑腿工就够了。又或者说，可以认为监禁叶村的那个人是受了野中的命令吗？"

"毕竟跑腿工也有可能透露消息。"

我搪塞着柴田的话。

"野中难道没有心腹部下？"

"少说傻话了，野中是企业顾问公司社长，又不是黑社会老大，怎么可能有连犯罪都肯替他做的小弟。"

我刚想反驳柴田，突然脑中有什么一闪而过，那是我怀疑野中的另一个依据……

就在这时，手机响了起来，微弱的曙光立刻消失无踪，我"啧"了一声，接起电话，对面是长谷川所长。

"叶村，大事不妙！"

所长的声音显得十分慌乱。

"怎么了？"

"刚刚樱井联络我说，野中则夫带着一个女高中生进了泷泽家里。"

"等等，难道说那是……"

"不清楚。我只拜托东都的人跟踪野中，却没给过他们泷泽美和的照片，真是太失策了。"

难道说泷泽美和还活着？

明明是件让人放心，值得欣喜的事，我心中的石头却依旧没有落下。看了看手表，差几分钟到九点。

"我这就赶去泷泽家。"

"还有一个男人与野中几乎同时进入了泷泽家，千万小心。"

没时间再挑鞋了，把情况讲给两位刑警后，我抱上大号挎包，把脚塞进离我最近的一双黑鞋里，一溜烟地跑了出去。

明明跑来我家还蹭了杯麦茶，柴田却不肯让我坐他的车。我只好赶到东中野站乘东西线电车前往吉祥寺。当我气喘吁吁地赶到泷泽家附近时，附近却没有樱井的身影。泷泽家的门紧紧关闭着，无法看到里边的样子。

我按了按门铃，对讲器里传来一个冷漠的女声，我下意识地退了一步，听了听后，发现那显然不是保姆加藤爱子的声音。

"我叫叶村晶，请问泷泽喜代志先生在家吗？"

"老爷出门了。"

"那加藤女士在吗？"

"家里没有这个人。"

"叫加藤爱子，是这里的保姆。"

"你说她啊，她前天被辞了。"

"被辞了？为什么？"

"不知道，我也是昨天才来的，不清楚具体情况。"

伴随着"咔嗒"一声，对讲器被挂断了。我拼命按着门铃，却再也没人应答。

2

我打了一辆出租车，让司机师傅开往武州火葬场。在车上，我从包里取出一串念珠戴在左手手腕，用另一只手拨通了樱井的电话。

"他们正前往武州火葬场，我们似乎晚了一步。"

"警察呢？"

"不清楚。"

"至少得和警察同时见到野中带回来的那个女高中生才行。"

"见面应该不难，但你能区分她和真正的美和吗？不过应该也没关系，等到警察过去了就能拖住他们的行动。不过我听说武州火葬场是去年刚刚落成的高级场所，员工会站在门口整齐列队迎接客人，进门的时候给人的心理压力恐怕不小。"

没想到樱井还挺腼腆的。我一边心不在焉地听着他的想法，一边催促司机师傅尽量快些。所幸师傅原本就是武州营业点的司机，平时总在站前等待乘客，所以灵活地在住宅街里抄着近道前进。

幸亏如此，到达火葬场——"武州纪念堂"时，我看到一辆灵车与通体漆黑的出租车也刚好缓缓驶入那里。我赞叹师傅专业的车技，于是多付了些小费，随即接过小票下车。我看到火葬场对面的计时停车场上，樱井正坐在一辆旧式日产Skyline里向我招手。

"挺快的嘛。"

"警察呢？"

"还没动静。怎么办？"

我往火葬场的入口处张望一眼，此时工作人员刚好从灵车上拉出棺材。以僧侣打头，几撮人纷纷走进室内，我看到门边有一块带着箭头的导向牌，上面有着"等候室2F"的字样。

"从开棺到进火化炉大约有五分钟时间，等到那时行动，我先去

等候室门口看看。"

"喂，不会有事吧？"

"那个人总不至于在火葬场里掐死我吧。来这儿的都是些什么人？"

"有和尚、泷泽喜代志、野中则夫、那个女高中生，还有一个男的，应该是这个人。"

樱井掏出一张彩印件来，它与我在建材信息报社得到的二八会相关报道上的那张照片相同。樱井指着的人是律师丸山宽治，在轻井泽别墅里证明野中不在东京的成员之一。

越看越觉得可疑。

我给樱井看了眼泷泽美和的照片。

"野中带过去的女高中生就是她吗？"

樱井摆弄着一枚百元硬币，漫不经心地瞥了眼照片。

"不知道。"

"喂，樱井……"

"真的不知道，我只是瞟到一眼，换作你也会这么说的。其实更有意思的是牛岛润太的事，我们那个委托人可真够了不得……"

就在这时，柴田驾驶的车终于出现在视线里，我从Skyline里飞奔出去，走到大摇大摆地往入口走去的柴田与速见刑警身后，打算跟着他们混进会场，两人瞥了我一眼，也没拦着。

我们就这样通过正门，正巧赶上僧侣和泷泽喜代志一起从里面出来。只见泷泽显得无比阴郁、痛苦和憔悴，脸颊仿佛骤然消瘦般深深凹陷下去，与第一次见到的他相比简直判若两人。

柴田与速见走到泷泽身边，泷泽受惊般地眨着眼睛。

"我们是武藏东警局的，请您节哀顺变。"

速见得体地寒暄着，同时往泷泽身后瞥了一眼。

"听说令爱已经平安回家……"

"啊，是的。"

泷泽干巴巴的嘴唇无力地动了动。

"毕竟遇到这样的事，我们理解您的心情，但还是希望您能通知警方一声。趁着辻女士的遗骨还没处理完毕，可以允许我们向令爱打听点事吗？"

"这是怎么回事？"

从泷泽出来的房间里又走出一个人，是律师丸山，而他背后的人正是野中则夫……我简直怀疑自己的眼睛。

那是一位身穿西莫尔学园校服，年纪在十七岁上下的少女。她的身材与美和相仿，但正如樱井所言，很难一眼看出她究竟是不是泷泽美和。只见她脸上涂着厚厚的暗黄色粉底，阴影与高光部分都显得分外突出。眉毛画成了极不自然的形状，上下眼皮都贴了假睫毛，眼线黑乎乎的，眼皮也涂得又青又白。照片中那色泽自然的头发如今变成了姜黄色，仿佛给家畜擦过屁股的麦秸一样干巴巴地耷拉着。

少女用赌气的眼神回望着我和两位刑警，丸山开口说：

"你们这些警察到底有没有常识？美和小姐的母亲如今正在火化，挑这种时候过来实在不合适吧？"

和我同样感到震惊的速见终于调整状态说：

"辻亚寿美女士直到生命的最后一刻都在惦记着美和的行踪。这起失踪事件在警局有备案，甚至还牵扯到柳濑绫子遇害一案。我们也是想尽早从美和小姐口中问清真相，还望各位理解。"

"谁也没说要逃之夭夭，或是隐瞒真相嘛。"

律师丸山冷笑一声。

"要是你们愿意，可以等我们把亚寿美女士的遗骨领回去后，再把美和小姐带到武藏东警局接受你们的询问，但至少请你们现在立刻离开这里。"

"我们只想打听一件事，确认过后马上就走。"

速见极其镇静地回道。

"你们确定这个女孩就是泷泽美和对吧？"

"放尊重点行吗？"

野中则夫插嘴说。我想到这是第一次和他见面，便仔细打量了一番。只见他淡眉毛，薄嘴唇，或许是出于愤怒，那副面孔看上去像是爬虫动物一样，令人难以恭维。他戴着眼镜，身穿一件素色衬衫，属于混在人群中也不太起眼的打扮。

只见他气势汹汹地对速见吼道：

"如果不是美和小姐，她父亲为什么会把她带到这儿来？"

速见死死地盯着那个女孩。

"你叫什么名字？"

"泷泽美和。"

少女滴溜溜地转动着因化妆而显得过大的眼珠。

"这个女孩就是你的女儿泷泽美和没错吧？"

速见又问泷泽，但后者的视线在半空中游移，似乎并不打算回答。只见他的双手微微颤抖，额头上也汗涔涔的。

"怎么了，泷泽先生？她究竟是不是你的女儿？"

野中在那个妆容夸张的少女背后推了一下，她立刻上前搂住泷泽的胳膊说：

"你怎么了？爸爸，快告诉他们我就是美和呀。"

泷泽抡起了胳膊猛甩她一巴掌，少女的脸蛋顿时肿了起来，她背过身去，委屈地抠着自己涂成黑色的指甲。僧侣、丧葬社的员工以及纪念堂的员工们注意到这边的骚乱，都饶有兴趣地望着我们。

"因为前妻的去世，泷泽先生的内心受到了巨大的打击。"

律师丸山再次插嘴说道。

"希望你们不要再火上浇油，做出让他更加难过的事了。"

"泷泽美和小姐在警方眼中是极有可能遇害的人，如今却如此轻易地出现了。"

"说起来正是你们警方当初办案不力，才让嫌疑犯死在了警察局的审讯室里吧！"

速见把脸一沉，顿时不吱声了。律师丸山盛气凌人地说：

"而且在调查上也出了差错，误认为美和已经遇害，这都是你们的责任，与泷泽一家无关。这种情况下，你们根本无权要求他们做事，希望两位谨言慎行，不要再让他们父女更加焦虑。否则我会就你

们的行为向警视厅提出严正抗议！"

速见不肯罢休地说：

"那么，至少让我们辨认一下她是否就是美和本人。"

"她的父亲就在这里，怎么会弄错呢？"

"非常抱歉，她的模样和照片里相差太多。"

速见想把美和的照片递给野中，野中却转过身去。

"这是美和小姐对吧？能让我们比对一下吗？"

"你们这是侵犯人权。"

律师丸山的语气始终无比冷静。

"你该不会想让美和小姐在这里卸妆吧？"

"有什么问题吗？"

"亏你能说出这种混账话来，好好看看这是什么场合！真是岂有此理！"

我觉得那位"美和"的妆容才是最不看场合的，然而律师的抗议倒也没什么问题。对习惯化妆的女生来说，在众目睽睽之下卸妆无异于赤身裸体。于是我插嘴说道：

"既然如此，就让美和的朋友过来辨认一下如何？"

众人的视线顿时集中在我身上，律师丸山用怀疑的眼神打量着我。

"你又是谁？"

"我叫叶村晶，辻亚寿美女士曾委托我调查美和的事。"

"她已经让你停止调查了！"

野中则夫喊道。我尽量拿出最和蔼可亲的语气说：

"虽然叫停过一次，但亚寿美女士后来再次向我提出了委托。"

"不可能！亚寿美那句'拜托你了'的意思是让你停止那些徒劳的调查！"

哦？我死死盯着话里暴露出破绽的野中。之前在长谷川侦探调查所接到亚寿美打来的电话时，在她身边并试图让她闭嘴的人果然就是野中则夫。而且野中在提到她时用的是亲密的叫法。

野中似乎也发觉自己说漏了嘴，顿时面色苍白，但立刻冷静下来又说：

"电话里说过的话不能成为委托的证据。"

"至于这个，亚寿美女士还给我留了封信，白纸黑字写着对我的委托。如果您想看，我可以拿复印件来。"

野中的面孔微微有些扭曲，我接着说：

"那位律师先生说得没错，这种场合下让女生卸妆确实不太合适，所以我们用一个更加稳妥的方式如何？幸运的是，美和的学校——西莫尔学园恰好就位于武州市，在亚寿美女士火化结束之前，让我算算……应该只需二十分钟就能把美和的朋友叫来。我们可以让美和与她的朋友谈上五分钟，这样既能缓和她的心情，又不用把事情闹大。确认过这件事后，警察应该也可以放心回去了。"

柴田本想发几句牢骚，但速见用眼神制止了他。野中、律师丸山与那位自称美和的少女顿时紧张起来。

"做警官的自然比较多疑，可你算哪根葱？充其量只是个侦探而

已吧？仗着有死者的委托在这里出风头，我劝你不要太过嚣张。"

"亚寿美女士的委托书中明确写着，除非在委托人亲自要求，或是调查费用完的情况下才可以终止调查。所以是否调查下去，与委托人的生死无关。"

"既然泷泽美和已经找到，你的调查就结束了。"

"如果能够确认这个女孩就是美和本人，那的确如您所言。毕竟我也想尽早完成自己的工作嘛——美和，你知道自己的朋友平满（Mitsuru）吧？"

野中还没来得及阻止，少女就露出了马脚。

"知道，不就是平满（Mitsuru）吗？你该不会把那个烦人精带来了吧？"

"喔呀。"

我带着为难的表情耸了耸肩。

"该不会才离家这么几天，就把从小玩到大的朋友的名字给忘了吧？她叫小满（Michiru），可不叫小满（Mitsuru）哦。"

"美和"带着惊愕的表情连连后退，稻秸般的头发一晃，露出了藏在下面的耳朵。它既瘦又小，与美和那双肉乎乎的耳朵截然不同。

我再次确信她是个冒牌货。

不过这个点子的确不差。就在前不久还发生过这样一件事——据说有位"十六岁的女高中生"在世田谷遭到杀人魔杀害，然而后来才发现这位"高中生"其实已经四十四岁了，只是因为穿着水手服，显得像高中生而已。听起来无比荒谬，却是真实的故事。而这也是前来

362

问讯的刑警所没能预料到的一点——"校服与妆容",而且是如此夸张的妆容,必然能起到不俗的效果。虽然不知道这位自称美和的女性是从哪儿找来的,但即使过后面对她的素颜,我恐怕也无法判断她与眼前这位究竟是不是同一个人。

"喊,卑鄙的手段。"

野中则夫唾了一口。我歪着脑袋问:

"也就是说你们承认这个女孩不是泷泽美和了吗?"

"谁说的?"

律师丸山将野中一把推开:

"无论是你还是警察,都没有权利在这里闹事!不是说了过后会带她去警局吗?所以现在都给我回去,快走!"

但无论是我还是两位刑警都站在原地一动不动。如果此时打道回府,"泷泽美和"一定又会人间蒸发。野中则夫与律师丸山只要故作震惊地上演一出"没想到她又会失踪"的戏码就可以了。

"我联络一下平满吧。"

说着我掏出手机。

"她也非常担心美和的安危,知道美和在这儿一定非常高兴。"

"等等!"

野中大步向我走来,但柴田拦住了他。我小跑着溜出殡葬场,拨打了小满的号码。

然而电话没能打通。本想查找西莫尔学园的电话,但想想又觉得算了,还是先联系光浦吧。

"小满吗？她一大早就出门了。"

光浦不紧不慢地说。

"去学校了？"

"应该不是吧，又没穿校服。"

既然知道不是去学校，为什么不拦着她？——我险些吼出这句话来，但想想又没说，毕竟光浦没有义务督促小满上学。

"知道她去哪了吗？"

"我问她是不是打算回一趟家，她话里的意思好像是这样的，我就以为她回家了——出什么事了吗？"

小满回家了？

我一定会杀了妈妈——小满说过的话又一次在我脑中响起。

我不禁焦躁起来。但望向泷泽一行人时，心里又泛起另一种担忧。只见野中正掏出手机，背对着两位刑警讲话。不一会儿他满脸笑容，在律师丸山的耳边窃窃私语，而后者的紧张也立刻消却了。我听见他用无比冷静的语气对两位刑警说：

"我知道了。那么在火化完毕前，我们就去楼上的等候室等待美和那位朋友吧。这样可以了吗，警官？"

野中像是奸计得逞一般，露出一口亮闪闪的牙齿冲着我笑了笑，随即与冒牌货美和以及律师丸山一起登上楼梯，后面跟着面如死灰的泷泽喜代志。

难道说……

手心里渗出的汗水几乎让我抓不稳电话。

难道是那个与"叔叔"一起行动的白色面包车司机？

"喂，叶村？"

光浦大声喊着，我急忙将注意力转移回去。

"小满真的说她回家了吗？还是回答得含糊不清，像在掩饰什么一样？究竟是哪个？"

"别一下子问这么多啦，我想想……大一点的行李都还放在这里。"

"能想到她可能去什么地方吗？"

"这个我也不太清楚……"

"什么都好，帮我回想一下，今天早上小满做了什么，说了什么？"

"虽然一副没睡够的样子，但六点钟就起床了。大早上银行还没开，她就问我能不能借点钱。"

"要借多少？"

"我告诉她新宿有二十四小时取款机，她说那就到那儿去取。"

"她昨天晚上睡得早吗？"

"对了，说起来昨晚发生了一件怪事。叶村你知道我喜欢童谣吧？"

我焦急地搭腔道"是啊"。

"昨天我还是老样子，睡觉前在走廊里哼唱着童谣，结果小满从房间里跑出来，让我再给她唱一遍。"

"等……等一下。"

童谣？我闭上眼睛，突然回忆起水地加奈留下的那句关于"游戏"的话。

"那首童谣难道与'因幡之白兔'有关？"

"是啊，毕竟是《大黑天》[1]嘛。"

我想起了在"护送"光浦的房客饰磨恭子回家时，他用低沉的声音唱过的那句"大大的包袱肩上扛"。

"可是这首童谣怎么了吗？喂，叶村？"

我把挎包放在地上，从里面掏出那篇关于二八会的报道，扫视着上面的名字和职务，其中有这样一个名字——

大黑重喜——天保人寿营业总经理。

大黑、蛟（水地）、兔子。

我明白水地加奈那句话的意义了。

恐怕小满也注意到了。

我向光浦说了句抱歉，随即用颤抖的手挂掉了电话。曾经的大型保险公司——天保人寿早在三年前就已破产，那么大黑如今人在何处？干些什么？

我一瞬间恍然大悟。

之前我一直想不通自己为什么始终无法打消对野中的怀疑。

---

1 "大国主神"即"大黑天"，由于「大国（daikoku）」与「大黑（daikoku）」同音，人们遂将由东密引进密教经典所记载描述的大黑天法相与民间供奉的神明大国主相结合，认为他能在农业、商业、医疗、结缘等方面给人以保佑。

其实让我感到不安的并非野中则夫。不，最让我不安的人依然还是野中，但不止他一人。始终刺激着我神经的，其实正是二八会本身。

泷泽家的保姆加藤爱子曾经说过——老爷与他那些猎友们约了去福岛三天两夜的活动。

而那也正是泷泽美和失踪的时候。

小满也曾说过——今年三月份爸爸拎着猎枪出门去和二八会的人玩。

无论是加奈失踪，还是美和失踪时，二八会的成员都去了泷泽喜代志在福岛的那栋别墅。

始终令我感到不安的就是这件事。

这真的只是巧合吗？

找一群年轻女孩举办不知廉耻的派对——这种事情其实并不罕见。但我无论如何也不能相信，一个父亲会让自己的亲女儿参加聚众淫乱。而且第一次见到泷泽喜代志时，他看上去真的不像是知道美和的下落。

不，这并非巧合，一定还有什么隐情。之所以会弄一个冒牌货出来，只是因为野中他们觊觎亚寿美的财产。反观泷泽喜代志那副失魂落魄的样子，实在看不出他在为此而高兴，然而他依旧没有赶走那个假美和，而是任由野中、丸山与警察交锋，自己则魂不守舍，连句像样的话也说不清。

没错，不仅是野中，连律师丸山也现身了。如果没估计错，大黑

重喜也已经出动了。也就是说，这起案件或许与二八会全体成员都有牵连。

二八会。

平义光。

那个在聚餐过程中，突然情绪激动的平义光。

难道说……不可能，但从逻辑上讲得通。

我慌忙冲出大门，沿着火葬场前的道路向车站奔去。

3

独角兽建设公司所在的大厦坐落于御茶水神田川附近。不仅建筑气派，前台的态度也相当正式。当我提出想见平专务董事时，被对方以没有预约为由郑重地拒绝了。我连哄带骗地纠缠半天，最后只得拿话吓唬人说：

"光是转达一下我的名字也行，这件事原本是要保密的……"

我在那位发型和妆容比改造人还要完美的前台小姐耳边低声说道：

"他的女儿小满现在非常危险。"

我边在大厅里的观叶植物与皮革沙发之间走来走去边等待着。在这段时间里，整合了信息碎片后所做出的新的猜测，令我更加坐立不安。我甚至衷心希望自己想的都是错的。

感觉等了很长一阵子，实际上似乎只隔了一分钟不到，前台小姐就叫我过去说：

"请乘这台电梯上十五层，右手边尽头就是专务董事的办公室。"

我真想扑上去亲她一口，又怕弄花她的妆容，于是赶忙按她所说的乘电梯上楼。公司的电梯是观光式的，可以将外面的景色一览无余。我原本不太习惯这种电梯，乘坐时总觉得自己所有内脏都在一股脑儿地下沉，但今天不太一样，因为总比黑乎乎一片要好。

平义光正坐在办公室里用来接待客人的沙发上吃着蘸汁荞麦面，我这才想起现在是午休时间。

"叶村小姐，小满她怎么了？"

或许是因为带了高层领导的光环，今天的平义光与过去见到的他截然不同，显得自信而放松，而且看上去没有接到过野中则夫的联络。我深吸一口气说：

"小满不见了。"

平义光被荞麦面的蘸汁狠狠呛了一口。

"什么？为什么会这样？我可是诚心诚意地把小满托付给你……"

"请您过后再抱怨吧，小满在哪儿我心里有数，她恐怕被人监禁了。"

"监禁？"

平义光一下子愣住了。

"别说傻话了，谁会对小满做这种事？"

"大黑重喜，您认识他对吧？"

平的视线微微有些飘忽。

"当然认识了，他是二八会的人嘛。"

"看情况，小满似乎是去见大黑了，因为美和与小满共同的朋友——水地加奈的失踪可能与大黑有关。"

"你说什么？"

平义光顿时不知所措。我趁势追问道：

"平先生，请您如实回答我，听到'兔子'这个词，您能想起些什么吗？"

平义光手一滑，碰翻了手边的小杯，里面盛着的荞麦蘸汁洒了出来，继而滴落在地毯上。

"我猜得没错，您的确知道些什么。"

"不……我不知道。"

平义光连连摇头，脸色一片苍白。我对他说：

"那么'游戏'呢？"

他像是立即要昏过去一样，不自觉地用右手解着领带，试图让自己的脖子得到放松。

"我……我不明白这是什么意思，叶村小姐，你究竟在说些什么？"

"我也不太清楚，但我唯一清楚的是，小满恐怕已经被大黑抓住了，如果小满成为'兔子'将会如何？"

"不可能！"

平义光大叫一声。

"为什么小满会……"

"我说得到底对不对，您去问问野中则夫就知道了。"

平义光一时有些不知所措，但片刻过后还是大步走到办公桌旁提起话筒。我坐在沙发上等着他。

"喂，是我。"

平义光瞟了我一眼后，摆出架子跟对方谈了起来，但很快就在语气中透露出忧虑。

"你知道小满在哪儿吗？

"她真的在大黑那里？

"为什么？那些破事怎么都好，我就问你小满究竟在不在那里！

"声音太大？好吧……

"我当然知道，可是……

"什么叫吩咐他放小满回来……你和大黑不在一块？

"等等，是你让大黑干的？

"你少来威胁我！

"唉……知道，我知道，可是……喂，野中，喂？！"

平义光仿佛膝盖以下的肌肉全部溶化般地瘫倒在椅子上，但我始终一言不发，我在等着他彻底理解现在的情况。

"看来你说得没错。"

过了一会儿，平义光终于抬起头来，用沙哑的声音说。

"但是监禁什么的夸大其词了，野中向我保证会让小满平安归来。"

"泷泽美和没能平安归来。"

尽管事实无比残酷，但我还是说出了口。

"泷泽美和在五月三日失去行踪，第二天二八会就在福岛举行了狩猎活动，此后美和依旧没能回来。顺便告诉您一件事，刚刚野中则夫领着一个冒牌货美和出现了。"

"等……等等。"

"我听小满说，黄金周期间平先生您在忙着工作对吧？所以没有参加美和失踪时的那场狩猎。但您却参加了那场在三月二十日前后举行的，与水地加奈的失踪几乎处于同一时间段的狩猎。前几天在一起吃饭时，小满提起狩猎的事，您也曾为此而大发雷霆对吧？"

"你呀……"

平义光费力地想挤出一丝笑容，但最终还是将面孔埋在了双手中。

"二八会在隐瞒着什么事，平先生您也同样有所隐瞒，但您是以此为耻的，所以在小满提到狩猎的话题时，您才会那么激动不是吗？"

平义光身上的那股自信如今已经荡然无存。

"平先生，请您告诉我，大黑重喜现在在哪里？"

"……福岛。"

"福岛？在泷泽喜代志的别墅里？"

"天保人寿破产后，泷泽就雇他当了别墅管理员。"

原来小满之所以会向光浦借钱，是为了出这趟远门。

我转身向电梯飞奔过去。或许是因为午休即将结束，电梯久久没有过来。

我不禁后悔昨天把小满赶出了家门。但我的确没法和她住在一起——我既没有自己想象中那样冷静，也不够坚强。领悟到这件事后，以我当时那种飘忽不定的精神状态，实在无法认真面对一个年纪比我更小的人。唉，最终我也不过是个利己主义者罢了。

突然感觉背后有人，我回过头去，发现平义光正毅然决然地迈着脚步向我走来。

"坐我的车去吧，这样能快一些。"

平义光停放在地下停车场的是一辆沃尔沃。我原以为他会开那辆通体漆黑的公司用车去接小满，但平义光略加考虑后，最终还是决定不去摆这些无谓的架子。

不过他似乎还没能从打击中彻底缓过劲来，于是我决定到达福岛之前先由我来驾驶，之后再换过来。平义光没有反对，只是默默地坐在副驾驶席上思索着什么。我掏出除臭剂往腋窝处猛喷几下，脱掉外套，给车窗打开一条小缝，随即便出发了。

尽管是星期三工作日，但把车子开出东京依旧费了一番功夫。到达箱崎之前走的都是地面上的公路，随后车子开上首都高速，从川口立交桥处驶入了东北纵贯道。

经过浦和、岩槻等地后，路上的汽车明显少了许多，我在超车道上把车开得飞快。

在佐野服务区给车子加满了油，尽管有一些饿，但我不敢在开车

时吃东西，于是买了罐多糖咖啡和几根巧克力棒，接着给长谷川所长打了一通电话。

所长告诉我，由于平满没有出现，两位刑警陷入了窘境，最终只得打道回府。后来果然如我推测的那样，律师丸山假惺惺地打来一通电话道歉，说美和再次离家出走了。

"不过樱井给那个假美和拍了几张照片，这样只要在面部轮廓以及耳朵形状等方面进行比对，就有证据证明她是冒牌货了。"

"我去牵制大黑的行动，所长你能派人帮我继续跟踪野中吗？"

"这个倒没问题，但律师丸山似乎向武藏东警局局长直接提出了抗议，速见他们暂时应该无法行动。武藏东警局如今上上下下都提心吊胆的。"

但如果因此放过了穷凶极恶的犯人，就未免本末倒置了——我没把这话说出口来，因为无论所长、柴田还是速见对此都再清楚不过。

受眼下之事所掣肘，无论政府、企业、媒体还是个人都不例外。

"最重要的是，叶村，千万不要乱来，善后工作可是很辛苦的。"

所长给我打预防针。我也苦笑着说：

"不用担心，我会先看清状况的，一旦发现自己处理不了就立即联系警察。如果哭天喊地说亲爸爸要绑架监禁我，警察应该会立马赶来的。"

递给平义光一瓶乌龙茶后，我们再次出发。经过栃木市后，我突然解开了一个谜团。如果是在福岛做公寓管理员的大黑重喜，就有可能在往返东京的路上顺路去铜仓附近，只需在通往东北纵贯道的路上往右稍微一拐，就能到达那片大件垃圾场。其实早在救了我的那位大嫂提到东北纵贯道时，我就应该立刻想到泷泽在福岛的别墅了。

"其实我不怎么喜欢狩猎。"

当我把车从宇都宫开入日光大街时，平义光冷不丁地嘟哝了这么一句。

"野中和泷泽最痴迷这个——尤其是野中，或许是在美国养成的习惯，他很爱说'只有狩猎过大型动物才算是男子汉''掌握了精湛的狩猎技术才配成为精英'之类的话。虽然觉得这种说法太过夸张，但也一向都附和他。"

"与二八会的朋友来往，是你唯一的消遣吧。"

其实我也不能确定，平义光却像是遇到了知音。

"是啊，是这样啊。我不喜欢狩猎，但我喜欢与志同道合的伙伴们共同打猎、宰杀、处理，无论成功失败都聚在一起乐呵呵地谈天侃地，最后再热热闹闹地吃上一顿火锅……每当这时我都会忘记所有世俗的压力和烦恼。不知道该怎么形容才好，但烹饪亲手猎来的动物，再吃进肚子里的感觉……不是用买，而是靠自力得来的食物填饱肚子感觉……不只能满足身体，更能满足内心……"

他们的猎物恐怕不只是能下锅的动物这么简单——但我没有打岔。我觉得自己隐约能够理解平义光的感受。

"我更喜欢钓鱼。虽然同样是猎杀动物并吃掉，但宰鱼时会口水直流，宰鸭时就觉得残忍。或许有些莫名其妙，可我就是忍不住会这样想。野中一谈起狩猎的乐趣就没完没了，他说如果不能将杀死与

狩猎看作两码事，就不可能成为高手。我升为常务董事后工作过于繁忙，就没再参加他们的狩猎活动，可在三月中旬那会儿……发生了许多事……"

"您家里发生的事我听小满说过了。"

平义光在惊讶的同时，似乎也有些释怀。

"是吗，其实在把小满托给你照顾时或许就该说出来的，但我也不确定这种事该不该讲给外人听……"

我用言语尽可能地安慰着他，因为如今与平家的私事相比，我有其他更想了解的事。

"所以您就参加了今年三月举行的狩猎活动是吗？"

"我都两年没碰过猎枪了，泷泽与野中热烈欢迎了'阔别已久'的我，还说二八会的活动里怎么能少了打猎。我的直觉和手感都差了不少，不想扯他们后腿，所以表示打猎活动就不参加了，在别墅等他们玩完回来就行。但大家都不同意。"

"二八会的七位成员全部凑齐了吗？"

"除了新浜以外的所有人都在。新浜从不久前起就不再参加他们的聚会了，回头想想，今年他连贺年卡都没给我寄过，原来是有原因的……"

说完这句话，平义光盯着车窗外的景色看了好一会儿，才终于像是下定决心般继续说道：

"狩猎活动从下午开始，之前野中还打了个招呼，说这次活动与去年十一月那次一样，为大家准备了特别游戏。"

"游戏？"

"由于有人对上次的游戏不太满意，所以这次为大家精心挑选了一只非常可爱的兔子，让我们向大黑的辛劳致谢——野中说完这句话后，其他人纷纷鼓掌欢呼，我不明就里，但也跟着鼓掌。野中又说，兔子已经放进了山里，大伙兵分两路进行狩猎，说罢就将我们分为两组。别墅附近的两片山林都是泷泽的领地，听他的意思是大黑似乎在正中心处放出了一只兔子。而我们也分别决定好两个出发点，各自驾车前往那里。我与泷泽、野中一队，像是被他们架着一样地进了山林。"

虽然与想象中差距不大，但随着话题的深入，我依旧感到浑身逐渐发冷。平义光絮絮叨叨地继续说着——

"因为平日里缺乏运动，没过两个小时我就累了，甚至还有些不耐烦。林子里阴森寒冷，泷泽却出奇自信，还吹嘘着自己的车技和枪法。他的猎枪原本扛在肩上，可路上动不动就把枪口有意无意地对着我。我让他别这样，可他根本不听，所以我尽量跟他拉开距离，但野中又嫌我慢。我刚表示要是着急的话，你们就先走吧，这时前方突然传来枪声，我们慌忙赶了过去。"

平义光用手背揉了揉眼睛。

"跑着跑着，泷泽一不小心摔倒，在地上挣扎着。我看到前方有个白色的东西一闪而过，泷泽大喊着快点开枪，不然要逃掉了——可我却浑身动弹不得。要说那个白色的玩意是兔子的话，未免也太大了。而且尽管只是瞥到一眼……但我看出来了，那毫无疑问是一只双

足行走的动物。"

我身上的寒意愈发强烈。

"Game"一词原本就有"猎物"的含义。

水地加奈当时对弟弟说的是什么来着——哪儿有绝对安全的游戏（猎物）呢？

"泷泽起身后，立刻向那个白色的东西猛追过去。野中用无线电与大黑的队伍联络了几句，随后喊我快追，说另一支队伍也在附近，得抢先干掉那东西才行，接着自己也打算追上去，我拼命拦着他，大喊着：'那是个人！'"

平义光摇了摇头。

"野中却笑了，他说'那是只兔子，懂我的意思吧？她是只兔子，自愿参加这场游戏的兔子。自以为可以逃离这里，拿到一笔大钱，还以为我们手上没有能够伤人的武器，但实际上是一只只能逃窜，无亲无故，形单影只的可悲的兔子啊！'我问他这是什么意思，难道要杀人吗？他讪笑着对我说'少问这些没用的，我们是猎人，杀死与狩猎是两码事。而且最重要的是，那是一只兔子，牢牢记着这个就足够了。'接着他又加了一句'二八会里的人是一条绳上的蚂蚱，大伙都在享受这场游戏，要是坏了乐子，所有人都不会答应的。'于是我像被野中攥着一样，重新回到了这场狩猎游戏当中。"

再听他讲下去只怕我连汽车都要开不稳了，于是我把车停在日光大街通往驹止环城路的道边，平义光依旧像鬼怪附身般喋喋不休地说着。

"后来我们没有找到那只'兔子',天色渐渐暗了下去,野中与泷泽都闷闷不乐,我却暗暗感到安心。而且我还在想,刚才会不会是我眼花,野中的言外之意会不会也只是错觉,再怎么说也大家也不会同意做那么可怕的事吧。最要命的是我已经筋疲力尽,只想结束这场狩猎早早返回。就在这时,不知从何处又传来一声枪响,野中身上的无线电也随即响了起来。'该死,让他们抢先了。'野中骂完后对我们说:'走,那就去看看吧。'我本想落荒而逃,但连这里的具体位置都不清楚,只得跟在他们身后。"

平义光的身体开始不住颤抖。

"也不知道走了多远,我听到大黑带来的猎犬的叫声。往前一看,发现大黑与丸山、儿玉就站在山路边,他们围着一个倒在地上的东西。泷泽大喊'你们干掉了啊',对面也高兴地回话,说还真是只活蹦乱跳的兔子,这样才值得一猎嘛。我哆哆嗦嗦地走上前去……"

平义光"咕嘟"一声喝了口乌龙茶,但过了一会儿再次开口时,声音颤抖得更加厉害,甚至快要听不清在说什么了。

"那东西只有脑袋是白色的,耳朵很长……更多的实在看不下去了。我转过脸蹲在地上。注意到我的样子后,野中似乎向大黑吩咐了些什么,随后大黑用一大块布盖住了那东西,后面的事就没有记忆了。至于最后是如何回到车上,又是如何返回别墅的,也已经记不得了,我只知道看到自己的车时,满脑子想的都是逃离那里。我匆忙打了个招呼,说身子不舒服,继续留在这里会扫大家的兴,随后就从别墅那儿落荒而逃了。"

"为什么……"

我话还没问完，平义光就打断我的话继续说：

"送我离开的只有野中一人。当时他笑着对我说'可别为了一只兔子就出去乱讲哦，要是你有个什么三长两短，夫人和小满可怎么活下去啊？'"

这种拐弯抹角的威胁确实有效，即使平贵美子没有精神问题，平义光也只能选择保持缄默。虽然无法同情他，我却能理解他的做法。

"我开车去了日光，在旅馆里住了三晚，同住那间旅馆的人看到我的样子，甚至担心我是不是要去自杀。我思索过许多次——那究竟是梦境还是现实？在泡温泉时，我认为那是一场梦，等回到东京，回归工作后，我也彻底接受了这种暗示，我宁可相信一切只是一场大梦。"

平义光的嘴角浮现出一丝浅笑。

"创建二八会时，我们都还是大学生。最开始只有我、新浜、丸山和儿玉四人，大家都是昭和二十八年生人，也都胸怀大志，梦想着总有一天我们都会以自己所期望的方式崭露头角，奋斗在各行各业的第一线，继而够跨越行业的藩篱，通过各抒己见、沟通交流的方式构建出崭新的社会运行方式。就这样，我们四个年轻气盛、雄心勃勃，再加上都是家庭富裕、成绩优异，从学生时代起就有私家车接来送去的，所以难免会产生一种'自己与众不同'的优越感。尽管如此，我们依旧真心期待着各尽己能，建立一个美好的社会。"

平义光似乎没有发觉，自己不知不觉中说出的话本身就充满了

"上层人"的傲慢。

"但现实社会可不是一个谈论梦想的地方，人们心中只有眼前的利益、业绩和对物质的欲望。在这样的社会中，唯一能够交谈甚欢的地方只有二八会。不久后，泷泽和野中也加入进来。他们与我们处于同样的阶级，并且抱有同样的想法。"

平义光似乎完全没有意识到，自己自然而然地提到了阶级。

"随着大家各自建立家庭，出人头地……原本的理想变得只是挂在嘴上说说，二八会也单纯成了大家沟通感情的工具。不过那或许只是我们……不，只是我自己一厢情愿而已。我这个人只懂技术，早早放弃了继续往上爬的打算，家里……又发生那种事，也谈不上什么家庭幸福。如你所言，二八会是唯一能让我感到心情平静的地方，然而为什么会发生那样恐怖的事……我实在想不通。"

在等待平义光冷静下来的这段时间里，我找到了通往泷泽那间别墅的路。平义光提议由他来开车。或许是将憋在心里的话语一吐为快的缘故，他的脸色好了许多。换到驾驶席上后，平义光摘下领带和手表、脱掉外套，最后将衬衫袖子卷到胳膊中间，一言不发地启动了汽车。

4

当汽车从环城路开进林间小路时，一通电话打来。所长还是老样子，用乐呵呵的语气通知着坏消息。

"喂——樱井他们被野中甩掉了。"

"什么时候的事？"

"三小时之前吧。"

"为什么不早点说？"

"我是这么打算的，可他们觉得自己可以找到，就在能想到的地方彻底搜了一圈，但是依旧无功而返……"

我本想对这种菜鸟行为抱怨一通，话到嘴边又咽了回去。

"在哪里跟丢的？"

"一行人回到泷泽家后，只有野中自己开车出来，他的车从武州高速口进入首都高速后便行踪不明了。就是说他也往福岛去了，你们那边情况如何？"

"很快到达别墅。"

"花了不少时间嘛。"

"遇上不少事，已经够快了。"

"是吗。野中应该不至于比你们快，但还是要做好他会随时赶到的心理准备。"

我表示一旦发现小满在别墅就立刻报警，随即挂断了电话。平义光应该能够推测到我们说些了什么，尽管什么都没有问，但是一直僵着面孔。不过他依旧把车开得很稳，我们在蜿蜒曲折的小道上平稳地前进着。

"能说说大黑重喜这个人吗？"

我一边观望着平义光的动静一边问道。

"我记得大黑是经野中介绍进入二八会的。他上大学时曾去美国参加短期留学，应该就是在那边与野中相识的。加入二八会时，大黑已经进了天保人寿，踏踏实实地为公司提升了不少营业额。他的推销话术向来以爽快而不惹人厌烦著称，因此在不知不觉间，连我们也都参投了天保的人寿保险。他喜欢把'信息的价值高于实物，谁能掌握信息，谁就掌握了世界'这句话挂在嘴边，既通读各种经济杂志，也是我们当中最早购买家庭电脑的人。但即便是他，也没能预测到自己公司的破产……只能说天意难违吧。"

"大黑为什么会成为泷泽的别墅管理员？我记得他过去可是天保人寿的营业总经理啊。"

"这个我也不太清楚，只不过泷泽虽然有些自大，但不是个吝啬的人，应该不会是为了占朋友便宜，或是想找个便宜的雇工。天保人寿破产后，大黑与老婆离婚，也没打算再找工作，甚至患上了轻度的神经衰弱。我想泷泽可能是为了方便他休养，才会雇他做别墅管理员的。"

"就没有人帮大黑再找家公司吗？"

"大伙提过这事儿，但都被他给拒绝了。"

"这又是为什么？"

"嗯……"

平义光瞥了我一眼。

"这种事情不好解释，但如果换成我，即使必须要找公司工作，我也没这个脸受朋友的照顾。"

　　然而最终的结果就是，大黑给泷泽当了两年的别墅管理员。

　　"你刚才说大黑养了条狗？"

　　"只有一只，虽然是体型稍小的日本犬，但狩猎能力优秀。"

　　"他该不会还有一辆白色面包车吧？"

　　听到我的问题，平义光有些惊讶。

　　"嗯，有的，我在别墅里看过那样的车——马上要到了，再往前一小段，右边二百米的道路尽头就是。"

　　"我看了眼车上的时钟，时间过了四点半，太阳已经开始西沉。"

　　要不是早上出来得那么急，我就可以再找块手表带在身上了。虽说还有别的手表，但只是前几年买东西附赠的电子表，可能连一千块都不值。我觉得反正看时间可以用手机，所以不愿意光是为了对时间而特地为它购买电池。当汽车在山路上拐弯时，我的视线停留在路边的一件事物上。我大喊一声：

　　"麻烦停车！"

　　我下车飞奔过去，只见路边的灌木丛上挂着一个手工制作的护身符袋。打开后发现里面装着深大寺的护身符与写着小满名字的卡片。

　　"平先生，小满毫无疑问就在这座别墅里。"

　　平义光也下了车，我把护身符袋拿给他看。

　　"她也来别墅这边了。恐怕是她约了大黑在某处见面，坐他的车来到这里，再趁机把它扔出去的。情况已经清楚了，我这就打电话报警。"

"等等。"

平义光突然抢走了我的手机。

"还不能报警……要是这样做，小满又会被杀的。"

又会被杀。

又会。

这简简单单的两个字，意味着不仅贵美子，即使在平义光眼中，小满（Michiru）也只是他们那个被绑架杀害的儿子——小满（Mitsuru）的转世而已。但现在不是在乎这件事的时候。

"要是直接与大黑见面，我们三个都会被他干掉。再怎么强调是'狩猎兔子'，他们的所作所为也只是单纯的谋杀，而且还是以杀害年轻女子为乐，野中与大黑不可能不清楚这点。"

"可是警察会相信吗？"

平义光嘀咕着，显然心里没底。不过也是，首先我们没有找到尸体，其次在精神恍惚状态下所经历的那些事，恐怕他自己都没信心向警方讲清楚。

"总之狩猎兔子的事另说，当务之急是把小满从别墅里救出来。小满还未成年，而你是她的父亲，你就对警察说女儿离家出走，怀疑她在这里但遇到了阻拦，求他们和你一起过来，这样警察应该会帮忙的。为防万一，我会拜托所长与东京的警方也通通气。"

"可是他们有工夫过来吗？"

老实说不一定，野中在火葬场接到电话并窃笑的时候是十一点多。恐怕那通电话就是大黑在受到小满的质问后，为了与野中商量要

如何处理而打来的。而野中当时的指示，应该就是让他把小满抓到这里。

虽然不知道小满是在哪里与大黑见的面，但距离他们到达别墅毫无疑问已经有四个小时以上了。即使是杀个人再埋起来，这段时间也绰绰有余了。

不过还有希望。大黑虽然监禁过我，但没有杀死我。杀死与狩猎是两码事——把人骗过来当作兔子狩猎或许可以做到，但亲手杀人就做不到。我只能暂时相信是这样了。

"心急吃不了热豆腐。平先生你赶快去离这里最近的警察局报警吧，我联络所长后就去别墅那边看看动静。"

"没问题吗？"

"没问题。"

我直视着平义光的眼睛毫不犹豫地回道：

"只是看看动静而已，如果小满安全，我也不会轻举妄动，等你和警察过来就是了。所以请你快去，万一野中赶来，情况就不妙了。"

尽管显得十分勉强，平义光还是离开了。我目送那辆沃尔沃开走后深吸了一口气，掏出手机把这件事通知所长后才迈步向前走去。

山风比想象中要冷得多。我系好上衣扣子，想想后又关闭手机电源，把它塞进上衣的右侧口袋里。接着我又翻了翻包，没能找到什么可以当作武器的物品，只好把除臭剂与一根巧克力棒揣进裤子后兜里充当护身符。当做完这些后，我已经来到了泷泽的别墅前。

那是一栋巨大的木屋，看到后我不禁笑了出来。提到"猎人小屋"这几个字，泷泽脑子里最先冒出来的一定是那种用圆木搭成的房屋，于是就以此为蓝本建了这栋别墅。看上去确实显得原汁原味，但作为木屋来说，未免过于豪华气派。

木屋周围的树木都被伐光，空出了一片宽敞明亮的空间。或许由于是五月，野草生得还不茂盛。在一片茂密的森林里，这里可谓别有洞天。别墅主人的领地意识很强，为了防止有人闯入，在周围还建了一道矮石墙，仿佛在宣告着闲杂人等一律禁止入内。要是放到过去，这里一定会上演路人向房内窥看时，被食人魔女一把揪住的桥段。

道路尽头处还有另一道低矮的石墙，前面是一片用砂砾铺成的停车场，里面停着一辆破旧的白色面包车。除此之外还有另一辆车，它与村木的爱车相同，都是4WD，只不过村木的爱车是深红色，这辆车则是燕尾蝶幼虫般鲜艳的绿色。的确，这种车在市内过于惹眼，也容易被人记住，所以无论是在水地加奈"搬家"时，还是把我绑走时，都只能使用面包车了。

我躲在停车场前的树荫下，吃了根巧克力棒给自己提气，同时思考着怎样才能打探到别墅内部的动静。要是偷偷溜进去，万一被猎犬发现就完蛋了，而且如果把事情闹大，对方迫于形势可能会把小满杀掉，那样就追悔莫及了。那么要在这儿等待骑士们的到来吗？不，警察只能帮忙劝说，如果大黑以强硬的态度拒绝，他们恐怕也不好直接闯进去。尽管平义光不会轻易放弃，但说实话，他并不擅长撒谎和搪塞。万一在此期间野中赶到，警察很有可能会被他用花言巧语哄走。

而且大黑对别墅内部了如指掌，要是他把小满藏在什么密室里面，想找到她可谓难比登天。

看来别无选择了。

我沿着道路中央向前走去，一边听着狗叫一边翻过矮墙，来到门口按响门铃并大声喊道：

"有人吗！"

吵闹的狗吠声从屋内传来，稍过一会儿，我再次按响了门铃。片刻之后，厚重的房门背面传来一个低沉的男声。

"谁？"

我听过这个声音，那正是我被监禁，介于晕倒与清醒之间的状态时所听到的。

我不由得吞了吞口水。

"我叫叶村晶，有朋友在这里打扰，我是来接她回去的。"

对面不吱声了，片刻后传来一阵拧钥匙的声音，房门随即打开。我慢慢抬头，与那个男人对上了视线。

哪怕对方头上长着犄角，身后有条尾巴，我都不会像现在这样震惊。然而站在对面的只是一个极其平常的男人——不，用"平常"这种说法似乎不太合适，应该说是容貌剽悍。对方脸庞黝黑，头发剃得很短，身上穿着褪色的劳动衫，肩头宽阔，看上去很有力气，就外表而言给人的印象还算不错。我不禁有些慌乱，但尽全力掩饰着。

对面的男子——大黑重喜死死地盯着我，我也装出一副平静的样子回看着他。直觉告诉我——他认识我。原本对"因幡之白兔"故事中人物的想象，也仿佛第一次在现实世界中有了原型。

"平满小姐在这里叨扰对吧。她的父亲有些担心，请我过来带她回家。"

我尽最大的努力挤出一副笑脸，大黑却摇了摇头。

"我老早就认识平满小朋友，但已经很久没见过她了。恐怕你是搞错了吧？"

"不会的，小满留了张字条，说是来这里拜访大黑先生。"

"是吗……"

空气一时间安静下来，仿佛演员在直播时说错了台词。不妙，小满可能和大黑说过没有告诉任何人她要来这里。不过既然我能找到这里，大黑或许也会怀疑是她说谎。到了这种紧要关头，我几乎已经没法在不确认小满是否平安的情况下离开这里了。

"这个……我得向平义光先生汇报，他现在非常担心。小满可能会求我别把这件事告诉她爸爸，但麻烦你至少让我见她一眼。"

"我说过很久没见过她了，她也没来过这里。"

大黑露出一口洁白的牙齿笑着说道。

"但她写了留言。"

我看了看大黑身后的那条狗。就猎犬而言体型确实不大，但能看到从它张开的大口中露出的锃亮尖牙。我原本就不太讨动物喜欢，与这条狗似乎更是八字犯冲。只见它嘴巴里滴着口水，像是盯着一块会动的奶酪般盯着我，仿佛下一秒就要扑上来"嘎巴"一口把我咬住一样。

"不好意思，可以让我进去找一找吗？确认小满不在这里之后，我会立刻走人。"

"不好意思，这里不是我家……"

话没说完，大黑呵斥了猎犬一声，后者这才倍感遗憾地瞥了我一眼，回到屋子里面去了。

"这是我朋友的别墅，我只是受他委托进行看管。没有那位朋友的许可，外人是绝对不能进来的。"

"我有泷泽喜代志先生的许可。"

我渐渐沉浸在谎话连篇的乐趣中。听到这句话后，大黑眯起了眼睛。

"泷泽的许可？那是不可能的。"

"是平义光先生告诉我的，他说泷泽先生已经同意了。"

"但你没有确认过这句话是真是假吧。"

"他们俩是好朋友，我觉得泷泽先生应该不会拒绝平先生的请求。"

"只是'应该不会'而已。"

大黑猛地向前逼近，而我后退一步，用手紧紧抓住门沿。我知道自己迫于他的威慑，心里感到畏惧，但如果这时夹着尾巴逃跑，就会有更多牺牲者出现，而无论哪一个对我来说都至关重要，不能轻易舍弃。

双方就这样僵持不下。

"真是个厚脸皮的女人。就算再死皮赖脸，我也不会让你进去。"

"因为你把小满囚禁在里面吗？"

"不是说过了吗？她不在这儿。"

"我信不过你这种急着把人拒之门外的家伙。"

"撵走你这种可疑人物也是我的工作之一。再不滚蛋的话，我就要放狗了。"

"再不让我进去的话，我就要报警了。"

大黑再次眯起了双眼。

"有本事你就去叫，要是能让警察跟你一块儿过来，我就放你进去。"

大黑用力拽着门把手，而我借着自己的体重不让他把门关上。要是现在给了大黑喘息之机，他一定会把小满藏起来。手指上蹿出了肉刺——论力气我绝对不是大黑的对手，因此拉锯战刚一开始，我的身体就跟着房门一起慢慢被拽过去，大黑脸上浮现出笑意，仿佛在想象我的手指被房门狠狠夹住时的样子。

就在这时，我灵光一闪，喊了一句：

"兔子！"

大黑手上的力道一缓。我把脚踩回地面，气喘吁吁地说：

"我是自愿来当兔子的。"

大黑松开了门，望着重新站直的我。他的眼睛里闪过一道哑光，看上去像是眼珠和眼白的界线消失了一样。

"你怎么不早说。"

大黑转身向屋内走去，我把手搭在门上将呼吸调整平复，随后跟着他进了别墅。

大黑进了右手侧一个宽阔的房间。天花板很高，对一人一狗而言，空间实在是过于宽敞了。哪怕是我这种没什么眼光的人也能一眼认出，这里的布置风格与泷泽喜代志在吉祥寺的那间客厅完全相同。同样是动物毛皮、苏格兰威士忌、壁炉与悬挂兽首的组合。

大黑走到房间内侧的一张单人沙发旁，从旁边的桌子上拿起一支枪膛开着的猎枪后坐了下去，那只猎犬也跟着趴在他脚边。沙发旁边还放着一个比狗窝大不了多少，将将能装得下一个人的笼子。

而小满正蜷着身子被关在那个笼子里。

"这只兔子，还没怎么理解情况就过来了。"

大黑合上猎枪的枪膛，边调整接合处的间隙边往笼子上踹了一脚。

"你可真是只坏兔子啊，是不是？"

被他这么一踹，笼子稍微动了动，小满瞪大眼睛，使劲摇晃着脑袋。只见她的嘴上贴着胶带，双手也被胶带给缠了好多圈。

"至少把胶带撕掉可以吗？"

我尽可能轻描淡写地说着。

"之前我的嘴巴上也被人贴了胶带，差点没被闷死。"

"兔子急了会咬人。"

大黑往笼子上踹了第三脚。

"而且还会叫呢！"

又是一脚。

"连自己都不知道自己是只兔子，真拿它们没辙，谁让这些畜生都是些蠢货呢？"

笼子被渐渐踹向我这边，我用微弱的动作靠近过去。

"既然来了个自愿的，这只兔子我看就不需要了吧？"

"猎物越多，打猎就越是有趣啊。"

"难道你没听说过一句老话，叫'追二兔者不得一兔'吗？"

大黑笑着用枪口对准我。尽管不知道里面有没有装填子弹，但枪口可不是什么好看的玩意儿。

"别担心，马上就会有两个猎人了。"

平义光到底在磨蹭些什么。

"天色马上就要暗了，在一片漆黑之中每人追猎一只兔子，你们做得到吗？"

"兔子用不着担心这个，没问题。只不过这只兔子似乎要花上不少时间才能说服，就先从你开始吧。"

很好。我摘下身上的挎包，同时从上衣口袋里掏出手机，用包遮挡住手机一起放在地板上。

"成功逃脱后就能得到两百万，这个是真的吧？"

我看到小满的脚趾伸在笼子外面，于是用脚偷偷把手机拨向她的脚边，只见她还在扭动着身体。

"先用陷阱把兔子抓起来。"

大黑打着哈欠，用布块擦拭着猎枪。

"然后把兔子放进山里。兔子脑袋很笨，根本不知道人类的目的

是要杀死并吃掉它。"

"就是说这一切都是骗局？"

我继续把手机向小满脚边推去，但她还没有察觉。腋下渗出的汗水滑落到腹部，发出一阵异味。

"喂喂，兔子可没有顶嘴的资格啊。"

"我只是来报名的，还没成为兔子呢。而且你也没有真正猎到过兔子吧？"

大黑皱起了眉头。

"第一个击中兔子的人是丸山宽治，而不是你对吧？第二个击中兔子的人呢？"

大黑眨了眨眼，我暗暗做好心理准备，等着他说出杀害泷泽美和的凶手的姓名。

"这么一说，我的确还没击中过兔子呢，最开始射死那头熊的也是野中。"

熊？

我想起了平义光说过的话——狩猎开始前，野中和大家打了招呼，他说"有人对上次的游戏不太满意"。也就是说在水地加奈与泷泽美和之前，还有其他人成为过"猎物"。

"那么猎到第二只兔子的人是谁？是谁带走了它？"

"怎么可能带回去呢。我们只是享受狩猎本身，射死之后就结束了，知道什么叫食物链吗？"

我一时无言以对，大黑也没等我回答，而是自顾自地说着——

"动物会回归土壤，成为森林的养料。无论是熊还是兔子，如今都在让森林变得更加茂盛。"

嘴唇不由得颤抖起来，我用门牙死死咬住。

"所以呢？第二只兔子是谁击中的？"

大黑若有所思地点了点头。

"是我们当中最优秀的那个猎人。兔子刚一出现，他就麻利地调转枪口，一枪击中了兔子的头部。真是了不起，枪法过人啊。"

"谁枪法过人？"

我连珠炮般地追问。尽管几乎已经猜到了答案，但依旧不能不问。而大黑只是轻描淡写地开口答道：

"泷泽喜代志咯。"

5

时钟的指针指向五点，大黑叹了口气后站起身来，拿起一卷胶带剪下差不多十厘米后递给我说：

"把这个贴在嘴上。"

我稍微犹豫了一下，大黑又是一脚踢在囚禁小满的笼子上。

"麻利点！"

那就先老老实实听他的吧。我把那块带着异味的胶布贴在自己嘴上。大黑用和善的目光看着我，笑着点了点头。

"你是只好兔子。前面的兔子虽然也不错，但没你这么乖。兔子

只要中了陷阱，都会变得老实起来。"

大黑把我拽过去，吻住了我贴着胶带的嘴巴，发出"滋滋"的声音。这次真的令我快要恶心吐了，我隔着那层胶带，在不窒息的前提下，拼命忍耐着那种恶心的触感。大黑从我身边离开，向房间一角的壁橱走去。我赶忙对上小满的目光，又望了望她的脚边，她终于发现了那台手机，于是动了动脚趾。我用脚将手机推到离她更近的地方，只见她先是用脚盖住手机，然后用纤长的脚趾去夹。滑掉了。她又用脚趾去夹，这次夹住了，并把它拉到自己身边。

"这个应该很适合你。"

千钧一发之际，大黑回过头来。我见到大黑手里的东西，不禁倒吸一口凉气。那是一副可以遮住整个脑袋的，兔子形的头套。它表面带着柔软的绒毛，耳朵细长，眼睛和鼻子处留了开口，颜色漆黑，是一只黑兔的头套。

大黑一边用长长的手指抚摸着头套一边向我靠近过来。而我尽管不住后退，目光却无法从那兔形头套上移开。我看见头套脖子的部位穿着铁丝，在边缘围成了一个环。

"把这个戴上。这可是我亲手做的，大小应该正好合适。"

我瞥了一眼头套内侧，只见那部分异常漆黑油亮。

黑色的橡胶有如无尽的黑夜一般。

我冲上去撞倒大黑，继而向门口奔去。猎犬高声吠叫着追了上来，我刚跑出房间，还没冲到大门，它便死死咬住了我的上衣，我拖着它继续向前跑去。猎犬体型不大，体重却并不轻。我边跑边扯掉嘴上的胶带，紧接着就狠狠摔倒在地上。猎犬用前脚踏住我的后背，在我耳边狂吠，我甚至感到耳朵都快被它的吠声震聋了。

大黑向我走近，揪着头发把我拽了起来，我还没来得及反抗，就被他用头套罩住脑袋。紧接着，脖子后面响起了清脆的"咔嚓"声。

随后头套被人向上拽去，感觉皮肤紧绷绷的。我跟跄着站起身来，只觉得视野异常狭窄，仿佛整个世界都暗了下来，呼吸也十分困难。听不见大黑说了些什么，但揪着我的力量减弱，我又一次倒在地上。我在地上用手指拉扯着面具，把手指插进面具和脖子中间试图把它脱掉，但铁丝压迫着气管，这样做的结果只是令我剧烈咳嗽起来。我把手伸到脖子后摸索，发现那里扣着一把挂锁形状的东西。

大黑又说了些什么，但我依旧没能听清。头套死死贴在脸上，我甚至无法将手指伸进头套在眼睛处的开口。

我再次被他揪住头套强迫站起身来，并带到了青虫色的汽车那里。他把我塞进后备箱内，随即扣上箱盖，四周顿时陷入一片黑暗。黑暗——对黑暗的恐惧顿时令我几乎无法呼吸。

我开始拼命挣扎——用最大的力气蹬踹，猛撞。尽管理性告诉我不能用这种无谓的抵抗消耗自己的体力，但内心的恐惧依旧无法抑制。

没过多久车身一晃，应该是大黑坐进了车里。我听到打火的声音，随后汽车开动了。

我的大脑中一片空白，只知道一个劲儿地踢着后备厢盖。心脏剧烈跳动，仿佛马上就要爆开，令我无法冷静下来。无法用嘴巴呼吸，

意识仿佛都在渐渐远去，但我甚至无法昏死过去，紧紧摄住我的只有一种感觉，那便是恐惧、恐惧、恐惧。

感觉连自己的精神都已经跨越了能够称之为"正常"的范围……

正当我快要无法区分摇晃着的究竟是汽车还是自己时，车子停了下来。后备厢被打开，我也被人拽了出去。把我拖行一阵子后，大黑蹲下身来，再次揪住我的头套。

"折腾得不轻嘛，啊？"

我的脑袋被揪到与大黑视线齐平的高度，他的声音依旧像从水中传来一样模糊不清。

"上次把你关起来时明明那么老实，这次怎么这样？真是只坏兔子。折腾成这个样子，待会儿怎么逃啊？这不害得老子打猎都没意思了吗？"

接着他一把将我推到。

"太阳一落山就正式开始，给你标上个记号吧。"

一股香蕉水的味道传来，我拼命摇着脑袋，想看清大黑对我做了什么，然而没能如愿。大黑坏笑着说：

"放心吧，你这只兔子我铁定能亲手解决。"

拍了拍我的脑袋后，大黑大步向车子走去。我拼命挣扎起身，向车子后面跑去。大黑从副驾驶席上取出什么东西后转过身来，我顿时停下脚步。他微微一笑向我走来，我迅速转身逃跑。

大黑扔出了什么东西，那玩意飞过头顶落在我的面前。我再次停下脚步回身望去，只见大黑刚刚坐进驾驶席里。

"等等！"

我极其不便地张嘴说道。但那辆青虫色的汽车已经开动，转眼之间离我而去，片刻过后就消失无踪，连声音也听不见了。我不再逃跑，蹲下身去。

一时间我停在原地，动弹不得。

身体极度疲惫，而且无法用嘴呼吸，这令我痛苦不堪。折腾出的汗水被吹干后，浑身顿觉一阵寒冷。我甚至想着与其这样还不如待在原地，老老实实地被他们射死算了。

就在这时，天色开始昏暗，森林里也渐渐暗了下来。我已经彻底无处可逃了。

我用手撑着地面，忍住晕眩站起身来。本打算先往车子驶离的方向走走，又觉得这样不妙——大黑或许会料到这点，继而像《空等一场》[1]中所唱的那样，架好猎枪在森林的出口等待兔子出现。当然反过来，他也有可能预测我会逃往森林深处。

究竟要走哪边？

我没有学过森林中的求生技巧，要是在密林深处被猎人发现，几乎不可能凭借运气逃得性命。平义光应该很快会把警察带到别墅救出小满，说不定在野中与大黑出发狩猎之前，警方就能抓住他们。还有长谷川所长，他再怎么说也不至于今天还去打弹子机，如今应该是在事务所内向手下发号施令吧。

1　1924年由北原白秋作词，山田耕筰作曲的一首童谣，歌曲讲述了《韩非子》中"守株待兔"的故事。

于是我下定决心——一定要在救援赶到之前保住自己的性命。

比枪弹更加可怕的是四周的黑暗、迷失过程中体力的损耗以及口渴和饥饿。

要尽量在太阳升起之前走到公路上去。

我靠近并捡起了大黑扔给我的东西，那是一件红色的大号登山衣。他似乎真的担心我会被冻僵，从而扫了他们狩猎的兴致。

我抱住自己的腋下，一面低头寻找轮胎的痕迹一面向前走着。头套让人觉得憋闷，我尝试过好多次用手去扯，但都没能将它扯下。要是不能趁着还有太阳，趁着天色还没彻底暗下来时找到有人的地方……不知在笔直的山路上究竟走了多远，突然间眼前的道路分为两岔，左边那条往下，右边那条往上。两条路的宽度都足以通车，两条路的地面上也都有车痕。我想仔细比对，但太阳已经落山，视野也非常差。

我开始后悔在后备厢里的时候为什么要那样慌乱，本应该更加细致地感受车子的动静和方向才对。夜色渐临，高大茂盛的树木投在地面上的影子令我更加惊恐。

究竟如何是好？往下，还是往上？

往下走或许能找到人家或公路，但在此之前不知道究竟还要在黑暗中徘徊多久。即使不畏黑暗，我也没有信心在这种别说手电，连个打火机都没有的条件下安全下山，更别说一旦陷入恐慌开始乱跑，我毫无疑问会摔断腿脚甚至摔碎脑袋。

反之如果往上，恐怕会离公路越来越远。哪怕小满得救，大黑被捕，人们组织救援队来山里找我，也会因为我向上的原因而难以相遇。

在我苦思冥想期间，四周变得越来越暗。

我半是自暴自弃地做了决定。

那就往上吧！

往上或许能借到月光，比下山要明亮一些。或许遇不到搜查队，但也减少了遇到猎人的可能。毕竟老话也说"上山容易下山难"嘛。

下定决心后我便开始向上爬去。手心里黏糊糊的，估计是出汗，在登山衣上抹了一把，却闻到一股奇怪的味道，于是我把手心抬到与视线相齐平的高度看了一眼。

我的手在发光。

是荧光涂料。原来大黑所说的标记就是这个，看来当时他是在兔子头套上喷了荧光涂料。

活该！

这个蠢蛋在不知不觉中帮了我的大忙，真是令人心情舒畅。

我瞬间忘却了对黑暗的恐惧，呼吸也不再困难。

我把登山衣缠在腰间，集中视线，稳着脚步慢慢向上爬去。在这个过程中，我逐渐掌握了戴头套呼吸的诀窍——以鼻吸气，以口呼气，并让口内呼出的气息顺着面部流动，从眼睛处的开口排出。开始会觉得有点痒，但我很快就习惯了。

话说回来，我恐怕是第一个戴着兔子头套登山的女人吧。

本想笑笑却忍住了，我没有力气做多余的呼吸。

不过水地加奈与泷泽美和肯定不会觉得这有什么好笑的吧。

不知登了多久，太阳已经彻底落山，眼前几乎什么也看不见。从树梢的间隙中望去，远处的天空显得苍白而浑浊。能看到路上有些树枝、石块之类的杂物，但无法把握与它们之间的距离。

天色愈发昏暗，我被包围在一片黑暗之中。

身上冒着冷汗，脚步也摇摆不定。我甚至搞不清自己是由于没法用嘴呼吸而痛苦，还是由于内心的忧虑而痛苦。心里想着行动要快，实际上却只前进了很短一段距离。这样下去，或许在爬到山顶之前我的精神就会崩溃。

我加快了脚步，却因此而摔倒在地上。看了看周围，发现手边有一根长长的树枝，便像抓住救命稻草一样把它捡起，撑着它继续登山。本以为山路会愈发狭窄陡峭，没想到却是越走越平坦宽敞。

身上出了不少汗，但同时又觉得寒冷。我重新披上登山衣，拉紧了拉链。无法确认疲劳的程度，只好频繁进行休息，因为我不希望回过神来时才发现自己已经筋疲力尽。尽管如此，在休息时我的身体依旧不住发抖。

第三次休息时，我紧紧盯着自己的手心。

它在发光。这令我的内心感到平静。没想到区区荧光涂料就足以抚慰我的心灵。

虽然畏惧黑暗的事实没有改变，但仅仅是一丝微弱的光亮，就能令我的内心平静下来。

然而我却没有料到，无法轻易用嘴呼吸所带来的痛苦也比预想之中更加痛苦。

之所以没有在头罩的嘴巴处开口，或许是为了让"兔子"无法发出惨叫或是开口呼救，同时也能达到限制行动的目的。头上戴着这种玩意儿，是不可能跑出最快速度的。

水地加奈究竟是什么时候发现自己并非游戏中的"Game"，而是货真价实的"猎物"呢？

而泷泽美和又是在什么时候察觉到父亲要开枪打死自己的呢？

在坐下思考的过程中，我开始无意识地用手薅起嘴巴处带着绒毛的布料来。突然听到"呲啦"一声，我这才意识到自己刚刚在做的事。

布料被我撕开一条小口，内侧的橡胶则完好无损。我用指甲去扣，但橡胶却没那么容易弄破。

我告诫自己不要继续无谓浪费体力，但脑海中突然浮现出大黑一脸喜色地制作着这副面罩的样子，顿时感到气不打一处来。我用手指把橡胶顶到嘴里，用门牙紧紧撕咬着，橡胶的味道让人想吐。我心中暗叫不妙，万一这样，我会被自己的呕吐物给呛死。我赶忙按摩胃部，望着自己的手心冷静下来。在地上躺了一会儿，我听到夜风吹动树木发出的"哗哗"声，又感觉身边似乎有什么小动物跑过。我用鼻子慢慢地做了好几次深呼吸，再一次用上下门牙抵住橡胶，不住地撕咬着。

门牙咬累了，我又用犬齿去咬。我用手指把咬过的部位推到牙齿中间继续撕咬。正当我觉得无法咬开，打算放弃的一瞬间，伴随着小

小的"噗嗤"声，橡胶终于被我咬穿。我心花怒放，用舌头把橡胶从牙齿上推开，把手指伸进咬出的那个小孔里。小孔被渐渐撑大，到了能伸进拇指的程度。我把双手的手指各塞进去一根，然后上下撕扯，最后总算扯出一个足以露出嘴巴的洞口。

我欣喜若狂地呼吸了一次又一次。尽管嘴里残留着橡胶的味道，但这只是小事。我不禁深深庆幸自己在逃跑时扯掉了嘴上的胶带。要是嘴上贴着胶带的同时戴着头套，想弄出这个洞来简直就是痴人说梦。

我爬起身来继续登山，以缓慢的速度向前走着。原本通往上方的道路时而向下，时而又变成上陡坡，我甚至无法确定它是否真的通往山顶。

就在这时，随着"啪叽"一声，手中那根用来充当手杖的树枝断裂开来，我的身子也向前方倒去。本能地用胳膊护住面庞，取而代之的是右臂狠狠摔在了地上。我慌忙试图站稳脚步，但依旧没能如愿，最后连惨叫都没来得及发出一声，整个人就掉到了下面的山路上。

短暂的一段时间里，我似乎失去了意识。当回过神来时，我正一手捂着肚子，一手捂着脑袋，蜷缩着身体横躺在斜坡上。

鼻子里闻到一股血味儿，于是我汇了些口水，让它滑过侧脸，随后慢慢抬起手来在脸上擦了擦。

我被包围在一片黑暗之中，什么也看不见。看不见手、看不见脚，看不见地，也看不见天。

浑身开始颤抖，同时眼睛发晕，脑袋发沉。为什么我没能就这样晕过去？为什么我会在这种地方？当初就该听实乃梨的，放弃侦探的工作，随便找个男人嫁了，去干一份更加轻松的工作，这样就不会横死在荒郊野外了。

横死？

只是因为稍稍在山路上摔了一下，稍稍有些惧怕黑暗而已吗？

那还是算了吧。

无论从任何角度而言，这种事都未免太过荒唐了吧？我深深地吸了口气，继而坐起身来。浑身上下没有一处不疼，但还没有疼到无法忍受。我又小心翼翼地站起来，尽管右脚脚背上的抽痛在告诉我伤势不妙，不过这又如何？又不是整只脚都没了。

我摸索着继续向前走去。

没了手杖走起路来很累，但内心却变得更加平静。我继续向上登去，遇到下坡时就休息一会儿，将预先装进兜里的巧克力棒吃掉一半，又用手蘸来草叶上的水滴解渴。我回忆起小时候看过的那些不知道可不可信的科学杂志，里面的文章说在沙漠里求生时可以寻找仙人掌，在割开它们后能得到丰富的汁水。

然而山里自然不可能长着仙人掌。

好几次我都在犹豫——往下走是否才是正确的选择？因为一般来说山下才会有水。每当脑海中掠过这种想法时，我便告诉自己现在才想下山已经晚了。与被河流拦住，因无法行动而被冻僵相比，现在起码还不算差。应该是这样吧。

不知不觉间，我开始四肢并用，因为这样便于攀爬。手上的荧光

涂料被蹭掉不少，周围的树木也愈发繁茂，遮蔽了天空。偶尔能听到可怕的嗥叫，而且距离近得吓人。我衷心祈祷不要好死不死在这种时候发现什么已经灭绝的野兽。

有几次我试图快速前进，但每次都跌倒并摔到了膝盖。右脚脚背上的疼痛犹如阴魂不散的亡灵，手上的荧光涂料也磨耗殆尽了。一时间我只能听见自己剧烈的喘息声和登山衣摩擦时所发出的沙沙声。

泪水、汗水与鼻水一齐流出。我不停地对自己说：这里不暗，这里不暗。然而眼中的泪水已经让我看不清前面的路了。

不知是因为肌肉疲劳还是内心恐惧，我的膝盖抖个不停。我只想离开这里，尽管没有什么能够称之为"出口"的地方，但我依旧只想离开这里。

"冷静下来，冷静下来，冷静下来。"

不知从何时起，我开始喃喃自语。像是被自己的声音所激励般，我继续爬了一段距离。随后我闭上眼睛休息片刻，吃掉了剩下的巧克力棒。可可的香味缓解了我的紧张感。没问题——我在心里想着——没问题，一定能爬上去，一定能够登顶。

如今我甚至不再用语言鼓励自己，只是机械地运动着四肢。大脑当中一片空白，只有"向上"的这个念头在支撑我前进。为了逃离黑暗，我要向上再向上，到达那个能看到月亮的地方，到达那个被光芒笼罩的地方。

这个愿望突然在不经意间实现了。当回过神时，我已经倚在一块大大的石头旁。原本将头顶遮得密不透风的树枝，以及它们投在地上的深不见底的阴影都已消失无踪。夜风吹打着我的身体、吹拂着我的头发、也吹干了我的汗水。瘫坐在这个空旷而空灵的地方，只有一片深绿色的气息在四周打转。

于是我换到岩石后面一个吹不到风的地方坐着。

辽阔的天空在头顶展开，我不由得慢慢转动脑袋，透过兔子头套上的开口眺望。

月牙弯弯的，还远远称不上耀眼。

星斗漫天。连在城市里会十分显眼的一等亮星，在这里也只是稀松平常的其中一颗，分辨不出与其他星星有何不同。

每颗星星的亮光都只是隐隐约约、若有似无的一个小点，别说太阳，甚至远远无法与荧光涂料相提并论。

然而我却心满意足。它们在我眼中，在我心里已经足够明亮。

星星在充斥着夜空的同时，也充斥了我的心灵。

前哨战

06

再临

悪意的兔子

1

　　回到东京已经是三天之后的事了。第二天几乎在太阳刚刚升起时，救援队发现了我，把我平安无事地带回了人类社会。

　　自以为经历了一场惊心动魄的大冒险，但事后一问，其实我登上的高度顶多只有五百米。也就是说我千辛万苦、费尽力气攀爬的那座山，甚至还没有小学郊游时爬过的高尾山高。尽管如此，我依旧摔得浑身淤青，被人抬进了当地的医院，甚至还在那里成了明星人物。毕竟当地的消防队员与警察共同成立救援队后，第一个正儿八经救到的就是我这只穿着红色登山衣，向他们拼命挥手的"兔子"。参加救援队的人们纷纷表示——今后一定要将这个故事讲给自己的孙辈听。

　　我被大黑带走后不久，野中则夫就到达了别墅。当然，小满那时已经用我的手机报了警。得知警察到来，野中立刻将囚禁小满的笼子搬到房间角落的地下室里，又在入口处铺上动物毛皮，随后才装作毫不知情的样子将警察和平义光请进房内。小满报警时说的是"我被关在泷泽喜代志的别墅里，救救我"，因此警察们把别墅搜了个底朝天。尽管如此却依然没能找到小满。野中刚刚带着胜利的表情，得意忘形地对平义光说"令爱的精神或许是受了她母亲的影响吧？"时，一阵电话铃声突然从地板下面传来。老实说，我真想看看当时野中的脸上究竟是怎样一副表情。

大黑重喜在警官呼叫的增援到来之前就开车返回别墅，发觉事情不对劲后立刻调转方向逃跑，但没过几个小时就在检查站处被警方逮捕了。

平义光向警察招供了一切。二八会的所有成员因此都被警方带走并要求协助调查。与平义光同样排斥狩猎的新浜秀太郎最先供出了"猎熊"事件的原委。其实最开始他与平义光不同，对人类狩猎颇感兴趣，也赞同计划的推进与实施。但当实际进行狩猎，并看到人类的尸体后，他却感到了恐惧。新浜的反应对其他成员产生了微妙的影响，因此大黑灵机一动，决定给"猎物"戴上头套进行狩猎。

不久后，其他成员也纷纷开口，最终除泷泽喜代志外，所有人都供认了自己的罪行。大黑重喜撑到了最后，根据他的供词，警察找到了被埋在山里的水地加奈与泷泽美和，以及一具身份不明的男性尸体。

更细致的情况我也不清楚了。武藏东警局的速见失聪，哦不，是速见治松警官与柴田要最近忙得焦头烂额，别说向他们打听案情，连见上一面都相当困难。因此我所得知的，就只有事情发生的半个多月后，各家媒体争相报道出的所谓"事实"。

最初提议进行"人类狩猎"的是野中则夫。他表示自己曾在美国参加过这样的活动，并向众人鼓吹开枪击中人类时的快感。这个提议获得了泷泽喜代志与大黑重喜的赞同，泷泽还表示在自己的地盘里，做什么事都很安全。而其他成员们以为他们"只是开开玩笑"，便模

棱两可地答应了。

所谓的"熊",其实是大黑发现的一名流浪汉。他——以及后来的水地加奈与泷泽美和——听了大黑的讲解,以为这只是游戏性质的活动。游戏规则是:在山中的猎场四处逃窜,若能在两天之内逃脱,就能获得两百万元奖金。大黑表示猎人所使用的子弹是油漆弹,但这只是为了引诱他们来参加游戏的谎言。当发现对方用的是真枪实弹时,流浪汉曾愤怒地要冲过来拼命,结果被野中用霰弹枪击中,死于非命。

在审讯中野中则夫似乎表示:要不是恰巧认识了水地加奈,或许他们就不会再次进行人类狩猎的活动了。

在让亚寿美给美和举办的生日派对上看到小满的相簿时,大大咧咧的柳濑绫子给野中讲了许多照片里那些朋友的故事。据我推测,在听说水地加奈需要一笔钱给母亲修墓,而且在独自一人生活后,野中认定她是个无依无靠之人,便吩咐大黑引诱她参加狩猎游戏。加奈听对方提到绫子的名字后便彻底打消了疑心,同时对这个利用才能赢得巨款的游戏产生了兴趣。尽管她一定程度上意识到了在山中逃窜的危险性,但由于误以为对方使用的只是油漆弹,依然没能料到自己会有性命之忧。

于是她被带到别墅,第二天早晨,大黑给她戴上头套,把她放在了和我一样的位置,随后狩猎开始。只不过加奈在出发前不小心提到——"我在房间里给朋友写了留言"。这句话让野中与大黑感到了忧虑,本以为她无依无靠,即使失踪也不会有人寻找,但他们失算了。于是两人决定抹消水地加奈这个人存在过的痕迹。他们替她解除租约，扔掉她的行李，同时搬走了电脑与日记之类的物品。后来警方在泷泽的别墅里发现了美和的那台电脑，并对其进行了扣押。此外在被警方扣押的物品里，还有另外五副兔子头套。

然而对加奈不屑一顾，以为根本不会有人寻找的两人，却被泷泽美和给逼入了窘境。美和坚持不懈地追查水地加奈留下的线索，最终盯上了野中则夫。野中知道美和原本就怀疑自己是否在欺骗她的母亲，此时更加觉得留着她会坏了自己的好事，于是命令大黑把她干掉。然而大黑表示自己在狩猎这件事上什么都可以做，但不能在其他情况下杀人。

因此野中用花言巧语诱骗了美和。他对美和说——水地加奈的确参加过这个游戏，但游戏本身是绝对没有危险的。可能因为她顺利拿到了两百万，欢天喜地地去哪里挥霍，结果被牵扯进什么事件中去了吧？毕竟一个年纪轻轻的姑娘带着两百万元，很有可能是被哪个坏家伙给抓走了。我保证加奈的失踪与那场"游戏"无关，毕竟连你爸爸也在参加，不信你可以偷偷玩一次试试嘛。

泷泽美和就这样落入了他的圈套中。五月三日，大黑开车把她载到福岛，或许由于去的是父亲的别墅，她也没有多加防备。然而令人难以置信的是，她在别墅里发现了自己消失在加奈房间里的电脑。

大黑像对待小满那样把美和捆在笼子里关了一整夜。等到野中邀请其他成员打猎时，大黑也给美和戴上头套后放进了山里。至于泷泽喜代志射杀美和，真的只是他急于求成所引起的巧合吗？对我来说这

依旧是个谜。

　　至于小岛雄二杀害柳濑绫子一事的确如我所猜测的那样。或许是超乎想象的成功让野中的自信心剧烈膨胀，所以他后来才会抛弃亚寿美，做出几乎等同于逼她去死的行为。并为了夺取亚寿美的财产而制定了打造冒牌货美和的计划。而将泷泽喜代志拉入计划当中，也是他自信的表现。

　　野中似乎想以自己引以为傲的口才，将主犯的责任推到大黑或是泷泽身上。有泷泽喜代志这个完美的替罪羊在，说不定他真的能够得逞。因为我听说在把亚寿美的骨灰带回家的当天晚上，泷泽喜代志就口含猎枪，用脚趾扣动扳机自尽了。

　　各家媒体纷纷对凶手的行径表示强烈谴责，与此同时诸多精神病病理学者、精神科医生、心理咨询师、犯罪心理学家也纷纷现身，从不同角度出发，对此事进行了五花八门的理解。他们谈到自卑感与扭曲的精英意识，甚至连大黑重喜儿时父母离婚的事与他写过的文章都被拿出来加以解读——最可恨的是他们甚至翻出了小满（Mitsuru）绑架遇害的陈年往事——总之一切都被揭露出来，一切都被摊在了阳光之下。

　　这些形形色色的心理学层面的理由和动机，究竟哪个才是正确的呢？是泷泽喜代志那种复杂的自卑感与优越感、野中则夫的男性优越主义，不，应该是自我优越主义，还是大黑重喜因失业与被妻子抛弃而萌生的自惭形秽与扭曲的性欲，又或是二八会成员全体心中的精英意识所引发的，因努力与现实不符的日子一眼望不到尽头而产生的焦躁心理呢？

但如果要我来说，那些二八会的成员都还没有长大。一个人即使再了不起，即使将金钱、容貌、名声与幸福统统握在手中，立下卓著功勋，也不可能得到全世界所有人的称赞，不可能离开吃饭、睡觉、排泄这些日常生活中的细微之事。而他们只是些没能意识到这种朴素真理的，可悲的孩子罢了。

2

长谷川所长担心我被媒体纠缠，因此回到东京后的第二天我就听从他的建议收拾行李，逃进某地的深山里进行了为期十天的温泉旅行，直到对这起案件的报道告一段落后才回来。回来时东京梅雨季节已近，呼吸过后简直感觉连肺里都充满湿气。

"哎呀，叶村你回来啦。"

光浦功笑眯眯地迎接了我，他似乎换了另一种颜色的羽饰形耳环。而且不知为何，连我的房门和门外的楼梯扶手都被涂成了另一种颜色。

"为什么要涂成蓝色？"

"这样有助于平心静气，不喜欢这个颜色吗？"

"没有，挺喜欢的。"

"啊，对了，叶村你不在的时候，我收到了小满的信，她似乎一切都好。"

我一时不知该说些什么。那件事发生后我在医院里见过她一眼，当时她只是生硬地说了声"谢谢你救了我"后，就被父亲拖拽般地带走了。在温泉疗养期间，有好几次我都觉得应该给她写一封信，却又不知该写什么，这件事情便不了了之了。

尽管清楚过错并非在我，但我的调查确实害得平家支离破碎。小满被贵美子住在长野的姐姐所收养，平义光——尽管存在酌情减刑的因素，但他依旧因知情不报而被起诉为从犯，如今正被拘留，工作自然也丢了。与此同时，贵美子也住进了医院，短时间内不像能出院的样子。

"刚刚邮局送了个小包裹来，收件人是你。"

光浦眉开眼笑地伸出那只一直藏在背后的手，我接过包裹看了一眼，寄件人是小满。

我坐在楼梯上拆开包裹，看了看里面的东西，不由得笑了出来。那是一盏精巧的，兔子形状的小夜灯。

"哎呀，真可爱啊。"

光浦孩子似的欢呼一声，继而又有些不好意思地看着我。

"是我在写给她的信里面提到的。我说你自从被囚禁后，就有些幽暗恐惧症的表现，晚上很不好受——你不会怪我吧？"

邮包里还有封只写着一行字的信。

这个应该能帮到叶村姐。

能帮到我是吗。

我盯着手上的"兔子"，它只顾睁着自己那双圆溜溜，傻乎乎的眼睛。

"没生我的气吧？"

"没有，谢谢你。"

光浦摆了副娇里娇气样子，迈着小跳步离开了。

送走他的背影后，我推门进屋，原本熟悉的房间如今却倍感陌生。

我打开窗子通风换气，随后收拾房间，清洗衣服。

出门买好东西回来时，手机来了通电话，是长谷川所长打来的。

"休养得怎么样？"

电话里传来一阵弹子机的吵闹声，所长的说话声也很大。

"托您的福，已经彻底恢复了。"

"那就好。听柴田说过那件事了吗？"

"牛岛润太的事我听说了。"

我笑呵呵地回道。牛岛润太本打算报复我，冥思苦想好几天后，只想出了个自己故意从楼梯上摔下来，然后报警说是叶村晶所为的馊主意。然而当时我正巧在福岛县住院，拥有完美的不在场证明。顺便一提，牛岛从楼梯上摔下来——不，应该说是跳下来后，左腿膝盖骨好像摔成了粉碎性骨折。

"村木为这事担心坏了，还说你在和一个坏透了的婚姻诈骗犯谈

恋爱。"

"不，这件事是……"

"无所谓了，顺利解决就好。世良松夫的外婆也在住院，彻底没了那股咄咄逼人的劲儿。久保田社长那边我已经打过预防针了，说如果下次再发生什么事，就真的和他没完。所以对方应该不会再给你添麻烦了。"

"那样就好。"

"说起来，你不在东京这段时间里还有一件好事……喔！"

所长的话突然被打断了，与此同时对面传来一阵稀里哗啦的吵闹声，看来是他中了大奖，一时间我只能听到所长的欢呼声。我趁着这段时间把麦茶泡了，把米淘了，当我关好电饭煲时，手机里再次传出了所长的讲话声。

"哎呀，我太兴奋了……刚刚说到哪儿来着？"

"说我不在东京的这段时间里你中了大奖。"

"不是这回事儿，让我想想……哦对了，是村木结婚了。"

"啊？谁？"

"都说了是村木义弘。"

"和谁？"

"听说是他常去的那间酒吧的老板娘，对方好像结过一次婚，还有孩子呢。"

"……那真是恭喜他了。"

"我寻思着得买点什么礼物祝贺他，但还没定下来，想和你商量商量。明天能来趟办公室吗，正好还有工作的事。"

"工作？"

"品行调查，十点集合，要干吗？还是说这几天泡完温泉后犯懒，暂时不太想工作呢？毕竟赚了辻亚寿美那么多调查费，完全可以偷上一阵子懒。只不过这次的调查比较特殊，一天能挣上三万哦。"

"我干。"

当即答应下来后，我挂掉了电话。心里突然五味杂陈，尽管是不好的感觉占了大半，但最后还是忍不住笑了出来。真是的，柴田这家伙，你给我记着。不过仔细想想，如果真是村木出手袭击牛岛润太，对方不可能只是受点小伤而已。回想一下樱井在火葬场前的停车场里要对我说但没说完的那句话，真正袭击了牛岛的恐怕是樱井的那个委托人吧。

我趁着天亮把饭吃完，随后出门给小满寄了封信。那是一封装着金属制品的沉重的信，所以我在上面贴了许多邮票。在回家的路上，我顺便买了个蜜瓜。

直到睡前我才注意到手机里有一通留言，播放那通留言后，我听到了实乃梨尖锐的，不太自然的声音。

"那个……我没死……回头见。"

我把兔子小夜灯安在插座上，关掉其他电灯，床边顿时亮起一圈柔和的光芒。帮大忙了，小满，只要这一缕光芒还在，我就能勇敢地生活下去——我在心里想着，继而合上了双眼。

3

　　然而没过多久我还是坐起身来，将棚灯和座灯纷纷打开，把家里搞得一片通亮。

　　虽然必须克服自己的幽暗恐惧症，但如果因为害怕而睡不好觉，就会影响明天的工作了。

　　看了眼闹钟后，我再次面向灯光合上了双眼。

恶意的兔子

[日]若竹七海 著

张佳东 译

WARUI USAGI

by WAKATAKE Nanami

图书在版编目（ＣＩＰ）数据

恶意的兔子 / (日)若竹七海著；张佳东译. 一 北京：北京燕山出版社, 2022.3

ISBN 978-7-5402-6439-0

Ⅰ.①恶… Ⅱ.①若…②张… Ⅲ.①长篇小说 – 日本 – 现代 Ⅳ.① I313.45

中国版本图书馆 CIP 数据核字 (2022) 第 018849 号

WARUI USAGI by WAKATAKE Nanami

Copyright © 2001 WAKATAKE Nanami

All rights reserved.

Original Japanese edition published by Bungeishunju Ltd., in 2001.

Chinese (in simplified character only) translation rights in PRC reserved by POWER TIME COMPANY, under the license granted by WAKATAKE Nanami, Japan arranged with Bungeishunju Ltd., Japan through TUTTLE-MORI AGENCY, Inc., Japan.

北京市版权局著作合同登记号：图字 01-2021-7444 号

责任编辑　刘占凤　任臻

出　　版　北京燕山出版社有限公司

社　　址　北京市丰台区东铁匠营苇子坑 138 号嘉城商务中心 C 座

邮　　编　100079

电话传真　86-10-65240430（总编室）

印　　刷　北京盛通印刷股份有限公司

开　　本　880mm×1230mm 1/32

字　　数　283 千字

印　　张　13.5

版　　次　2022 年 3 月第 1 版

印　　次　2022 年 3 月第 1 次印刷

书　　号　ISBN 978-7-5402-6439-0

定　　价　56.00 元